나 혼자만 레벨업

파피루스

나 혼자만 레벨업

Only I level up

추공 장편소설

I

파피루스

- 목 차 -

0. 프롤로그

[일일 퀘스트가 도착하였습니다.]

젊은 여성의 명료한 목소리.

절대 게임을 하는 것이 아니다. 물론 꿈을 꾸는 것도 아니다.

목소리는 분명 머릿속에서 울려 퍼졌다. 허공에는 퀘스트 정보 창까지 떠 있다.

'설마…… 오늘도?'

기도하는 심정으로 조심스럽게 정보 창을 열어 보았다.

띠링.

[일일 퀘스트 : 강자가 되기 위한 준비]

팔굽혀펴기 100회 : 미완료 (0/100)

윗몸일으키기 100회 : 미완료 (0/100)

스쿼트 100회 : 미완료 (0/100)

달리기 10km : 미완료 (0/10)

※주의 : 일일 퀘스트 미완료 시 그에 상응하는 페널티가 주어집니다.

내용을 확인하자마자 반사적으로 욕이 튀어나왔다.

"아오…… 이게 벌써 며칠째냐고!"

1. E급 헌터

1. E급 헌터

E급 헌터 성진우.

진우가 뭘 하든 간에 꼬리표처럼 따라다니는 수식어였다.

진우의 능력치는 거의 일반인과 마찬가지.

남들보다 조금 튼튼하고 회복이 약간 빠른 걸 빼면 일반인과 별로 다를 게 없었다.

그러다 보니 항상 부상을 달고 살았다.

죽다 살아난 것도 여러 번이었다.

물론 진우라고 좋아서 헌터를 하고 있는 게 아니다.

일은 위험하지, 늘 무시당하지, 심지어 벌이까지 시원치 않다.

만약 헌터협회에 소속된 헌터에게 지급되는 의료비 보조금이 없었다면 지금이라도 당장 헌터증을 반납하고 일반인으로서의 삶을 살았을 것이다.

그러나 이제 겨우 20대 중반에 특별한 재주도 없는 진우가 매달

수백씩 들어가는 어머니의 병원비를 감당할 방법은 헌터가 되는 것뿐이었다.

선택의 여지가 없었다고 할까?

그래서 그날도 진우는 울며 겨자 먹기로 하는 수 없이 협회 주관의 레이드에 참가했다.

* * *

같은 지역에서 활동하는 헌터들은 대개 서로를 잘 안다. 게이트가 열리면 그 지역의 헌터들이 총집합하기 때문이다.

먼저 온 헌터들은 협회 직원이 건네는 따뜻한 커피를 홀짝이며 서로 인사를 나누었다.

"어이, 김 씨. 여기야, 여기."

"오, 박 씨가 웬일이야? 이제 헌터 짓은 그만둔다며?"

"그게…… 마누라가 덜컥 둘째를 임신해 버려서."

"하하하핫, 그래. 헌터들이 한몫 잡기엔 레이드만 한 게 없지."

김 씨가 호쾌하게 웃음을 터트리자 박 씨도 머쓱하게 따라 웃다가 물었다.

"그런데 요즘은 협회 호출이 뜸하네? 게이트가 생기는 횟수가 좀 줄었나?"

"에이, 무슨. 요샌 협회보다 길드들이 더 열심이라 그렇지. 큰돈이 움직이다 보니 길드들이 아주 눈에 불을 켜고 덤빈다더만."

"그럼 이번 레이드는 협회에서 진행하는 거니 안전하다고 봐도 될런가?"

슬슬 걱정되는지 박 씨가 주위의 눈치를 살폈다.

길드가 움직이지 않는다는 소리는 큰돈이 되지 않는다는 이야기이고, 큰돈이 되지 않는 게이트는 보통 공략 난이도가 현저히 낮았다.

하지만 어떤 일이든 100퍼센트는 없는 법.

박 씨뿐만 아니라 다른 헌터들도 불안한 눈빛으로 주변을 두리번거리고 있었다.

"글쎄……."

남은 커피를 마저 들이켜며 대답을 피하던 김 씨가 멀리서 다가오는 누군가를 발견하고는 반갑게 손을 흔들었다.

"어, 저기 온다. 성 씨! 성 씨!"

다른 헌터들도 그를 보고 기쁜 낯빛을 띠었다.

"안녕하세요."

목소리의 주인공은 성진우였다.

진우는 반갑게 맞이해 주는 김 씨에게 가볍게 목례하고 그대로 지나쳐 갔다.

김 씨는 진우가 지나간 것을 확인하고는 흐흐 웃으며 호언장담했다.

"진우 왔네. 그럼 여긴 안전해."

눈이 동그래진 박 씨가 김 씨에게 붙어 섰다.

"뭐야? 성진우라는 헌터가 그렇게 강해?"

"아, 박 씨는 잘 모르겠구나. 박 씨 떠나고 얼마 안 돼서 오기 시작한 헌터야. 여기 헌터들치고 성진우 모르는 사람 없지."

"그렇게 세다고? 그런데 왜 협회 소속으로 일한대? 대형 길드에 들어가거나 프리랜서로 안 뛰고."

히죽히죽 웃던 김 씨가 눈을 흘겼다.

"저 사람 별명이 뭔지 알아?"

"내가 그걸 어떻게 알아? 뜸 들이지 말고 얼른 말해 보우."

"인류 최약 병기."

"……최약 병기? 최종 병기가 아니고?"

"이 사람아, 그건 S급인 최종인 헌터 별명이고 저 사람은 최약 병기. 아마 대한민국 헌터 중 제일 약할걸."

"뭐?"

박 씨는 눈살을 찌푸렸다.

성진우란 헌터가 그렇게 약하다면 왜 다들 그를 반겼단 말인가?

유사시엔 자신의 등 뒤를 맡겨야 할 사람인데.

다른 헌터들의 반응을 이해할 수 없었다.

박 씨가 고개를 갸웃거리고 있자 김 씨가 웃으며 박 씨의 옆구리를 팔꿈치로 쿡 찔렀다.

"에이! 그러니까 성진우가 오는 레이드는 난이도가 낮을 수밖에 없다는 거지. 그 사람한테는 협회가 절대 힘든 일을 맡기지 않거든. 그랬다가 누구 죽는 꼴 보려고?"

그제야 박 씨의 얼굴도 밝아졌다.

"그, 그래?"

오랜만의 레이드라 마누라가 옆에서 걱정을 많이 했었다. 실은 자신도 불안해 하던 차였다. 그런데 김 씨 이야길 들으니 마음이 한결 편해졌다.

김 씨는 말을 이었다.

"저 양반 E급 게이트에서도 다쳐서 일주일을 입원했다는 소문이 있어."

"헌터가 E급 게이트에서 다쳤다고?"

"그렇다니까. 설마 E급 게이트에서 다칠 사람이 나올 거라고 아무도 예상을 못 해서 치유 헌터도 안 데려갔다나 봐."

"그래서 병원 신세를 일주일이나? 푸하하하핫!"

박 씨가 너무 크게 웃자 김 씨가 눈치를 줬다.

"에끼, 이 사람아. 성 씨 들을라."

"아이고, 그걸 생각 못 했네."

박 씨는 진우의 눈치를 살피며 조심스레 낄낄거렸다.

다행히 거리가 멀어서 그런지 이쪽 이야기를 들은 것 같지는 않았다.

하지만 그건 오판이었다.

'다 들려요, 이 아저씨들아.'

진우는 그들의 눈빛을 애써 모른척하며 쓴웃음을 지었다.

이럴 때는 유난히 밝은 자신의 귀가 원망스러웠다.

아직 레이드가 시작되기는 이른 시간.

'너무 일찍 도착했나?'

시간 때울 거리를 찾던 진우는 커피를 나눠 주는 협회 직원을 발견하고 그리로 다가갔다.

"커피 한잔 부탁드려도 될까요?"

"아, 성진우 헌터님…… 이거 죄송해서 어쩌죠? 커피가 방금 다 떨어져 버렸는데."

"……."

겨울바람이 코끝을 따갑게 스치고 지나갔다.

진우는 검지로 코끝을 훔쳤다.

하필 자신의 차례에서 동난 커피마저 서러운 날이었다.

* * *

“진우 씨는 왜 헌터 일을 고집하는 거예요?”

“죄송합니다.”

진우는 꾸벅 고개를 숙였다.

진우 앞에서 치료 마법을 시전하고 있는 미녀, 이주희는 뾰로통한 얼굴로 불만을 표시했다.

“진우 씨한테 사과받으려고 하는 말이 아니에요. 진우 씨가 걱정돼서 그렇죠. 매번 이런 식으로 싸우다간 언젠가 진짜 위험해질 거라고요.”

진우는 주희 어깨너머로 싸우고 있는 동료 헌터들을 바라보았다.

게이트 안으로 들어가면 던전이 나온다.

이번 던전의 랭크는 D급 정도.

십수 명의 헌터들이 별로 힘도 들이지 않고 던전 안의 괴물들을 처리하는 중이었다.

하지만 E급 헌터인 진우에게는 그마저도 벅찼다.

보통 부상당한 헌터의 처치는 후방에서 대기하는 치유 헌터들의 몫.

레이드마다 부상당하는 진우는 치유 헌터들 사이에서도 유명인이었다.

주희가 조심스레 물었다.

“혹시 헌터 일을 그만두지 못할 이유라도 있는 거예요?”

진우는 단호하게 고개를 저었다.

지극히 개인적인 일을 남에게 밝히기는 싫었다.

“헌터 일은 취미로 하는 겁니다. 이거라도 안 하면 아마 심심해서 죽을걸요.”

그러자 주희가 입을 삐쭉 내밀었다.

“취미 생활 두 번 하다간 저승에서 레이드하고 있겠네요.”

방심하고 있던 진우는 그만 웃음을 터트리고 말았다.

덕분에 주희의 잔소리가 이어졌다.

“아아! 웃지 마요, 웃지 마! 상처 벌어진다고요!”

진우가 끅끅거리다 물었다.

“아니, 그런 말은 어디서 배웠어요?”

“어디서 배우긴요. 조오기- 김 씨 아저씨죠.”

“아이고, 하여튼 저 아저씨 진짜…….”

웃고 떠드는 사이 치료가 끝나 가고 있었다.

하지만 이미 한발 늦었다.

레이드는 어느덧 정리되는 분위기였다.

진우의 표정이 굳어졌다.

‘오늘 내가 잡은 마수는 겨우 한 마리.’

그것도 E급 하나.

진우는 손에 쥔 E급 마정석 하나를 만지작거렸다.

E급 마수에서 나오는 최하급 마정석은 10만 원도 하지 않는다. 목숨을 건 대가치고는 아주 형편없는 보수였다.

‘C급 마수에게서 나오는 마정석만 해도 천만 원이 넘는다던데…….’

그러나 겨우 E급 헌터에 불과한 진우에게 C급 마수는 너무 까마

득한 상대였다.

그때, 누군가가 외쳤다.

"어? 여기 입구가 하나 더 있는데?"

근처의 헌터들이 우르르 몰려갔다.

"어, 그러네?"

"진짜 입구가 하나 더 있네?"

최초 발견자의 말처럼 던전 안에 또 다른 던전의 입구가 숨겨져 있었다.

희끗희끗 세어 있는 머리카락으로 오랜 연륜을 짐작해 볼 수 있는 10년 차 헌터 송 씨가 던전의 입구를 들여다보며 신기해 했다.

"이중 던전이라……. 이런 게 실제로 있긴 있구먼."

동굴 안쪽은 어두워 잘 보이지 않았다.

송 씨는 자신의 장기인 불꽃 마법을 시전해 안으로 던져 보았다.

불꽃이 휙 날아가며 안을 비추었다.

통로는 끝없이 뻗어 있었다.

이내 추진력을 잃고 바닥으로 떨어진 불꽃이 조금 타닥거리다 곧 꺼졌다.

동굴은 다시 어둠에 잠겼다.

"흠…… 다들 잠깐만 나 좀 보세."

실질적 리더인 송 씨가 헌터들을 전부 불러 모았다. 마침 치료가 끝난 진우와 주희도 그리로 모였다.

송 씨는 헌터들을 둘러보며 말했다.

"다들 잘 알다시피 모든 게이트는 던전의 보스를 잡지 않으면 닫히질 않어. 여길 다 정리했는데도 게이트가 멀쩡한 걸 보니 보스는 저 안에 있는 모양이구먼.”

송 씨는 숨겨진 던전 입구를 가리켰다.

헌터들이 서로 눈빛을 교환하며 고개를 끄덕였다.

이견이 있을 수 없는 상황이었다.

송 씨는 말을 이었다.

“원래 이런 경우에는 협회에 보고하고 결정을 기다려야 하지만…… 그랬다가 다른 헌터들에게 보스를 뺏기면 우리 수입이 현저히 줄어드는 수가 있어.”

헌터들의 표정이 구겨졌다.

특히 부인의 임신 때문에 목돈이 필요했던 박 씨의 얼굴은 더욱 더 굳어졌다.

‘요즘 산후조리에 드는 돈만 해도 얼만데…….’

목숨 걸고 레이드에 나선 의미가 없어지는 것이다.

“그래서 나는 우리끼리 보스를 처치하고 나갔으면 하는데…… 다른 사람들 생각은 어떤감?”

헌터들은 생각에 잠겼다.

“…….”

“…….”

물론 쉽사리 접할 수 있는 상황이 아니다 보니 안전을 장담할 수 없는 것은 사실이다.

하지만 이번 던전은 난이도가 매우 낮았다.

그러다 보니 던전 안에 숨겨져 있던 다른 던전도 난이도가 그리 높을 것 같지는 않았다.

“흠흠.”

송 씨가 헛기침을 했다.

"모두 17명이니까 투표로 결정하자고. 결정되면 딴소리하지 말기로 하고. 어떤감?"

송 씨의 제안에 다들 고개를 끄덕였다.

반대하는 사람은 없었다.

"나는 가."

송 씨가 손을 들었다.

그러자 눈치를 보던 사람들이 차례차례 손을 들었다.

"저도요."

"저도 갑니다에 한 표."

박 씨가 가장 먼저 손을 들었고, 김 씨나 다른 헌터들도 손을 들어 올렸다.

당연히 반대표도 많았다.

"가지 말죠."

"일단 협회의 결정을 기다려 보는 게 좋지 않을까요?"

가자와 가지 말자가 팽팽히 맞서는 가운데, 투표는 돌고 돌아 마지막 남은 두 사람 진우와 주희 차례까지 왔다.

"죄송해요……."

주희는 송 씨에게 고개를 꾸벅이고는 안 간다에 한 표를 더했다.

이로써 가자와 가지 말자는 8 대 8.

동점이 되었다.

송 씨는 결정을 망설이는 진우에게 딱 잘라 물었다.

"성 씨는?"

진우의 판단에 모든 것이 달렸다.

진우는 손안에 쥐고 있는 E급 마정석을 만지작거리다 옆을 돌아보았다.

주희가 진우에게 고개를 저었다.

아마도 불안한 모양이었다.

사실 불안하긴 진우도 마찬가지였다.

평소라면 절대 위험을 무릅쓰지 않았을 것이다. 그럴 만한 실력도, 그럴 만한 배짱도 없었다.

하지만 진우에게는 곧 대학에 들어가야 하는 여동생이 있었다.

'모아 둔 돈이 없어…….'

진우의 나이는 스물넷.

공부해야 할 나이에 돈이 없어서 대학을 포기했다. 동생에게까지 그런 아픔을 물려주고 싶지는 않았다.

지금은 한 푼이 아쉬운 상황.

목돈이 필요한 건 박 씨만이 아니었다.

진우는 손을 번쩍 들었다.

"저도 갑니다."

그러자 옆에서 작은 한숨 소리가 새어 나왔다.

통로는 끝없이 이어졌다.

선두에는 송 씨를 비롯해 강한 헌터들이 앞장섰다.

맨 앞에서 걷고 있는 송 씨는 손바닥 위에 소환한 작은 불꽃으로 길을 밝혔다.

옆에서 김 씨가 물었다.

"너무 깊게 들어가는 거 아닙니까? 슬슬 빠져나갈 시간도 고려해야지요."

"우리가 얼마나 걸었는감?"

김 씨가 손목에 찬 시계를 들여다보았다.

"대략…… 40분 정도 걸었네요."

"보스를 잡고 나서 1시간 후에 게이트가 완전히 닫히니까 아직 20분 정도는 여유가 있구먼."

"20분 안에도 보스가 안 보이면 철수하도록 하죠."

"그래야겄지."

송 씨는 잠자코 고개를 끄덕이더니 엄지로 자신의 등 너머를 가리켰다.

"김 씨, 앞쪽은 어두우니까 내 뒤로 와서 서."

김 씨는 송 씨의 불꽃을 물끄러미 보고 있다가 품 안에서 헌터 전용 휴대폰을 꺼내 라이트를 켰다.

그러자 앞이 아주 훤해졌다.

"……."

송 씨는 자신의 불꽃과 휴대폰 라이트를 번갈아 보다 말없이 주머니를 뒤적거리기 시작했다.

* * *

일행의 후미에는 심한 부상을 입었던 진우와 전투 스킬이 따로 없는 주희가 섰다.

진우가 뒷머리를 긁적거렸다.

"저기…… 미안합니다."

"뭐가요?"

"억지로 끌고 와서요."

"전 괜찮으니까 신경 안 쓰셔도 돼요."

진우는 슬쩍 주희의 표정을 살폈다.

전혀 괜찮지 않은 얼굴이었다.

고개를 갸웃거리던 진우가 눈치를 살피며 조심스럽게 다시 물었다.

"진짜 괜찮아요?"

그러자 주희가 이쪽을 휙 돌아보았다.

"당연히 안 괜찮죠. 지금 제정신이에요? 아까 진우 씨가 찔렸던 곳이 조금만 더 위쪽이었으면 심장에 구멍이 났을 거예요. 손목이랑 허벅지에 입은 상처는 또 어떻고요? 그걸 겨우겨우 치료해 드렸더니 이번엔 또 다른 던전을 간다고요? 어떤 곳인지 잘 알지도 못하면서?"

어찌나 말이 빠른지 듣다 보니 정신이 다 멍해지는 기분이었다.

하지만 틀린 말은 없었다.

주희가 협회에서 보기 드문, B랭크의 뛰어난 치유계 헌터였기에 망정이지, 잘못했으면 헌터 일은커녕 당분간 일상생활도 제대로 하기 힘들 뻔했다.

'그러고 보니 매번 주희 씨한테 신세를 지네.'

협회에서는 당연히 게이트가 생길 때마다 주희에게 헌터들의 치료를 부탁했고, 진우는 레이드에 참가할 때마다 거의 매번 그녀 앞에 앉아야 했다.

—아프시죠? 조금만 참으세요.

–낯이 익은데……. 혹시 저번에 그?

–또 다치셨어요?

–우리 꽤 자주 보는 거 같네요.

–진우 씨라고 하셨죠? 저기…… 괜찮은 거예요?

–혹시 헌터 일이 적성에 안 맞으시는 게…….

–……또 오셨네요.

–팔 내밀어요. 아니, 거긴 집에서 반창고 붙이시면 되고요, 골절된 쪽요.

이젠 감사함을 넘어서 미안한 마음까지 들었다.

"……."

진우가 의기소침해 있자 주희도 방금 쏘아붙인 게 미안했는지 약간은 태도가 누그러들었다.

"정말 미안해요?"

"네."

뭔가를 곰곰이 생각하던 주희가 진우를 곁눈질하며 입꼬리를 올렸다.

"그렇게 미안하면…… 밥 한번 사는 건 어때요?"

정말 생각지도 못했던 권유였다.

놀라서 쳐다보니 주희는 사춘기 소녀처럼 장난기 어린 미소를 짓고 있었다.

'소녀라…….'

하긴 주희는 이제 갓 20대에 접어든 처녀다.

내년에 21살이 된다고 했던가?

긴 생머리 대신 단발을 하고, 지금 입고 있는 옷 대신 교복을 입혀 놓으면 영락없이 여고생이리라.

교복 입은 주희를 떠올리니 괜히 얼굴이 화끈거렸다.

진우의 대답이 늦어지자 주희는 양쪽 뺨을 풍선처럼 부풀렸다.

"뭐야…… 나랑 같이 밥 먹는 거 싫어요?"

그때였다.

갑자기 앞쪽이 소란스러워졌다.

"나왔다!"

"보스 방이야!"

진우와 주희의 시선이 앞쪽으로 옮겨 갔다.

거대한 문이 길을 가로막고 있었다.

헌터들은 문을 둘러쌌다.

"아니, 동굴 끝에 문이라니?"

"여태까지 문이 있던 방이 있었나?"

"이런 적은 처음인데……."

"이거…… 위험한 거 아냐?"

웅성웅성.

헌터들이 불안감을 드러냈다.

목숨이 달린 일이다 보니 신중할 수밖에 없었다.

하지만 신중이 지나치면 해야 할 일을 하지 못하는 경우도 있는 법.

송 씨는 이번 일이 바로 그 경우라고 판단했다.

"여기까지 와서 빈손으로 돌아갈 참인감?"

송 씨는 문에다 손을 얹었다.

"그러려면 그러더라고. 나는 혼자서라도 갈 거구먼."

송 씨는 10년 차 경력의 C급 헌터였다.

많은 나이만 아니었어도 대형 길드에서 활동할 수 있을 만한 기량이었다.

그런 헌터가 자신감 있게 말하자, 다들 불안감이 조금씩 누그러들었다.

"그러고 보니."

헌터 중 몇몇은 이중 던전에 관한 소문을 떠올렸다.

"이중 던전에는 굉장한 보물이 있다던데."

"중소 길드가 이중 던전을 발견해서 한 번에 대형 길드로 성장한 사례도 있다고 들었습니다."

"던전 안의 마수들은 위치가 어디든 다들 비슷한 레벨이니까 사냥이 어렵지는 않을 테고……."

만약 소문처럼 이중 던전에 진짜 굉장한 보물들이 숨겨져 있고, 던전 안의 마수들이 앞서 상대했던 놈들처럼 D급, E급 수준에 불과하다면?

'저 영감 혼자 보물을 독차지하게 둘 수는 없지.'

'아무렴.'

'산후조리원에, 큰 애 학원비에, 곧 전세도 올려 줘야 하고…….'

헌터들의 이해가 일치했다.

진우도 각오를 다졌다.

'E급 마정석 하나로 돌아갈 순 없어. 최소한 D급, 아니 E급 마수 하나라도 더 잡아야 돼.'

꼭 마수가 아니어도 괜찮다.

'보물이라도 나온다면…….'

던전에서 나온 보물이나 희귀품은 멤버 수대로 골고루 나누는 것이 관례였다.

자기가 잡은 마수의 마정석만 챙겨야 하는 사냥과는 분배 방식이 달랐다.

'여기에서 한몫 잡으면 앞으로 좀 편해질 수 있어.'

진우는 꿀꺽 침을 삼켰다.

진우의 비장한 얼굴을 보고서 주희가 물었다.

"그게 취미로 헌터를 하는 사람의 표정이에요?"

진우가 어깨를 으쓱거렸다.

"요즘 누가 자기 일에 목숨을 걸어요? 취미로 하는 일이라면 또 모를까."

"……예?"

주희가 기가 차다는 얼굴을 하고 있을 때, 송 씨가 밀기 시작한 던전의 문이 열렸다.

그그그그그그-!

육중한 문은 어떤 장치가 되어 있는지 노인의 완력으로도 쉽게 밀렸다.

쿠웅-!

문이 활짝 열리자 넓은 내부가 드러났다.

헌터들이 앞다투어 안으로 들어갔다.

"우리도 가죠."

혹시나 뒤처질까 싶어 진우가 주희의 손목을 잡고 앞장섰다.

"아……."

주희는 얼굴을 살짝 붉힌 채로 따라 들어갔다.

* * *

헌터들이 안으로 발을 내딛자마자 벽면을 빼곡히 채우고 있는 횃불들에서 일제히 불꽃이 치솟았다.

화르륵!

덕분에 안이 환해졌다.

“뭐야? 불이 켜지네?”

“이런 던전은 처음이군.”

“뭔가…… 달라.”

헌터들은 주위를 둘러보았다.

안은 고대 신전 같은 분위기였다.

지하에 숨겨져 있을 것 같은 낡고 음습한 신전. 바닥이나 벽면, 천정에는 군데군데 이끼가 끼어 있었다.

몇몇 헌터들이 몸을 움츠리며 부르르 떨었다.

“왠지 음산한데?”

“누가 보고 있는 거 같지 않아요?”

겁먹은 헌터들을 뒤로하고 강한 헌터들 서넛이 안으로 깊숙이 들어섰다.

“쯧! 재수 없는 소리들 하지 말라고.”

“빨리빨리 끝내고 갑시다.”

내부는 지나치게 넓었다.

넓은 돔 형태의 방.

서울 올림픽 경기장 몇 개를 합쳐 놓은 것만큼, 아니 몇 개를 합쳐 놓은 것보다 더 큰 것처럼 보였다.

그런데도 왠지 비좁게 느껴졌다.

이유는 분명했다.

"저…… 저거……."

"설, 설마 저게 보스는 아니겠지?"

가장 안쪽에 상식적으로 이해할 수 없는 거대한 무언가가 자기 덩치만큼이나 거대한 의자에 앉아 있었다.

그야말로 어마어마한 크기의 신상(神像)!

"맙소사."

"와아."

탄성이 절로 흘러나왔다.

그 순간 진우의 머릿속에 가장 먼저 떠오른 이미지는 자유의 여신상이었다.

자유의 여신상이 의자에 앉아 있으면 저 정도의 크기가 되지 않을까?

자유의 여신상은 여성의 모습이고, 의자에 앉은 신상은 남성의 모습이었지만 말이다.

'어쩌면 그것보다 더 클지도…….'

헌터들은 거대한 신상의 발아래에서 침을 꼴깍꼴깍 삼켰다. 다들 저것이 보스면 어쩌나 하고 긴장한 기색이 역력했다.

'…….'

그러나 신상은 움직이지 않았다.

다행스러운 일이었다.

"후우-."

송 씨도 안도의 한숨을 내쉬었다.

"자자, 흩어집시다."

여유가 생긴 헌터들이 각자 흩어져서 주변을 뒤지기 시작했다.

"여기 마수로 보이는 건 없는데요?"

"그렇죠?"

"마수는커녕 벌레 한 마리 안 보여요."

신상이 있는 방은 그 광활한 넓이에 비해 내부 구조가 단순한 편이었다.

벽면에는 조명으로 쓰이는 횃불들이 셀 수도 없이 걸려 있었고, 그 앞에는 사람 키보다 약간 큰 석상들이 촘촘히 늘어서 있었다.

"아름답네."

"예술품 같은데?"

석상들은 각각 들고 있는 것이 달랐다.

무기를 들고 있는 것도 있었고, 책을 들고 있는 것도 있었고, 악기나 횃불을 들고 있는 것도 있었다.

"마치……."

김 씨가 하려던 말을 송 씨가 대신했다.

"신전의 조각들 같구먼."

송 씨는 발아래에서 뭔가를 발견했다.

"음? 이건…… 마법진인가?"

신전의 중앙에는 생전 처음 보는 형태의 마법진이 그려져 있었다.

그때.

"저기 송 씨 아저씨, 여기 뭐라고 적혀 있는데요? 이거 좀 봐 주시겠어요?"

헌터 하나가 구석진 곳에서 특이한 석상 하나를 발견하고는 송 씨를 불렀다.

마법진을 살피던 송 씨가 자리에서 일어섰다.

다른 헌터들도 전부 송 씨가 향하는 석상 앞으로 몰려들었다.

그도 그럴 것이 유독 이 석상만 날개가 달려 있고 석판을 들고 있었다.

헌터들이 주목한 것은 석판에 새겨진 글자였다.

석판을 훑어보던 송 씨가 중얼거렸다.

"룬 문자군."

룬 문자.

지구상 어디에서도 볼 수 없고, 오직 던전에서만 발견되는 문자로, 마법 계열로 각성한 헌터들만이 해석할 수 있었다.

"카르테논 신전의 규율."

송 씨가 첫 문장을 읽었다.

진우는 잔뜩 긴장한 얼굴로 송 씨가 읽어 주는 석판의 내용을 듣고 있었다.

그런데 누군가 팔을 잡아당겼다.

뒤를 돌아봤더니 얼굴이 파랗게 질린 주희가 거기 있었다.

주희의 안색이 너무 안 좋아 진우도 덩달아 놀랐다.

"왜요? 어디 아파요?"

"저…… 저기."

주희의 손끝을 따라 진우의 시선이 옮겨갔다.

거대한 신상.

주희는 신상의 얼굴을 가리키고 있었다.

처음 봤을 때와 똑같은 모습이었기에 진우는 고개를 갸웃거렸다.

"……?"

주희가 말을 더듬었다.

"누, 눈동자…… 신상의 눈동자가 방금 우리 쪽으로 움직였어요."

"예?"

몇 번을 다시 봐도 마찬가지였다.

신상은 그대로였다.

"에이…… 착각이겠죠."

하지만 주희의 귀에는 이미 진우의 말이 들리지 않는지, 고개 숙인 그녀는 진우의 팔에 달라붙어서 오들오들 떨기만 했다.

'잠깐.'

문득 진우도 불길한 기운을 감지했다.

주위가 기괴할 정도로 고요했다.

'소리가……?'

타닥타닥 타오르던 횃불 소리도 어느 사이인가 들리지 않고 있었다.

"첫째."

그 와중에도 석판을 읽어 내려가는 송 씨의 목소리는 계속해서 이어졌다.

"신께 경배하라. 둘째, 신께 찬양하라. 셋째, 신앙심을 증명하라. 이 규율을 지키지 않는 자, 살아 돌아갈 수 없으리라."

그때였다.

쿠웅!

갑자기 터져 나온 소음에 모두가 화들짝 놀랐다.

"뭐, 뭐야?"

"갑자기 무슨 소리야?"

이변을 가장 먼저 눈치챈 사람은 진우였다.

감각을 곤두세우고 있었던 터라 어느 쪽에서 소리가 들려오는지 금방 알 수 있었다.

"문! 문이 닫혔어요!"

진우가 소리치자 다들 문 쪽을 바라보았다. 열어 두었던 문이 어느새 굳게 닫혀 있었다.

"에라이! 더 이상 못 참겠네!"

이중 던전에 들어가는 걸 가장 먼저 반대했던 남자가 욕지기를 내뱉으며 문 쪽으로 성큼성큼 걸어갔다.

"나는 돌아갈 테니까 보스고 보물이고 여러분들이 그냥 다 잡수쇼."

송 씨에게 항의라도 하듯이 눈을 부라리던 남자. 그는 고개를 휙 돌리더니 문고리를 세차게 잡았다.

그 순간.

송 씨의 눈이 커졌다.

"안 돼!"

퍼걱!

문고리를 잡았던 남자의 목 위쪽이 사라졌다. 머리를 잃은 몸뚱이는 힘없이 뒤로 넘어갔다.

철푸덕!

"꺄아아악!"

"으, 으악!"

헌터들이 비명을 내질렀다.

사람의 머리를 철퇴로 박살 낸 석상은 피를 잔뜩 뒤집어쓴 채로 아무 일도 없었던 것처럼 다시 원래의 자리인 문 옆으로 가서 섰다.

"저, 저거 움직이잖아!"

"뭐야? 그럼 여기 있는 석상들이 다 움직일 수 있다는 거야?"

"저런 것들과 싸우라고?"

"내 눈엔 철퇴 휘두르는 거 보이지도 않았다고!"

하지만 진우는 알고 있었다.

참사가 이것으로 끝나지 않으리라는 사실을.

방금 전 주희가 말했었다.

"누, 눈동자…… 신상의 눈동자가 방금 우리 쪽으로 움직였어요."

'정말 그게 사실이라면…….'

등 뒤에 소름이 쫙 돋았다.

진우는 뻣뻣하게 굳어 버린 목을 억지로 움직여 뒤를 돌아보았다.

"아……."

신상이 자신을 내려다보고 있었다.

2. 시작된 공격

2. 시작된 공격

그 순간 신상의 거대한 두 눈이 붉게 변했다.

헌터의 감?

아니, 생물로서의 본능이 위험을 경고했다.

뭔가가 온다.

감당하지 못할 무언가가!

진우는 뒤의 헌터들을 돌아보며 목청을 다해 외쳤다.

"숙여요!"

거의 동시에 신상의 양쪽 눈에서 붉은 광선이 뿜어져 나왔다.

진우는 주희를 안고서 몸을 던졌다.

지이이이잉-!

광선은 진우가 서 있던 자리 위를 스쳐 지나갔다.

10분의 1초.

아니, 100분의 1초.

아슬아슬했던 순간이었다.

하지만 다른 헌터들도 다 진우처럼 운이 좋은 것은 아니었다.

"으아아아악!"

"으악!"

광선에 닿은 헌터들은 말 그대로 증발해 버렸다.

광선이 지나간 자리에는 헌터들의 잔해만 덩그러니 남았다.

비명은 그들이 아니라 그들의 최후를 목격한 다른 헌터들의 입에서 터져 나온 것이었다.

"이, 이게 뭐야?"

"으으으-."

"어째서 이런 일이……."

헌터들은 경악했다.

16명 중 살아남은 사람은 겨우 11명.

이런 가공할 만한 공격은 생전 겪어 본 적이 없었다.

'숙이라는 소리 덕분에 간신히 피했어.'

'방금 성 씨가 소리치지 않았다면…….'

헌터들은 진우를 바라보며 침을 꿀꺽 삼켰다. 진우는 생명의 은인이었다. 진우가 아니었다면 방금 어떻게 됐을지, 간담이 서늘했다.

"……."

진우는 엎드린 채로 신상을 노려보았다.

신상의 눈은 아직 붉게 빛나고 있었으나 더 이상의 공격은 없었다.

'공격은…… 끝난 건가?'

진우는 아래를 내려다보았다.

겁에 질린 주희가 품 안에서 떨고 있었다.

그녀가 B급의 뛰어난 헌터임에도 대형 길드 대신 협회 소속으로 일하며 간단한 레이드에만 참가하는 이유는 바로 이 때문이었다.

그녀의 숨소리가 점점 더 거칠어지고 있었다.

그녀를 이대로 내버려 둘 순 없었다.

진우가 뭐라도 해야겠다는 생각에 몸을 일으키려는데, 누군가가 강한 힘으로 어깨를 잡아 눌렀다.

"일어서지 말어."

어느새 다가온 송 씨였다.

진우는 당황해 하면서도 순순히 그의 말을 들었다.

송 씨가 다른 헌터들에게도 외쳤다.

"다들 움직이지 말어! 그 자세로 가만히 있어!"

송 씨는 주변을 두리번거리다 다시 진우에게 고개를 돌렸다.

"움직이던 사람들만 당했어. 자네 말 듣고 숙였던 사람들은 살았고."

"그렇군요."

송 씨는 고개를 갸웃거렸다.

"자네는 다 알고 소리쳤던 게 아닌감?"

"전 그냥 뭔가 위험한 거 같아서……."

송 씨의 눈에 이채가 서리었다.

'감이 좋은 친구구먼. 이 친구 E급이라고 했었나? 능력치가 조금만 더 높았어도…….'

송 씨가 안타까운 눈빛으로 진우를 바라보는 동안, 진우도 송 씨의 상태를 살필 수 있는 여유를 얻었다.

뭔가를 발견한 진우가 눈을 동그랗게 떴다.

"아, 아저씨…… 팔이?"

“이건 괜찮어. 견딜 만혀.”

“그래도…….”

진우는 침을 꿀꺽 삼켰다.

진우의 어깨를 누르고 있는 팔의 반대쪽, 그러니까 송 씨의 왼팔이 사라져 있었던 것이다.

“…….”

말없이 주희를 내려다보던 송 씨는 통증이 극심할 텐데도 내색하지 않고 입고 있던 티셔츠를 길게 찢어 왼팔에 둘둘 말았다.

“끝에 좀 묶어 줄 텐감? 한 손으로는 어렵구먼.”

진우는 고개를 끄덕였다.

간단한 지혈이 끝났다.

송 씨는 비명이나 신음 대신 긴 한숨을 내쉬었다. 오랜 연륜이 묻어 있는 한숨이었다.

“후-.”

응급처치가 끝나고 송 씨는 예리한 시선으로 주변을 훑었다.

신상이 공격을 멈췄다고는 하지만 상황은 아무것도 나아지지 않았다.

그렇게 시간은 조금씩 흘러갔다.

“으흐흐흐흑…….”

“우리가 왜 이런 꼴을…….”

몇몇 헌터들이 눈물을 흘리기 시작했다.

“언제까지 이렇게 있을 순 없잖아!”

헌터들의 인내심이 바닥을 드러내고 있었다.

진우도 동감이었다.

'언제까지고 이렇게 있을 순 없다.'

하지만 어떻게 한단 말인가?

송 씨의 추측이 맞는다면 움직이는 순간 공격을 당하게 된다.

그걸 피해 어떻게 운 좋게 문까지 도망친다고 해도 문 양쪽 옆에는 문지기 석상이 있다.

놈들이 문제다.

아까 문지기의 움직임은 눈에 보이지도 않을 정도로 빨랐다.

놈들이 공격하기 전에 문을 열고 빠져나갈 수 있을까?

도저히 불가능해 보였다.

즉, 헌터들의 전멸은 시간문제라는 소리였다.

'잠깐…… 시간문제라고?'

생각이 거기까지 미치자 강한 위화감이 들었다.

있을 수 없는 일이지만 일어난 것.

하지만 아직 아무도 눈치채지 못한 것.

'뭔가…… 뭔가 놓친 게 있다.'

아마도 답은 그 안에 있으리라.

그때였다.

"움직이지 말어!"

송 씨가 멀리 주 씨에게 소리를 질렀다.

하지만 주 씨는 이를 드러냈다.

"저놈이 언제 다시 공격할지 모르는데 여기서 계속 기다리고 있으란 겁니까!"

주 씨는 전투계 헌터였다.

전투계는 몸으로 싸우는 헌터들로, 신체 능력이 일반인에 비해 월등하게 뛰어났다. 게다가 주 씨는 실력을 인정받아 대형 길드와 계약을 앞두고 있는 상태였다.

"난 이렇게는 못 죽어."

주 씨는 몸을 낮춘 상태로 두 다리에 힘을 주었다.

방향은 문 쪽.

그의 다리 근육이 팽팽하게 부풀어 올랐다.

"저런……."

송 씨가 나직이 중얼거렸다.

순간 주 씨가 땅을 박차며 튀어 나갔다.

다다다닥!

진우는 신상 쪽으로 고개를 돌렸다. 아니나 다를까 신상의 눈동자가 주 씨를 향하고 있었다.

이내 두 눈동자에서 섬뜩한 광선이 뿜어져 나왔다.

지이이잉!

광선은 주 씨의 등 뒤를 덮쳤다.

"꺄아아아악!"

여자 헌터 하나가 자지러질 듯한 비명을 질렀다.

실금했는지 그녀가 앉아 있던 자리에 노란 물이 번져 나갔다.

남자 헌터들의 얼굴도 굳어졌다.

"맙소사……."

광선이 지나간 자리에 주 씨는 없었다. 잘린 두 발목만 덩그러니 남아 있을 뿐이었다.

비위가 약한 한 남자는 속에 든 것을 게워 냈다.

"우웩- 우웨에엑!"

진우도 미간을 구겼다.

역시 이 녀석들은 마음만 먹으면 언제라도 헌터들을 전멸시킬 수 있었다.

그건 벌레를 밟아 죽이는 것보다 쉬운 일처럼 보였다.

'그런데 왜…… 그러지 않는 걸까?'

죽일 수 있음에도 죽이지 않는다.

헌터들만 보면 다짜고짜 덤벼드는 마수들과는 패턴이 전혀 달랐다.

이 녀석들은 일정한 조건이 갖춰져야만 움직인다.

문에 다가가면 공격하는 문지기, 움직이면 광선을 뿜는 신상의 눈.

마치 규칙이 있는 게임처럼.

'설마…… 이 방에는 룰이 있는 건가?'

순간 진우의 머릿속에서 하나의 퍼즐이 맞춰졌다.

아까 송 씨가 읽었던 석판의 내용이 떠올랐기 때문이다.

'카르테논 신전의 규율.'

규칙은 룰이고, 룰은 규율이다.

만약 이들의 손아귀에서 살아 나갈 방법이 있다면 그 석판에 적혀 있던 경고가 유일한 열쇠였다.

"……신께 경배하라."

그게 첫 번째 규율이었다.

"음? 자네 뭐라고 했는감?"

송 씨가 진우를 돌아보았다.

진우는 대답 대신 입가에 검지를 붙였다.

생각할 시간을 달라는 제스처였다.

'내 생각이 맞는다면…….'

진우는 천천히 몸을 일으켰다.

송 씨가 급히 진우를 잡으려고 했으나, 진우가 비장한 표정으로 고개를 저었다.

'……살기를 포기한 눈빛은 아니군.'

송 씨는 고개를 끄덕였다.

진우는 신상에게서 시선을 떼지 않고 조심스럽게 자리에서 일어났다.

그러자 신상의 눈동자가 곧바로 진우를 향했다.

지이이잉-!

역시나 광선이 쏘아졌다.

주저앉는 속도가 조금만 더 늦었더라면 머리카락 몇 가닥이 아니라 얼굴이 녹았으리라!

바닥에 납작 엎드린 진우는 거칠게 숨을 몰아쉬었다.

"헉, 헉, 헉, 헉."

죽을 뻔했다. 신상과 눈이 마주친 순간 꼼짝없이 죽는 줄 알았다. 간발의 차로 피했지만 아직도 다리가 떨려 왔다.

'그래도…….'

소득은 있었다.

'움직이는 대상을 공격하는 게 아니야.'

몸을 숙인 상태라면 얼마든지 자세를 바꿔도 눈동자는 움직이지 않는다.

하지만 일어서려고만 하면 어김없이 광선을 퍼붓기 시작한다.

'놈은 일정 이상의 높이가 되면 공격하는 거야.'

방금 진우는 그걸 확인해 보기 위해 목숨을 걸었다.

그리고 확신을 얻었다.

첫 번째 규율의 의미를!

진우가 헌터들을 향해 소리쳤다.

"다들!"

헌터들의 시선이 진우에게로 모였다.

진우는 그들을 둘러보며 말했다.

"신상을 향해 절하세요!"

헌터들이 고개를 갸웃거렸다.

"뭐……?"

"신상한테 절을 하라고?"

서로 눈치를 살피던 헌터들이 곧 진우에게 욕설을 쏟아 냈다.

"씨발…… 지금 그게 무슨 소리야!"

"아니, 이 상황에서 그런 말이 나와?"

"미쳤어요?"

특히 김 씨는 벌게진 얼굴로 콧김을 뿜어냈다.

"저런 악마 같은 것한테 절을 하라니, 내가 성 씨를 아주 잘못 봤구먼! 지금 움직일 수만 있었으면 자네 주둥이부터 후려쳤을 거야!"

진우는 아랫입술을 깨물었다.

여섯 명의 동료가 저 신상에게 죽었다. 그런 놈에게 절을 하라고 했으니 욕을 먹는 것은 당연한 일이었다.

헌터들의 심정도 충분히 이해할 수 있었다.

'그리고 가장 중요한 건…….'

자신에게 논리적 근거가 없다는 사실이었다.

그저 감.

감이라는 말로 표현할 수밖에 없었다.
그런데.
"나는 하겠네."
목소리는 진우의 뒤쪽에서 나왔다. 다들 시선이 그리로 옮겨 갔다.
리더 격이라 할 수 있는 송 씨였다.
"송 씨 아저씨……?"
"저 빌어먹을 신상한테 절을 한다고요?"
다른 헌터들이 당황하는 동안 송 씨는 진우의 눈을 들여다보았다.
"자네는 뭔가 발견한 거지?"
진우는 고개를 끄덕였다.
"그것도 감인가?"
"……네. 일단은."
"그려."
아까 진우의 감 때문에 11명이 살았다.
지금은 주 씨가 죽어서 10명이지만. 그런 진우의 감이라면 한번 믿어 볼 만하지 않나?
송 씨는 그렇게 생각했다.
송 씨가 신상을 향해 엎드리니 분위기가 숙연해졌다.
"진짜 하는 거야?"
여세를 몰아 진우가 목청에 힘을 실었다.
"부탁드립니다! 다들 신상을 향해 엎드려 주세요. 어쩌면 살아 나갈 수 있을지도 모릅니다!"
살 수 있다.
살아 나갈 수 있다.

그 한마디가 주는 파급력은 대단했다.

'살 수 있다고?'

'여기서 나갈 수 있단 말이야?'

'그깟 절 한 번에?'

머뭇거리던 헌터들이 한 명씩 엎드리기 시작했다. 마치 절을 하는 형태로.

하나둘 그 숫자가 늘어 갔다. 투덜거리던 김 씨도 결국엔 신상에게 머리를 숙였다.

하지만 신상에는 아무런 변화가 없었다.

신상의 두 눈이 여전히 소름 끼치는 붉은빛으로 이글거리고 있었다.

진우는 심장이 철렁 내려앉는 기분이었다.

'이게 아니었나?'

문득 진우의 시선이 옆의 주희를 향했다.

몸을 바짝 숙인 채 머리를 양손으로 감싸고 덜덜 떨고 있는 주희는 아무리 좋게 봐줘도 절을 하는 모습이라고 보기는 힘들었다.

'어쩌면…….'

진우는 주희의 손목을 살포시 잡았다.

그러자 주희가 겁먹은 고양이처럼 고개를 들었다. 진우는 말없이 고개를 끄덕였다. 그제야 주희가 손에 주고 있던 힘을 풀었다.

진우는 천천히 주희의 자세를 바꿔 주었다.

'됐다.'

이제 마지막 한 명만이 남았다.

바로 자기 자신.

진우도 신상을 향해 무릎을 꿇고, 양 바닥을 짚고, 천천히 머리를 숙였다.

그러자 변화가 시작되었다.

"어, 어어?"

변화를 알아챈 헌터들이 소리를 질렀다.

"신상이?! 다들 신상을 봐!"

"신상의 눈이!"

신상의 눈에서 이글거리던 붉은빛이 점점 사그라지고 있었다.

"뭐야? 진짜 이걸로 되는 거야?"

이윽고 붉은빛은 완전히 사라졌다.

오오─!

헌터들은 환호했다.

"불꽃이 꺼졌어!"

"살았다고!"

흥분한 헌터들이 자리에서 일어나 마구 소리를 질렀다. 그런데도 신상의 눈은 더 이상 광선을 뿜어내지 않았다.

뒤늦게 고개를 든 진우도 그제야 안도의 한숨을 내쉬었다.

"후우─."

예상대로였다.

이 방은 게임처럼 철저하게 정해진 규칙대로 움직이고 있었다.

'그렇다면.'

아직 게임은 끝난 것이 아니었다.

두 개의 규율이 더 남아 있었다.

둘째, 신께 찬양하라. 셋째, 신앙심을 증명하라.

바로 그때.

쿠구구구구구궁-

끔찍한 소음과 함께 방 전체가 흔들리기 시작했다.

진우의 얼굴이 굳어졌다.

'역시…….'

예감은 적중했다.

끝이 아니었다.

신상이 그 거대한 몸뚱이를 천천히 일으키고 있었다.

"어, 어?"

서로 부둥켜안고 눈물을 흘리던 헌터들이 이변을 깨닫고 돌처럼 굳어 버렸다.

"뭐…… 뭐야? 끝난 거 아니었어?"

"마, 말도 안 돼!"

다들 얼어붙은 채로 말을 잇지 못했다. 그들의 얼굴에 절망감이 드리워 갔다.

"아…… 아아……."

마침내 신상이 완전히 일어섰다.

놈은 주위를 한번 스윽 훑어보더니, 이내 헌터들을 향해 천천히 걸음을 옮겼다.

쿵!

* * *

쿵!

신상이 지면을 밟을 때마다 지축이 뒤흔들렸다.

쿵!

놈의 크기가 어찌나 큰지 까마득히 높아 보이던 천장에 놈의 머리끝이 닿을 듯했다.

쿵!

놈의 크기에 압도되고 있는 이 순간에도 놈과의 거리는 점점 줄어들고 있었다.

"이봐, 성 씨! 성진우 씨!"

"무슨 방법 없어?"

방금 전까지만 해도 진우를 욕하던 헌터들이 황급히 진우 주위로 몰려들었다.

"방법이 없는 거야?"

"말을 좀 해 봐!"

다 큰 어른들이 금방이라도 울음을 터트릴 것 같은 표정들을 짓고 있었다.

현재 진우만이 유일한 희망이었다.

진우는 얼어 있는 주희를 일으켜 세우며 두 번째 규율에 관해 이야기했다.

"신께 찬양하라. 그게 열쇱니다."

"아, 그건!"

김 씨가 아는 척했다.

"아까 그 석판에 적혀 있던?"

"맞아요. 신께 경배해라, 신께 찬양하라, 신앙심을 증명하라. 세 가지 규율을 모두 만족시켜야 해요."

진우의 말이 빨라졌다.

신상은 벌써 코앞까지 다가와 있었다.
쿵!
놈의 거대한 그림자가 헌터들에게 드리웠다.
헌터들의 안색이 창백해졌다.
“제, 제가 해 볼게요.”
평소에 거의 말이 없던 청년 헌터 하나가 앞으로 한 걸음 나섰다.
“이봐! 뭘 어쩌려고?”
“교회 성가대 출신입니다. 찬양이라면 자신 있어요.”
청년은 김 씨의 만류에도 불구하고 신상 앞으로 천천히 걸어 나갔다.
신상을 올려다보며 호흡을 가다듬던 그가 마지막으로 한 번 크게 숨을 들이마셨다.
“주께 가오니-.”
방 안에 청아한 목소리가 울려 퍼졌다.
“날 새롭게 하시고- 주의 은혜를 부어 주소서.”
신상이 그의 앞에서 걸음을 멈추었다.
오오-
헌터들은 나직이 탄성을 내질렀다.
신상은 노래에 심취한 듯 꼼짝도 하지 않았다.
방의 모든 소음이 사라졌다. 청년의 목소리만이 고고하게 내부를 울렸다.
용기를 얻은 청년은 더욱 목청에 힘을 실었다.
“내 안에 발견한 나의 연약함 모두- 벗어지리라 주의 사랑으로-.”
그들 중 오직 한 사람, 진우만이 불길한 예감에 몸서리를 쳤다.

'아니…… 아니야.'

진우는 몇 번이고 속으로 말을 삼켰다.

이 방 안에는 이 방의 룰이 있다.

지금 청년은 이 방의 룰이 아닌, 기독교라는 자기 종교의 룰로 찬양하고 있었다.

다행히 신상은 움직이지 않고 있었으나, 이걸로 규율을 지켰다고 할 수 있을까?

진우는 고개를 가로저었다.

그럼에도 청년을 말리지 않았던 단 한 가지 이유는 신상을 막을 다른 방법이 전혀 떠오르지 않았기 때문이었다.

바로 그때!

쿠궁!

묵직한 소음이 내부를 울렸다.

"꺄아아아아아악!"

여자 헌터가 찢어질 듯한 비명을 질렀다.

신상이 발을 들어 올리자 놈의 발바닥과 바닥 사이에서 으깨진 청년 헌터가 적나라하게 드러났다.

다른 헌터들도 비명을 내질렀다.

"아아아아-!"

"으, 으아아아악!"

여태껏 무표정이었던 신상의 얼굴이 분노로 잔뜩 일그러져 있었다.

"화났다!"

"도, 도망쳐!"

헌터들은 급히 신상에게서 떨어졌다.

"꺄아아아아아악!"

그러나 바로 눈앞에서 청년 헌터가 밟혀 죽는 것을 목격한 여자 헌터는 이미 이성을 잃어버린 듯 움직이지 못하고 제자리에서 꺅꺅 비명만 질러 댔다.

"꺄아아아악!"

'젠장…….'

주희를 안아 들고 도망가던 진우가 그녀를 구하기 위해 돌아섰다.

그러나 송 씨가 막아섰다.

"아저씨……?"

"이미 늦었네."

신상은 파리를 때려잡듯 손바닥으로 여자 헌터를 내려쳤다.

콰앙!

"크……."

진우는 고개를 돌렸다.

차마 두 눈 뜨고 보지 못할 참혹한 광경이었다.

"이러고 있을 시간 없으이. 그 아가씨까지 죽게 만들 셈인가?"

송 씨의 말에 진우는 정신이 번쩍 들었다.

말 그대로였다.

쿵!

"으아아악!"

쿵!

쿵!

"살려 줘!"

이제 신상은 걷지 않았다.

이리저리 뛰어다니며 닥치는 대로 사람들을 밟아 짓뭉개고 있었다.
놈이 발을 구를 때마다 방 전체가 흔들거렸다.
쿵!
쿵!
진우는 이를 악물고 달리기 시작했다. 주희는 눈을 꼭 감고서 진우에게 매달렸다.
"떨어지세!"
"예!"
붙어 있으면 위험하다는 생각에 진우와 송 씨도 흩어졌다.
진우는 날뛰고 있는 신상을 피해 최대한 구석으로 갔다. 하지만 진우보다 빠르게 그쪽으로 달려간 헌터가 있었다.
박 씨였다.
박 씨는 젖 먹던 힘까지 다해 달렸다.
가족들 생각에 눈물이 핑 돌았다.
"으흑-."
집에는 자신을 쏙 빼닮은 아들과 둘째를 밴 마누라가 기다리고 있었다. 여기서 이렇게 허무하게 죽을 수는 없었다.
악을 쓴 덕분인지 헌터들 중에서 가장 빠르게 신상에서 멀어질 수 있었다.
"하아, 하아."
구석에서 한숨 돌리고 있는 박 씨에게, 그와 친했던 김 씨가 다급히 소리쳤다.
"박 씨!"
박 씨는 익숙한 목소리에 뒤를 돌아보았다.

"응?"

김 씨가 박 씨의 등 너머를 가리키며 고함을 질렀다.

"뒤! 뒤를 보라고!"

그때 박 씨의 뒤쪽에서 뭔가 날카로운 것이 번쩍였다.

"어……?"

스걱!

박 씨가 정수리에서부터 사타구니까지 두 쪽으로 반듯하게 쪼개졌다.

찢어진 박 씨의 몸은 각각 양쪽으로 쓰러졌다.

"박 씨!"

검으로 박 씨를 내리쳤던 석상은 문지기가 그랬던 것처럼 아무 일 없었다는 듯이 원래의 자세로 돌아갔다.

김 씨가 그 모습을 보고 울먹거렸다.

"이, 이 개 같은 것들이……!"

쿵!

쿵!

쿵!

뒤에서는 거대한 신상이 사람들을 하나하나 밟아 죽이고 있었고, 놈을 피해 구석으로 달아나면 그곳에 배치된 석상이 사람들을 공격했다.

"으아아아악!"

"내 팔! 내 팔!"

안은 공포와 혼란의 도가니로 변했다.

"헉, 헉……."

진우의 이마에 식은땀이 송골송골 맺혔다.

다리가 점점 무거워지고 있었다.

갈수록 숨도 가빠졌다.

하지만 진우의 머릿속은 오직 한 가지 생각으로 가득 차 있었다.

'신께 찬양하라, 신께 찬양하라, 신께 찬양하라.'

머릿속을 맴도는 두 번째 규율.

그 수수께끼를 풀 열쇠는 분명 이 방 안에 있다.

이 안에서 우리가 이용할 수 있는 무언가가!

하지만 헌터들이 처음 이 방에 들어왔을 때, 주변을 샅샅이 뒤졌으나 뭔가 이용할 수 있는 장치나 도구 같은 것을 발견하지는 못했다.

'그때나 지금이나 움직이는 것은 석상들뿐이야.'

잠깐.

무언가가 진우의 뇌리를 스치고 지나갔다.

'움직이는 것은 석상뿐이다?'

아차.

진우의 눈이 커졌다.

"왜 그 생각을 못 했을까!"

움직일 수 있는 것이 석상뿐이라면 이용할 수 있는 것도 석상뿐이다.

석상은 사람이 가까이 다가왔을 때만 움직이니 이를 활용해야 하는 것이다.

'어쩌면……!'

진우는 숨을 거칠게 헐떡이면서도 방이 떠나갈 정도로 고래고래 소리쳤다.

"다들 악기를 든 석상 쪽으로 가요!"

모든 헌터들이 진우의 목소리를 들었다.

"……!"

"악기?"

헌터들의 눈빛에 희망이 깃들었다.

절하라는 말을 들었을 때와 달리 헌터들은 발 빠르게 움직였다.

물론 진우가 틀렸다면 악기를 든 석상에게 접근하자마자 맞아 죽을 것이다.

하지만 이 순간 진우를 의심하는 사람은 아무도 없었다.

송 씨가 가장 먼저 악기를 든 석상 앞에 도착했다.

"……."

송 씨는 호흡을 가다듬으며 고개를 들어 올렸다.

그러자 하프를 든 석상이 거짓말처럼 손가락을 움직이기 시작했다.

따라라란- 딴딴-

아름다운 음률이었다.

"정말이다!"

"다들 악기를 든 석상으로!"

헌터들은 헐레벌떡 근처의 석상으로 달려갔다.

나팔을 들고 있는 석상은 나팔을 불었고, 피리를 들고 있는 석상은 피리를 연주했고, 리라를 들고 있는 석상은 선을 튕겼다.

"헉, 헉, 헉."

탈진 직전 상태였던 김 씨는 부주카를 든 석상 앞에서 털썩 무릎을 꿇었다.

디링- 디링-

석상이 연주를 시작하자 김 씨를 쫓아오던 신상이 걸음을 멈추었다.
김 씨는 감정이 북받치는지 꿇어앉은 채로 굵은 눈물을 흘렸다.
"으흐흐흐흑, 으흐흑……."
신상이 휙 돌아섰다.
주위를 두리번거리던 놈은 금방 다음 먹잇감을 찾아냈다.
"젠장."
신상과 눈이 마주친 진우가 욕지기를 내뱉었다.
심장이 터질 것처럼 뛰기 시작했다. 등은 이미 식은땀으로 흠뻑 젖어 있었다.
'왜! 왜 여기만!'
진우는 원망스러운 눈빛으로 눈앞의 석상을 올려다보았다.
북을 든 석상은 움직일 기미가 없었다.
쿵, 쿵, 쿵!
신상이 무서운 속도로 거리를 좁혀 왔다.
거의 끝과 끝이었던 신상과의 간격이 점점 제로에 가깝게 줄어들었다.
진우는 침을 꼴깍 삼켰다.
'혹시 나와 주희 씨 두 사람이 같은 석상 아래에 있어서 연주하지 않는 건가?'
그렇게 생각할 수밖에 없었다.
다른 이들이 서 있는 석상들은 하나도 문제없이 연주를 하고 있었기 때문이다.
'생각하고 있을 시간이 없다.'
진우는 주희를 내려놓고 다른 곳으로 뛸 준비를 했다.

“진우 씨…….”

겁에 질린 주희가 진우의 소매를 붙들었다.

진우는 차분하게 주희의 귓가에 속삭였다.

“같이 있으면 우리 둘 다 죽어요.”

주희의 눈에 눈물이 맺히기 시작했다. 소매를 잡은 손가락 끝이 떨리고 있었다.

하지만 그녀에게 설명하고 있을 시간이 없었다.

진우는 주희의 손을 조심스럽게 떼어 놓고는 맞은편으로 무작정 뛰었다.

둥둥둥.

뒤를 돌아보니 주희 뒤의 석상이 느릿하게 북을 때리기 시작했다.

‘다행이다.’

이제 남은 과제는 하나였다.

무사히 다른 석상까지 달려가는 것!

아직 악기를 연주하는 석상의 보호를 받지 못하는 사람은 진우뿐이었다. 당연히 신상의 모든 분노가 진우 한 사람에게로 집중됐다.

진우는 필사적으로 집채만 한 놈의 발을 피해 가며 방을 가로질렀다.

쿵!

쿵!

넘어지고 구르고 하면서도 진우는 가까스로 신상의 발에 밟히지 않았다.

“헉, 헉.”

비록 E급이긴 해도 전투계 헌터의 신체가 이럴 때는 큰 도움이 되었다.
'조금만, 조금만 더!'
진우는 신상의 움직임을 주시하며 다리에 힘을 주었다.
속도가 빨라졌다.
석상까지의 거리가 불과 몇 걸음 남지 않은 상태였다.
"그쪽이 아니야!"
송 씨가 고함쳤다.
신상의 움직임에 온 신경이 팔려 있던 진우가 깜짝 놀라 앞을 돌아보았다.
"아!"
악기를 든 석상이 아니야?
멀리서 보기에 악기처럼 보였던 것이 실은 방패였다는 사실을 뒤늦게 깨달았다.
석상은 사정없이 방패를 내리찍었다.
"헉!"
진우가 옆쪽으로 몸을 날렸다.
"꺄아아악!"
주희가 비명을 질렀다.
바닥을 구르던 진우가 고개를 들어 올리니 신상이 코앞에 있었다.
"산 넘어 산……."
구르면서 이마가 찢어졌는지 피가 흘러 들어와 눈앞이 침침해졌다.
시야가 좁아져 먼 거리는 제대로 보이지도 않았다.
진우의 고개가 빠르게 좌우로 움직였다.
'악기, 악기…….'

그러나 근처를 아무리 둘러보아도 악기를 든 석상은 보이지 않았다.

신상이 진우를 향해 발을 들어 올렸다.

"헉!"

진우는 또다시 몸을 날려 간신히 신상의 발을 피했다.

쿵!

하지만 이제 정말로 한계였다.

극심한 현기증이 일었고, 이상하게 균형을 잡기도 힘들었다.

'제발…….'

신이 있다면 기도라도 드리고 싶은 심정이었다.

그때 진우의 시야에 무기도, 악기도 아닌 것을 들고 있는 석상이 들어왔다.

'저건?'

진우는 거기에 마지막 희망을 걸었다. 바닥을 기다시피 움직여 석상 앞에 도착했다.

그리고 간신히 몸을 뒤집어 신상이 달려오는 쪽으로 돌아누웠다.

더 이상은 움직일 여력이 없었다.

"하아- 하아-."

진우는 다가오는 석상을 마주 보며 거친 호흡을 몰아쉬었다.

신상은 요리조리 피해 다니는 진우가 무척이나 성가셨는지 아까보다 더 심하게 구겨진 얼굴이었다.

신상이 진우의 앞에 똑바로 섰다.

고층 빌딩만 한 녀석이 앞을 가로막고 있으니 숨이 턱턱 막혀 왔다.

"하아- 하아-."

다 잡은 쥐라고 생각하는 걸까?

신상은 가만히 내려다보기만 했다.

'끝이다…….'

진우는 자신을 향하고 있는 신상의 두 눈동자에서 피할 수 없는 죽음을 예감했다.

그러나 그때.

우우우-

뒤편에서 이 세상 것이 아닌 듯 아름다운 목소리가 흘러나왔다.

진우는 고개를 틀어 뒤쪽을 바라보았다.

우우, 우우우-

책을 들고 있는 석상이 입술을 움직일 때마다 성스러운 노랫소리가 내부를 메아리쳐 울렸다.

우우우, 우-

신상의 얼굴이 서서히 이전의 표정을 되찾아 갔다. 흉측하게 구겨졌던 얼굴 근육이 말끔히 펴졌다.

신상은 석상들의 노래와 연주가 모두 끝나자 돌아섰다.

그리고 다른 석상들이 그리했던 것처럼 아무 일도 없었다는 듯 본래의 자리로 돌아가 앉았다.

쿵!

신상이 앉는 소리가 신전 안을 울렸다.

"하아, 하아, 겨우, 세이프인가?"

진우는 옅은 미소를 지었다.

반대쪽에 있던 주희가 진우에게로 달려왔다.

"진우 씨!"

전속력으로 달려온 주희는 눈물을 흘리며 진우 옆에 주저앉았다.

“어쩌면 좋아…… 어떡하면 좋아…….”

주희는 가지고 있는 모든 마력을 다 써 가며 치료 마법을 시전했다.

하지만 아무것도 변하지 않았다.

흩어져 있던 헌터들이 하나둘 진우의 주위로 몰려들었다.

그들의 표정은 하나같이 어두웠다.

“어떡해…… 진우 씨…….”

그 와중에도 주희는 서럽게 흐느끼고 있었다.

다들 왜 그러지?

진우가 입을 뻐끔거렸다. 이유를 물어보려고 했으나 목소리가 제대로 나오지 않았다.

하는 수 없이 진우는 삐걱거리는 상체를 일으켰다.

“……?”

아래쪽이 피투성이였다.

진우는 뒤늦게 자신의 몸에 일어난 변화를 알아차렸다.

“아…….”

오른쪽 무릎 아래가 사라져 있었다.

진우의 시선이 방패를 든 석상에게로 옮겨 갔다. 놈의 방패 끝에 묻어 있는 핏자국을 발견할 수 있었다.

사라진 다리는 그 아래에 있었다.

뚝-

뚝-

주희의 코에서 핏방울이 흘러나왔다. 이미 주희의 신체가 한계에 도달했다는 증거다.

안타깝지만 B랭크 헌터의 치유 마법으로 절단된 신체의 복구는 불가능했다.

밑 빠진 독에 물 붓기.

주희의 체력은 빠르게 고갈되고 있었다.

"됐어요…… 주희 씨. 이제 그만……."

"내가 치료해 줄게요! 내가 낫게 해 줄게요!"

헌터들은 두 사람을 보며 참담한 표정을 지었다.

이곳에 들어섰던 17명 중 여섯 명만이 남았다.

그 여섯 명 중에서도 두 명은 끔찍한 중상을 입었다. 송 씨는 팔을 잃었고, 진우는 다리를 잃었다.

목숨은 건졌지만 누구도 웃을 수 없었다.

그때 또다시 굉음이 울렸다.

구구구구구구—!

마법진이 그려진 신전의 중앙 부분이 불쑥 솟아올랐다.

진우는 올 것이 왔다고 생각했다.

'신앙심을 증명하라…….'

그 말이 무엇을 뜻하는지는 어렴풋이 짐작하고 있던 바였다.

3. 마지막 시험

3. 마지막 시험

신전 중앙의 바닥에 새겨진 원형의 마법진은 계단 두 개 정도의 높이만큼 솟아오르더니 움직임을 멈추었다.

"제단……."

진우의 혼잣말에 헌터들이 민감한 반응을 보였다.

'제단?'

'방금 분명 제단이라고…….'

앞선 두 번의 위기에서 자신들의 목숨을 구해 준 사람은 등급 높은 각성자가 아니라 평소 E급이라며 무시하던 진우였다.

'성 씨가 아니었다면 지금 우리들은…….'

헌터들은 모두 같은 생각이었다.

현 상황에서 진우의 말은 생명 줄과도 같았다.

그런 진우가 무심코 꺼낸 단어 '제단'.

눈치 빠른 김 씨가 요지를 캐치해 냈다.

"알겠다, 알겠어."

김 씨는 허리춤에 차고 있던 검을 꺼냈다.

원래는 마수를 베기 위한 용도로 쓰이는 물건이었다. 하지만 지금은 다른 의미로 이놈이 꼭 필요했다.

"아무리 무식한 나라도 이쯤 되면 무슨 말인지 대충 감이 잡히는구먼."

헌터들은 시퍼렇게 날이 선 김 씨의 검을 보고 마른침을 꼴깍 삼켰다.

"어이, 김 씨. 갑자기 장비는 왜 꺼내고 그래?"

"말로 하자고, 말로."

멤버들 중 가장 랭크가 높은 C급 헌터 송 씨가 중상을 입은 지금, D급에서도 꽤 강한 실력을 지닌 김 씨를 제압할 수 있는 사람은 없었다.

김 씨는 검 끝으로 제단을 가리켰다.

"마지막 규율, 신앙심을 증명하라. 그리고 갑자기 중앙에 생긴 저 제단."

김 씨의 시선이 진우에게로 옮겨 갔다.

"요컨대 제물을 바쳐야 한다 이거 아니야, 성 씨?"

진우는 고개를 끄덕였다.

그의 생각도 그러했다.

살아남은 여섯 명 중 누군가 한 사람은 제물이 되어야 한다.

'아마도 그게 마지막 규율…….'

진우가 내린 결론이었다.

인기척에 고개를 들어 보니 이리로 다가오는 김 씨의 눈빛이 예사롭지 않았다.

진우의 이마 옆으로 땀 한 방울이 길게 흘렀다.

“아저씨…… 무슨?”

“자네는 암말 말고 가만히 있어!”

버럭 소리친 김 씨가 진우 옆에 앉아 진우의 상태를 살피고 있던 송 씨에게 검 끝을 향했다.

“우리를 여기로 끌고 온 사람이 누구야? 여기 있는 송 씨 아니야? 그럼 송 씨가 마지막까지 책임지는 것이 도리 아니겠어?”

“아저씨!”

진우가 발끈하여 일어서려 하자, 송 씨의 고목 껍질 같은 손이 막았다.

진우는 송 씨를 돌아보았다.

“…….”

송 씨는 말없이 고개를 저었다. 그의 눈빛이 아무 말도 하지 말라 부탁하고 있었다.

진우는 하고 싶은 말이 많았으나 속으로 삼켜야 했다.

송 씨가 느릿하게 몸을 일으켰다.

“김 씨 말이 맞어. 내가 책임을 져야지.”

“이제 말이 통하네, 영감.”

김 씨가 검을 제단 쪽으로 까딱거렸다.

“알았으면 얼른 가자고. 영감 덕분에 죽은 사람이 벌써 10명이 넘었으니까.”

희생자 중에는 김 씨와 친했던 박 씨도 있었다.

이중 던전에 들어온 것은 출발하기 전 모두의 투표로 결정한 일이었지만, 이미 이성을 상실한 김 씨의 머릿속에는 당시의 기억이 까맣게 지워져 있었다.

송 씨가 김 씨에게 말했다.

"스스로 가고 싶으니 칼은 치워 주겠나?"

김 씨는 단칼에 거절했다.

"영감을 어떻게 믿고? 잔말 말고 앞장서."

송 씨는 나직이 한숨을 내쉰 뒤 제단으로 걸어갔다. 김 씨는 그의 등에 검을 겨눈 채로 뒤따라갔다.

진우는 두 사람을 보며 아랫입술을 깨물었다.

'송 씨 아저씨의 잘못이 아니다.'

모두가 동의했던 일이었다.

일이 틀어졌다고 이제 와서 모든 책임을 송 씨 아저씨에게 떠넘기는 건 너무나도 비겁한 짓이었다.

'하지만…….'

진우에게는 김 씨를 막을 힘이 없었다.

D급 중에서도 최상위에 속하는 김 씨와 E급 중에서도 최약체에 속하는 진우.

힘의 차이는 명백했다.

더군다나 지금은 다리까지 성치 않은 상태.

김 씨에게 대들었다간 자기 자신이나 자신의 치료에 전념하고 있는 주희까지 잘못될 수 있었다.

"젠장."

진우는 질끈 눈을 감았다.

오늘만큼 자신의 무력함이 원망스러운 날이 없었다.

그사이 송 씨가 제단 위에 올라섰다.

화르륵!

그러자 제단의 바깥 부분에서 붉은 불꽃이 하나 치솟았다. 다들 침을 꼴깍 삼키며 무슨 일이 일어날지 상황을 주시했다.

하지만 아무 일도 일어나지 않았다.

불꽃 하나가 생긴 것이 전부였다.

"……?"

한참 기다려도 아무런 변화가 없자, 송 씨를 제단 위로 떠민 김 씨는 물론이거니와 다른 이들까지도 당황하기 시작했다.

김 씨가 진우를 돌아보았다.

"이 봐, 성 씨. 이게 아니야?"

진우도 고개를 저었다.

"저도 잘……."

제물이 될 사람이 제단 위에 올라가면 '신앙심을 증명하라'라는 셋째 규율이 완성될 줄 알았다.

'제물을 요구하는 게 아니었나?'

하지만 나쁜 소식은 아니었다.

제물을 요구하는 것이 아니라면 송 씨 아저씨를 구할 방법이 있다는 소리였다.

진우의 표정이 밝아졌다.

진땀을 흘리며 일어서려는 진우를 근처에 있던 헌터 두 사람이 잽싸게 부축했다.

"제단을 살펴볼 수 있게 그리로 옮겨 주세요."

"진우 씨, 아직 상처가……."

주희도 진우를 따라 일어났다.
너무 많은 마력을 소모한 탓에 주희의 안색이 창백하게 변해 있었다.
그녀의 수고가 있었기에 출혈이나 통증을 최소한으로 줄일 수 있었다.
'서둘러야 돼.'
주희의 상태, 김 씨의 분노, 송 씨의 상처, 그리고 다른 헌터들의 공포까지.
허락된 시간은 많지 않았다.
진우는 헌터들의 부축을 받아 제단에 도착했다.
"제단 위쪽으로 올라가죠."
부축하던 두 사람은 잠깐 흠칫했으나 곧 진우를 믿고 올라섰다.
그러자 불꽃 세 개가 더 올라왔다.
화르륵!
화르륵!
화르륵!
진우의 눈이 번뜩였다.
'불꽃의 수가 사람 수와 같다.'
송 씨와 진우, 그리고 진우를 부축한 두 사람. 불꽃은 사람 숫자에 맞춰서 솟아올랐다.
네 개의 불꽃이 제단의 바깥쪽에서 원을 그려 가고 있었다.
'불꽃 간의 간격을 볼 때 앞으로 두 개만 더 생기면 원이 완성된다.'
아무래도 남은 사람이 전부 올라와야 무언가가 시작되는 구조인 듯했다.

진우가 송 씨에게 물었다.

"여기서 기다리고 있으면 우릴 구조하러 다른 헌터들이 올까요?"

송 씨는 고개를 저었다.

"오늘이 게이트가 생긴 지 일주일째 되는 날이여. 지원이 오기 전에 저것들이 먼저 움직이겄지."

"D급 게이트라고 너무 오래 방치해 뒀군요."

"협회가 하는 일이 다 그렇지 않은감."

게이트는 7일이 지나면 완전히 열린다.

그 시간 안에 던전의 보스를 잡아 게이트를 닫히게 만드는 것이 레이드의 진짜 목적이다.

그러지 못한다면 던전 안쪽에 갇혀 있던 마수들이 바깥을 자유롭게 활보할 수 있게 된다.

진우는 뒤를 돌아보았다.

의자에 앉은 거대한 신상은 여전히 거만한 눈빛으로 아래를 내려다보고 있었다.

'저런 것이 밖으로 나간다면…….'

그 피해는 상상도 할 수 없었다.

물론 그 전에 먼저 이 방의 헌터들 전원이 이동을 시작한 신상이나 석상들에게 죽임을 당하겠지만.

망연히 기다리고 있을 수 없다는 것만은 확실했다.

진우는 주희와 김 씨를 불렀다.

"두 사람도 올라와요."

주희가 먼저 제단 위로 올라왔다. 망설이던 김 씨도 금방 따라 올라왔다.

불꽃 두 개가 솟아오르며 원이 완성됐다.

화르륵!

헌터들이 화들짝 놀랐다.

"아니?"

"이게 왜 이래?"

진우의 예상대로 변화가 일어났다.

'온다.'

제단의 가장 바깥 테두리에서 조그마한 푸른색 불꽃들이 차례대로 솟아오르며 원을 그리기 시작했다.

촘촘하게 이어진 푸른 불꽃은 대충 잡아도 30개는 넘어 보였다.

'34, 35, 36.'

빠르게 수를 세던 진우는 원이 완성되고 나서 푸른 불꽃이 모두 36개임을 알았다.

'사람 수대로 솟아오른 붉은 불꽃 여섯 개, 그 바깥쪽에 생긴 푸른 불꽃 36개. 불꽃의 숫자에 무슨 의미가 있는 걸까?'

그때였다.

덜컹-!

굳게 닫혀 있던 문이 아무런 예고도 없이 갑자기 열렸다.

헌터들은 반사적으로 움찔했다.

"윽……!"

다들 열린 문 쪽으로 뛰쳐나가고 싶은 마음이 굴뚝같았지만, 성가대였다는 청년의 최후를 본 터라 차마 걸음이 떨어지지 않았다.

앞서 나가다가는 어떻게 죽을지 모르는 것이다.

답을 요구하듯 모두의 시선이 진우에게로 일제히 모였다.

그러나 진우는 입을 일자로 다물었다.

"……."

아직은 어떤 결론도 내릴 수 없었다.

문이 열린 것이 함정인지, 아니면 마지막 규율을 지켜서 나갈 수 있게 된 것인지 알 수 없었다.

모두의 시선이 진우에게 쏠려 있을 때, 방 전체에 기분 나쁜 소음이 울려 퍼졌다.

끼이이이익-

끼이이이익-

여섯 명의 고개가 사방으로 빠르게 돌아갔다.

"이건 또 뭐야?"

"다, 다가왔어!"

"이것들 방금 전부 움직였다고!"

헌터들의 호흡이 가빠졌다.

사람이 가까이 있을 때만 움직이는 줄 알았던 석상들이 이전보다 몇 걸음 가까워져 있었다.

짧은 순간이었지만 진우는 상황을 정확히 파악했다.

'아니, 석상이 움직인 게 아니야. 움직인 것은 석상 발밑의 받침대다.'

금방 고막을 때렸던 기분 나쁜 소음은 아마도 석상을 받치고 있는 받침대가 바닥과 마찰하며 일어난 소리인 듯했다.

"……이젠 또 안 움직이네?"

김 씨가 이마에 맺힌 땀을 닦았다.

모두가 석상들에 정신이 팔려 있을 때, 진우는 시선을 내리깔아 푸른 불꽃을 살폈다.

하나씩 꺼지기 시작한 푸른 불꽃은 이미 세 개나 사라져 있었다.

끼이이이이익-

누군가 외쳤다.

"뭐, 뭐야? 어느 쪽이야?"

진우는 고개를 들었다.

소음은 자신 쪽이었다.

자신의 정면 방향에 위치한 석상들이 조금 더 가까이 이동해 있었다.

'어째서 내 쪽만……?'

혹시 한눈을 팔았기 때문인가?

진우는 확인을 위해 눈을 감았다.

그러자 다시 소음이 울렸다.

끼이이익-

눈을 뜨자 소음이 멈췄다.

확실히 석상은 조금 더 가까워져 있었다.

"뭐냐고 씨벌!"

"이, 이건 뭘 어떡해야 하는 겁니까?"

진우가 소리쳤다.

"전부 석상들한테서 눈을 떼지 마세요!"

생각해 보면 석상들이 처음 제단 쪽으로 이동을 시작한 것도 아까 모두의 시선이 자신에게로 쏠려 있었을 때부터였다.

'이 녀석들은 보지 않을 때 다가온다.'

순간 푸른 불꽃이 하나 더 꺼졌다.

그러나 일행들이나 석상들에겐 아무런 변화도 없었다.

'혹시……?'

진우는 석상들에게서 눈을 돌리지 않고 최대한 조심스럽게 속으로 숫자를 셌다.

'역시.'

푸른 불꽃은 대략 1분에 하나씩 줄어들고 있었다.

'푸른 불꽃은 타이머다.'

36개의 푸른 불꽃이 모두 사라질 때까지 제단 안에서 이렇게 버티는 것이 세 번째 규율의 핵심인 듯했다.

즉 전원이 석상을 감시하고 있는 동안은 안전하다는 뜻이었다.

어쩌면 마지막 단계에서는 아무도 죽지 않을 수 있을지 몰랐다.

진우는 얼마나 버텨야 하는지 남은 시간을 계산해 보기 위해 마지막으로 푸른 불꽃의 숫자를 확인했다.

'이제 남은 건 30개…….'

30분만 버티면 된다!

하지만 그것은 진우의 실수였다.

푸른 불꽃을 세는 동안 또 진우 쪽의 석상들이 제단 쪽으로 접근해 왔고.

끼이이이이익-

"으으으…… 으아아아악!"

진우의 반대편에 서 있던 남자가 비명을 지르며 문 쪽으로 달려나갔다.

등 뒤에서 자꾸만 들려오는 기괴한 소음에 그만 겁을 집어먹은 것이다.

그가 제단을 내려가자 곧바로 붉은 불꽃 하나가 꺼졌다.

"안 돼!"
진우가 소리쳤다.
하지만 실성한 듯 달리던 남자는 다수의 예상과 달리 열린 문으로 무사히 빠져나갔다.
"뭐, 뭐야? 성 씨, 어떻게 된 거야? 저 사람 살았는데?"
진우는 문과 반대 방향이어서 상황이 어떤지를 알 수 없었다.
"뭔가 달라진 건 없어요?"
"문이…… 문이 조금 닫혔어."
"문이 닫히고 있나요?"
"아녀, 아녀. 저 사람이 내려가고 나서 조금 움직이고는 멈췄어."
진우는 남자가 제단을 내려갔을 때 붉은 불꽃 하나가 바로 꺼졌던 것을 기억해 냈다.
'아뿔싸!'
가슴이 철렁 내려앉는 기분이었다.
제단 위에 서 있는 내내 머릿속을 어지럽히던 의문이 드디어 풀렸다.
어째서 이것이 신앙심의 증명인가?
그 문제의 대답이 떠올랐다.
그것은 한쪽 다리가 날아가 다른 사람의 부축을 받아야만 균형을 지탱할 수 있는 진우에게는, 최악의 조건이었다.

* * *

'열린 문'은 사실 함정이었다.

눈에 보이는 가짜 희망!

제단에 올라서 있던 사람들이 열린 문을 보고 한꺼번에 제단을 내려가면 붉은 불꽃이 모두 꺼지고 문은 완전히 닫혔을 것이다.

남은 것은 피와 비명의 향연뿐.

반면 '제단'은 약속된 땅이었다.

각자가 정해진 시간 동안 자신의 위치에서 자신의 역할을 다하면 전원의 생존이 보장되는 장소였다.

보이는 가짜 희망이냐, 보이지 않는 약속이냐.

세 번째 규율 '신앙심의 증명'이란 다가오는 위협 속에서도 달콤한 유혹에 넘어가지 않고 자신의 자리를 지킬 수 있는가를 시험하는 것이리라.

여기서 두 가지 변수가 작용했다.

첫 번째 변수는 자신의 존재였다.

원래 열린 문을 보고 뛰쳐나가야 했을 사람들이 자신의 대답을 듣기 위해 멈춰 서는 바람에 전원 이탈로 문이 닫히는 참사를 피할 수 있었다.

'운이 좋았다.'

그렇게 말할 수밖에 없었다.

앞선 두 개의 규율을 모두 진우 혼자 알아내 사람들의 신뢰를 얻었기에 가능했던 일이었다.

하지만 예기치 못한 두 번째 변수가 발생했다.

이탈자가 나오고 만 것이다.

눈앞에 있는 희망을 손에 쥘 수 있다는 사실을 알게 되었을 때 사람들은 어떤 반응을 보일 것인가?

뻔한 문제였다.

진우를 부축하고 있던 남자도 진우를 내팽개치고 뛰쳐나갔다.

송 씨가 황급히 손을 뻗어 휘청거리는 진우의 등을 잡아 주었다.

슈욱—

남자가 제단을 내려가자 붉은 불꽃이 하나 더 꺼지며 그만큼 문틈이 또 줄어들었다.

그그그-

"어, 어!"

김 씨가 두 번째 이탈자를 보고 손가락질했으나, 첫 번째 이탈자와 마찬가지로 그도 무사히 빠져나갔다.

진우가 붉은 불꽃의 숫자를 확인하고는 소리쳤다.

"움직이지 마세요! 더 이상은 안 돼요!"

앞, 뒤, 좌, 우.

사방의 시야를 확보하려면 최소한 네 사람이 필요했다.

자신과 주희와 송 씨와 김 씨.

남아 있는 네 사람 중 한 명만 빠져도 시야에 사각이 생길 수밖에 없었다.

김 씨가 이마의 땀을 훔치며 물었다.

"성 씨, 어떻게 된 거야? 설명을 좀 해 봐."

"이대로 버티기만 하면 돼요! 푸른 불꽃이 다 꺼질 때까지."

진우는 자신이 알게 된 모든 것을 털어놓았다.

김 씨는 고개를 끄덕이며 귀를 쫑긋 세웠다.

빠르게 모든 설명을 마친 진우가 끝으로 한마디를 더 덧붙였다.

"모두 살아 나갈 수 있습니다."

이 방의 규율들은 항상 생존할 수 있는 길을 열어 두고 있었다.

마지막 규율 또한 다르지 않을 것이다.

"자기 자리를 지키기만 하면요."

서로를 믿기만 하면 아무도 다치지 않고 살아 돌아갈 수 있다고, 진우는 확신했다.

하지만 김 씨의 생각은 달랐다.

김 씨가 머뭇거리며 물었다.

"저기, 성 씨…… 성 씨 말이 맞을 수도 있지만…… 실제로는 시간이 지나고 문이 완전히 닫혀 버릴 수도 있는 거 아니야?"

"……."

진우는 대답하지 못했다.

여러 가지 궁리 끝에 도달한 결론이었지만 결과가 나와 보기 전까지 백 퍼센트 장담할 수 없었다.

그러나 김 씨에게는 정답이 필요했다.

불확실한 전원의 생존보다, 확실한 본인의 생존이 더 절실했다.

"미안한데…… 나도 더는 못하겠어."

"아저씨!"

"미안해."

김 씨는 그 말을 끝으로 제단을 내려갔다. 그리고 진우의 목소리를 무시한 채 문 쪽으로 달렸다.

문밖에서 잠깐 뒤를 돌아보았던 김 씨는 다시 돌아오지 않았다.

뿌득.

진우는 이를 갈았다.

"제길!"

다른 이들의 목숨을 구해 주었지만 그들에게 돌아온 것은 친절과 감사가 아니었다.

배신감에 치가 떨려 왔다.

예상했던 대로 김 씨가 나가자마자 감시망에 구멍이 뚫렸다.

부상자 둘과 겁먹은 사람 하나로 사방을 전부 다 감시하기는 애초부터 무리였다.

시야의 사각에 위치한 석상들이 스르륵 움직이기 시작했다.

끼이이이익-

끼이이이익-

석상들이 점점 포위망을 좁혀 오고 있었다.

주위를 둘러보던 송 씨가 진우와 주희에게 말했다.

"자네들은 가게."

체념한 것 같은 목소리였다.

진우가 돌아보았다.

"아저씨……?"

"김 씨 말대로 자네들을 이리 데려온 게 나지 않나? 누구 하나가 꼭 남아야 한다면 내가 남는 게 맞지."

"그래도!"

"조금이라도 살날이 더 많은 자네들이 나가야지."

송 씨는 웃었다.

자신을 남겨 두고 나가야 하는 두 사람의 마음을 편하게 해 주려는 배려였다.

"……."

진우는 하는 수 없이 고개를 끄덕였다.

마음이 불편했지만 여기서 누가 남을 것인지 설전을 벌일 시간은 없었다.

송 씨는 주희에게 진우의 부축을 맡기려고 했다.

“주희 양, 성 씨를 좀 도와주겠나?”

“네, 네.”

그러나 진우를 도우려던 주희가 갑자기 제자리에 털썩 주저앉았다.

“아…….”

주희는 일어나려고 용을 쓰다가 눈물을 글썽거리기 시작했다.

“다리가…… 다리가 안 움직여요.”

진우와 송 씨의 얼굴이 굳어졌다.

주희의 상태는 한눈에 보기에도 좋지 않았다. 입술은 새파랗게 변했고, 온몸에 미세한 경련이 일었다.

심신이 지쳐 있는 상태에서 마력을 남발하는 바람에 생긴 후유증이었다.

‘내 다리를 치료하려다…….’

진우는 가슴이 먹먹해져 말문이 막혀 왔다.

하지만 이러고 있을 시간이 없었다.

끼이이이이이이익-

석상들은 이 순간에도 쉴 새 없이 제단을 향해 접근하고 있었다.

진우가 송 씨의 부축을 뿌리치고 털썩 주저앉았다.

송 씨의 눈이 커졌다.

“자네……?”

진우는 비장한 얼굴로 말했다.

“아저씨는 주희 씨를 데리고 나가 주세요.”

"내가 남는다고 하지 않았나."

"그럼 누가 주희 씨를 부축해요?"

혼자서 제대로 일어설 수도 없는 몸으로 주희를 시간 내에 문까지 데려가기는 불가능에 가까웠다.

'물론…….'

주희를 버리고 간다는 선택지도 있었다.

하지만 주희는 그동안 몇 번이나 자신의 목숨을 구해 주었고, 지금 그녀가 이렇게 된 것도 자신에게 모든 힘을 쏟아부었기 때문이다.

그런 사람을 버리고 살아남아 평생 죄책감에 시달리긴 싫었다.

"시간 없어요. 가세요."

"……."

송 씨는 굳은 얼굴로 주희를 일으켜 세웠다.

그러나 주희는 눈물을 흘리며 고개를 저었다.

"안 돼요……. 진우 씨는 나갈 수 있잖아요. 차라리 내가……."

"내가 저녁 사기로 약속했었죠?"

진우는 주머니에 넣어 두었던 E급 마정석을 꺼내 주희의 손에 쥐여 주었다.

"이걸로 먼저 먹고 있어요. 여기서 나가면 잔돈부터 받으러 갈 거니까."

진우가 미소 짓자 주희가 화를 냈다.

"이 상황에서 농담이 나와요, 진우 씨는!"

진우는 송 씨를 향해 고개를 끄덕였다. 송 씨가 주희의 목 뒤를 수도로 가볍게 내려쳤다.

탁!

주희는 의식을 잃었다.

기절한 주희를 송 씨가 한쪽 어깨에 둘러업었다.

"……미안하네."

"제가 선택한 건데요, 뭘."

송 씨가 진우에게 꾸벅 고개를 숙였다.

마지막 인사를 끝으로 송 씨는 빠르게 제단을 벗어났다.

끼이이이이익-

끼이이이이익-

이야기를 나누는 사이 석상들은 어느새 코앞까지 다가와 있었다.

진우는 꿇어앉은 채로 심호흡했다.

"후우, 후우-."

옆에 김 씨가 버리고 간 검이 눈에 들어왔다.

진우는 손을 뻗어 검을 주워 들었다.

'이렇게 된 이상 한 놈이라도 데려간다.'

뒤를 돌아보니 송 씨는 주희와 함께 무사히 문을 빠져나가고 있었다.

다행이었다.

'죽는 게 나 하나여서…….'

희생같이 거창한 의미는 아니었다.

어느 정도 계산이 깔려 있었다.

이대로 돌아가 봤자 평생 다리 하나가 없는 상태로 살아야 한다.

당연히 헌터 일은 불가능하고, 평범한 생활조차 제대로 할 수 있을지 의문이었다. 고졸에다 배운 기술도 없으니 살길이 막막하리라.

'어머니 병원비에 동생 학비까지…….'

그럴 바엔 차라리 가족들에게 보상금 한 푼이라도 더 가게 하자는 생각이었다.

'협회 주도의 레이드에서 사망하면 가족에게 돌아가는 보상금이 3억이든가, 4억이든가?'

E급 헌터의 보잘것없는 목숨 값치곤 과분한 셈이었다.

끼이이이이익-

끼이이이이익-

덜컹.

마침내 놈들이 왔다.

가장 먼저 제단에 도착한 석상이 제단 안으로 첫발을 내디뎠다.

진우는 놈을 주시하며 검을 곧게 세웠다.

"와라."

하지만 공격은 뒤에서 들어왔다.

푹!

등을 찌르고 들어온 긴 창이 진우의 가슴을 뚫고 앞으로 튀어나왔다.

"컥!"

진우가 한 움큼 피를 토했다.

격통이 해일처럼 밀려왔다.

조금만 더 위쪽이었다면 심장에 구멍이 뚫렸을 거라고요!

불과 몇 시간 전 주희에게 들었던 잔소리가 주마등처럼 스쳐 지나갔다.

"으, 으아아아악!"

석상은 창을 세웠다. 진우는 창에 관통된 채로 공중으로 떠올랐다. 고통에 발버둥치는 것도 잠시, 곧 석상이 진우를 바닥에 메쳤다.

쾅!

"컥!"

전신에서 뼈가 부서지는 소리가 들려왔다.

통증에 온몸이 오그라들었다.

"으…… 으으……."

바들바들 떠는 진우 주위로 석상들이 하나둘 몰려들었다.

석상들은 진우를 빙 둘러쌌다.

진우는 놈들을 올려다보며 몸서리쳤다.

'이렇게…… 이렇게 죽기는 싫다.'

막상 죽음의 순간이 다가오니 눈물이 핑 돌았다.

가족들의 얼굴이 떠올랐다.

마지막까지 걱정해 주던 사람들, 주희와 송 씨의 얼굴도 떠올랐다.

'죽고 싶지 않아…….'

스물넷의 짧은 생애를 이렇게 마감하기는 싫었다.

저벅.

검을 든 석상이 감정 없는 얼굴로 한 걸음 다가왔다.

놈은 검을 높이 치켜들었다.

진우는 덜덜 떨면서도 끝까지 놈을 시야에서 외면하지 않았다.

마침내, 놈의 검이 수직으로 떨어져 내렸다.

쉬이이익-!

'한 번만, 한 번만 더 기회가 있다면!'

진우가 눈을 부릅떴다.

그때였다.

츠츠츠-!

마치 동영상의 일시 정지 버튼을 누른 것처럼, 무섭게 떨어져 내리던 검이 갑자기 멈추었다.

아니, 멈춘 게 아니었다.

그렇다는 착각이 들 정도로 느려진 상태였다.

1분에 1밀리미터?

느리지만 분명히 검은 아래를 향하고 있었다.

'뭐, 뭐지?'

진우는 당혹감을 감추지 못했다.

그때.

띠링!

강렬한 기계음과 함께 처음 듣는 여성의 목소리가 머릿속에서 울려 퍼졌다.

['시크릿 퀘스트 : 무력한 자의 용기'의 완료 조건을 모두 충족하셨습니다.]

시크릿 퀘스트? 완료 조건을 충족?

무슨 소리인지 이해할 수 없었다.

'아니, 그보다 어디서 나오는 소리야?'

하지만 목소리는 진우의 의지와 무관하게 계속해서 이어졌다.

[플레이어가 되실 자격을 획득하셨습니다. 수락하시겠습니까?]

획득했다고? 수락하라고?

'뭘 주긴 준다는 이야기 같은데…….'

어렸을 때부터 가난하게 자라 온 터라 누가 공짜로 준다는 걸 마다해 본 적은 없었다.

하지만 그것도 다 살아 있을 때 이야기지, 죽고 나면 공짜든 할부든 무슨 소용인가?

'…….'

진우가 망설이고 있자 머릿속의 목소리가 재촉하듯 다시 물었다.

[귀하에게 허락된 시간이 얼마 남지 않았습니다. 수락을 거부하실 경우 0.02초 후 귀하의 심장이 정지합니다. 수락하시겠습니까?]

환청인지 뭔지는 몰라도 죽기 직전이라는 사실만큼은 절대적으로 공감했다.

머리를 향해 다가오는 검 말고도 수많은 무기들이 자신을 노리고 날아들고 있었다.

저 공격들을 모두 맞는다면 시체나 온전히 남을 수 있을까?

이쯤 되자 그냥 될 대로 되라는 심정이 됐다.

'……줄 거면 주든가.'

입 밖으로 따로 이야기할 필요도 없었다. 그냥 머릿속으로 생각을 떠올리기만 했을 뿐이었다.

그런데도 머릿속의 목소리는 즉각 응답했다.

[플레이어가 되신 것을 환영합니다.]

번쩍-

눈 부신 빛이 전신을 휘감음과 동시에 진우는 그대로 의식을 잃었다.

* * *

눈을 떴다.

새하얀 천장과 코를 자극하는 소독약 냄새.

등에 닿는 딱딱한 침대의 느낌.

진우는 어디서 눈을 떴는지 바로 알 수 있었다.

'병원?'

B급 치료계 헌터인 주희를 만난 이후로 부쩍 들어오는 빈도가 줄어들었으나, 아직도 진우에게 병원이란 퇴근하면서 들르는 편의점처럼 익숙한 장소였다.

오죽하면 헌터 지정 병원엔 성진우 지정석이 있다는 소문이 나돌 정도겠는가?

진우는 상체를 일으켰다.

그리고 가슴 부근에 손을 대고 가만히 고동을 느껴 보았다.

심장은 문제없이 뛰고 있었다.

'내가 살아 있다고?'

그것뿐만이 아니었다.

평상시와 달리 몸이 아주 가벼웠다.

보통 병원에서 눈을 뜨면 정신이 혼미하고 몸을 가누기 힘든 경우가 많았다.

그런데 이번에는 달랐다.

그냥 집에서 한숨 푹 자고 일어난 것처럼 상쾌한 기분이었다.

'뭐지……?'

의식을 잃기 전의 상황을 떠올리면 절대 있을 수 없는 일이었다.

바로 눈앞에서 검이 떨어지고 있었다.

검은 운 좋게 빗나갔다고 쳐도 사방이 무시무시한 적들로 둘러싸여 있었다.

A급, 아니 S급 헌터들로 꾸려진 공격대가 들어왔어도 상대가 될까 말까 한 놈들이었다.

'거기서 살아 나왔다?'

꿈이라도 꾼 걸까.

다행히 확인해 볼 수 있는 좋은 방법이 있었다.

진우는 덮고 있는 이불을 젖혀 보았다.

진짜였다면 다리가 없을 테고, 꿈이었다면 다리가…….

"정신이 드셨습니까?"

구석에서 들리는 굵은 목소리에 진우는 화들짝 놀라 옆을 돌아보았다.

"놀라셨다면 죄송합니다."

"저희도 더 이상 지체할 수 없어서 말이지요."

검은 정장을 입은 남자 둘이 침대 주위로 다가왔다.

진우는 고개를 갸웃거리다 물었다.

"누구…… 시죠?"

전혀 기억에 없는 얼굴들이었다.

군인처럼 짧은 머리를 한 사람이 명함을 건넸다.

"저희는 이런 일을 하고 있습니다."

진우는 명함을 받아 들었다.

'한국헌터협회 감시과 과장 우진철?'

감시과는 헌터협회에서 유일하게 강한 헌터들을 다수 보유하고 있는 부서였다.

헌터들을 관리 감독하는 기관이니 당연히 수준급 헌터들이 많을 수밖에 없다.

진우가 고개를 갸웃했다.

"감시과에서 저를 왜?"

우진철은 의자를 가까이 당겨 와 앉았다. 부하 직원인 듯 보이는 남자는 그 뒤에 섰다.

체격이 좋은 두 남자가 옆에 바싹 붙어 있으니 그 압박감이 대단했다.

그들이 전해 주는 이야기는 놀라웠다.

"제가 사흘이나 잠들어 있었다고요?"

"혹시 의식을 잃기 전 일을 기억하고 계십니까?"

"예."

"기억나는 대로 전부 말씀해 주시지요."

"그 전에…… 두 사람은요? 송씨 아저씨와 주희 씨는 무사한 겁니까?"

진우의 진지한 눈빛을 마주하며 우진철이 고개를 끄덕거렸다.

"예. 무사합니다. 두 분 다 부상이 심각한 수준이었지만 다행스럽게도 목숨에는 지장이 없으셨습니다.”

“휴…….”

진우가 안도의 한숨을 내쉬자, 우진철이 조용히 말을 이었다.

“이제 그때의 일을 말씀해주시겠습니까?”

진우가 입술을 뗐다.

“그게…….”

진우는 의식이 끊기기 전 마지막으로 들었던 영문 모를 환청만 빼놓고는 모든 것을 사실대로 이야기했다.

진우의 말을 메모하던 우진철이 고개를 들었다.

“그러고는 의식을 잃었다…… 맞습니까?”

“네, 눈을 떠 보니 여기였어요.”

우진철과 부하 직원은 서로 눈빛을 교환했다. 당사자인 진우가 아는 게 없으니 곤란한 눈치였다.

사실 어떻게 된 일인지 가장 알고 싶은 사람이 진우였다.

“제가 어떻게 여기 있는 겁니까? 대형 길드가 놈들을 제거한 건가요?”

“실은…….”

난처해 하던 우진철이 어렵게 입을 열었다.

“생존자들의 신고를 받고서 감시과 직원들과 함께 ‘백호’ 길드가 현장을 찾았을 땐 이미.”

백호 길드는 대한민국에서 다섯 손가락 안에 드는 초대형 길드였다.

백호 길드를 끌어들였다는 것은 협회도 위험성을 인지했다는 뜻이다.

과연 거기서 무슨 일이 있었던 걸까?

진우는 마른침을 꼴깍 삼켰다.
“이미……?”
“전부 사라져 있었습니다. 그 방 안에는 의식이 없는 성진우 헌터님만 쓰러져 있었을 뿐, 신상이나 석상들의 흔적 같은 건 찾아볼 수 없었습니다.”
“예?”
진우가 믿을 수 없다는 얼굴을 했다.
“저희도 믿기지 않았습니다. 생존자들의 진술에 조금이라도 일관되지 못한 부분이 있었다거나, 희생자들의 신체 일부가 현장에 남아 있지 않았었다면 다른 가능성을 의심해 봤겠지요.”
우진철은 턱을 긁적거렸다.
A급 랭크를 받고 감시과에서 일한 지 6년.
산전수전 다 겪었다고 자부하고 있었다. 그런데도 이런 경우는 난생처음이었다.
다른 길드나 타국의 기관에 자문을 구해 보기도 했지만 여타할 소득은 없었다.
그래서.
“저희 생각입니다만…….”
우진철은 조심스럽게 말을 꺼냈다.
“그곳엔 분명히 뭔가 강력한 것들이 있었습니다. 그리고 그것들은 누군가들, 혹은 누군가에 의해 처리되었습니다. 게이트가 닫히기 전까지 그 게이트에서 빠져나온 이계의 존재는 없었으니까요.”
모든 가능성을 염두에 두어야 했다. 극히 희박한 확률이라도 전부 고려해야 했다.

협회는 고민하고 또 고민했고, 그렇게 해서 하나의 가정이 나왔다.

우진철이 진우의 눈치를 보며 말을 이었다.

"저희는…… 성진우 헌터님의 각성 후 각성을 의심해 보고 있습니다."

각성 후 각성!

진우가 눈을 크게 떴다.

매우 드문 일이지만 헌터로 각성한 존재가 다시 각성하는 경우가 있다.

흔히들 '재각성'이라고도 부르는 각성 후 각성. 이 과정을 겪은 헌터는 이전과 차원이 다르게 강해지는 경우가 대부분이었다.

원래 한번 정해진 헌터의 등급은 거의 변동이 없다.

헌터들의 능력치는 헌터로서의 능력을 각성할 때 전부 결정되는 것이다.

하지만 재각성 헌터들은 다르다.

자신의 한계를 뛰어넘어 C급이 A급으로, B급이 S급으로 올라가는 경우도 더러 있었다.

우진철은 침을 꼴깍 삼켰다.

'성진우…… 그가 재각성을 통해 S급, 아니 그 이상의 헌터로 거듭났다면 거기 있었다는 괴물들을 혼자서 처리하는 게 불가능한 일은 아니다.'

특히 거대 신상은 눈빛만으로 C급 헌터들을 녹여 버렸다고 했다.

그런 괴물을 무의식 상태에서 죽일 수 있는 자라면 대체 어느 정도의 힘을 지니고 있다는 말인가?

만일의 가능성을 대비해 이번 일을 극비에 붙이고 모든 관계자들의 입을 철저히 단속했다. 진우의 안부를 물어오는 헌터들에게도 그의 정보를 최대한 숨겼다.

성진우에게 외부 연락이 차단된 병원 일인실을 제공하고 최고의 의료진을 붙인 이유도 바로 그 때문이었다.

우진철의 가슴이 두방망이질을 쳤다.

'어쩌면 대한민국에도 국가 권력급 헌터에 준하는 힘을 가진 이가…….'

세계에서 국가 권력급이라 불리는 헌터는 다 합쳐 봐야 열 손가락을 넘지 않는다.

하나하나가 모두 핵전력을 능가한다는 국가 권력급 헌터를 한국에서도 보유할 수만 있다면!

다행히 재각성 여부를 확인하는 일은 어렵지 않았다.

쇠뿔도 단김에 빼라고 하던가?

우진철은 부하 직원에게 지시했다.

"가져와."

그러자 부하 직원이 한쪽 구석의 가방에서 뭔가를 꺼내 왔다.

"저건……."

진우가 묻기 전에 우진철이 먼저 설명했다.

"마력 측정기입니다."

그는 이 마력 측정기가 소형화되어 있지만, 성능은 협회에 비치된 정식 마력 측정기보다 결코 떨어지지 않는다는 말도 덧붙였다.

"여기 마정석에 잠시 손을 얹기만 하면 됩니다."

원판 위에는 주먹만 한 마정석이 박혀 있었다.

블랙홀처럼 빠져들 것 같은 흑색의 마정석!

A급 이상의 마수에게만 나오고 상태가 좋을 경우 개당 가격이 10억을 호가한다는 최고급 마정석이었다.

진우가 말없이 마정석을 보고 있자, 우진철이 비장한 얼굴로 말을 이었다.

"이번 사건의 조사를 위해 꼭 필요한 절차이니 부디 협조해 주시겠습니까?"

진우는 고개를 끄덕였다.

만약 꿈에도 그리던 재각성이라면 앞으로의 인생은 180도 달라진다.

그걸 공짜로 알아봐 주겠다는데 어째서 마다하랴.

진우는 마정석 위에 손을 올렸고, 곧 마정석에서 은은한 빛이 흘러나오기 시작했다.

우진철과 부하 직원의 이마에 식은땀이 맺혔다.

슈우우우-

이내 마정석을 감싸고 있던 빛이 사라졌다.

우진철은 급히 선글라스를 벗고 수치를 확인했다.

곧 우진철의 동공에 지진이 일었다.

"이럴 수가!"

숫자를 다시 봐도 변하는 건 없었다.

'어떻게…….'

어떻게 헌터 자격증을 소지하고 있다는 인간의 마력 수치가 10밖에 안 되는가?

가장 낮은 랭크인 E급 헌터들의 평균치가 70~100 사이라는 사실을 감안하면 이 성진우라는 헌터는 거의 일반인과 다를 바가 없었다.
반면.
"재각성입니까? 혹시 재각성이라면 랭크는 어느 정도쯤인가요?"
진우는 손에 땀을 쥐었다.
감시과 직원 두 사람의 반응이 심상치 않은 걸 봐선 결과가 예사롭지 않은 모양이었다.
우진철은 진우의 기존 데이터와 현재 측정 수치를 비교해 보더니 고개를 끄덕였다.
'첫 측정 결과는 12. 4년 후인 지금은 10. 비록 2 줄어들긴 했지만 오차 범위 이내다.'
마력 측정기의 이상이 아니었다.
성진우의 마력이 도저히 상식적으로 이해되지 않을 만큼 약했던 것이었다.
여태껏 살아남은 게 기적이었다.
"착오가 있었던 것 같습니다, 죄송합니다."
이 이상은 시간 낭비라고 판단한 우진철이 자리에서 일어섰다.
"가지."
"네."
우진철과 부하 직원은 빠르게 짐을 챙겼다.
"저기, 뭐라고 말씀들을 좀……."
진우가 묻자 우진철이 고개를 돌렸다.
"협조해 주셔서 감사했습니다. 혹시 또 기억나는 것이 있으시거든 연락 주십시오."
두 사람은 뭐가 그리 바쁜지 짐을 챙기기가 무섭게 병실을 나갔다.

꽉 찬 것 같던 병실이 이내 한산해졌다.

"……."

진우가 뒷목을 긁적였다.

'역시 헛물이었나.'

따지고 보면 몸이 상쾌하다는 것 말고는 딱히 달라진 점도 없었다.

그리고 만약 재각성을 했다고 해도 혼자서 놈들을 전부 상대하기는 무리였을 거다.

'최종 병기라 불리는 최종인 헌터나 S급 위의 S급이라 불리는 고건희 헌터 정도면 놈들과 상대가 될까?'

실제로 두 사람이 싸우는 걸 직접 본 적은 없으니 의미 없는 가정이었다.

S급 헌터들의 정보는 많은 것이 베일에 싸여 있었다.

그야말로 하늘 위의 구름 같은 존재들.

그렇게 생각하며 고개를 들어 올리던 찰나였다.

'어?'

무심코 위를 바라봤더니, 허공에 글자가 떠 있었다.

[읽지 않은 메시지가 있습니다.]

* * *

'……?'

다시 눈을 감았다 떠 보았다.

[읽지 않은 메시지가 있습니다.]

글자는 토씨 하나도 바뀌지 않고 그대로 떠 있었다.

고개를 세게 흔들어 보고, 눈을 비벼 보기도 했으나 바뀌는 것은 없었다.

진우는 지끈거리는 이마를 한 손으로 감싸며 고개를 아래로 떨어뜨렸다.

'환청을 들은 게 불과 얼마 전 일인데 이제는 헛것까지…….'

정말로 머리가 어떻게 되기라도 한 것일까?

외상 후 스트레스 장애[PTSD]라는 것이 있다.

큰 사고나 끔찍한 경험을 겪은 이들의 병명이다.

얼마 전 동료 대다수를 잃었고 본인도 죽기 직전까지 갔었으니, 그 여파로 환청이 들리고 헛것이 보여도 이상한 일은 아니었다.

'하지만…….'

그렇게 단순히 넘기기에는 석연치 않은 점이 좀 있었다.

진우의 시선이 자신의 다리로 이동했다.

'다리가 멀쩡해.'

분명 석상의 방패에 잘려 나갔었던 다리가 지금은 온전하게 붙어 있었다.

이중 던전에 지하 신전, 갑자기 들려온 목소리와 말끔히 치료된 다리, 그리고 눈앞의 메시지까지.

너무 많은 일이 한꺼번에 일어났다.

'어쩌면…….'

그 일들은 각각 별개의 사건이 아니라, 서로 어떠한 연관이 있을

지도 모른다.

생각이 거기까지 미치자 지끈거리던 머리가 약간은 맑아지는 느낌이 들었다.

'좋아.'

진우가 고개를 들었다.

동요가 가라앉고 마음이 편해지니, 문득 메시지의 내용이 궁금해졌다.

메시지 안에 여러 의문을 해결할 수 있는 단서가 있을 수도 있으니까.

진우는 메시지를 확인해 보기 위해 글자 쪽으로 손을 뻗었다.

손은 글자를 통과해 지나갔다.

'터치식이 아닌가?'

스마트폰에 너무 익숙해져 있던 모양이었다.

터치 외의 방법이 떠오르지 않았다.

메시지를 확인하려면 어떡해야 하나 고민하고 있는데, 문득 의식을 잃기 전의 기억이 떠올랐다.

"그랬었지."

당시 정체불명의 목소리와의 의사소통은 모두 대화로만 이루어졌었다.

'그때처럼 머릿속에 말을 떠올리거나 입으로 직접 말하면 되려나?'

그렇게 결론지은 진우는 그럴듯한 명령어들을 차례차례 읊어 보기 시작했다.

"확인."

"메시지."

"메시지 확인."
"메시지 체크."
"본다."
"보겠다."
"보자."
"보여 줘!"
그때였다.
"……대체 뭐가 그렇게 보고 싶은 건데?"
따가운 시선이 느껴져 고개를 돌려 보니, 반쯤 열린 병실 문틈 사이로 이쪽을 바라보고 있는 교복 차림의 여동생이 시야에 들어왔다.
"음……."
진우는 할 말을 잃었다.
천장을 보면서 누군가에게 무언가를 보여 달라고 애원하고 있는 오빠.
이건 도저히 변명의 여지가 없었다.

* * *

"머리 다친 거 아냐?"
여동생이 멀찍이 서서 묻는 말에 진우는 고개를 절레절레 저었다.
"아니."
그럼에도 불구하고 진우의 여동생, 성진아의 눈빛은 여전히 곱지 않았다.

"정말 괜찮은 거지?"
"그렇다니까."
우두커니 진우의 상태를 훑어보던 진아는 이내 씩씩거리며 다가왔다.
그러곤 평소처럼 가드 자세를 취한 진우를 퍽퍽 야무지게 때리기 시작했다.
"그만 좀 다치라고! 얼마나 걱정했는데!"
"……미안하다."
"남들은 다 괜찮은데 왜 오빠만 늘 다치는 거야!"
"……미안."
진우를 때리던 진아의 손에서 힘이 점점 빠졌다. 곧 진아는 고개를 푹 숙이고 눈물을 뚝뚝 흘렸다.
진우는 흐느끼는 동생의 등을 천천히 다독여 주었다.
왠지 콧잔등이 시큰해졌다.
'이런 녀석을 두고 죽으려 했었다니.'
살아 돌아와 다행이었다.
신상의 눈에서 쏟아지던 광선, 다리 위로 떨어져 내리던 방패, 등을 꿰뚫었던 창까지.
지금 생각해 보면 아찔했던 순간이 한두 번이 아니었다.
마치 끔찍한 악몽을 꾼 것 같은 기분.
진우의 시선이 살짝 허공의 메시지로 향했다.

[읽지 않은 메시지가 있습니다.]

'아직도 그 꿈속에서 완전히 헤어 나온 것 같지는 않지만…….'

이해할 수 없는 일투성이들.

그래도 뭐 어떠랴.

중요한 건 이렇게 살아서 다시 가족들을 볼 수 있게 됐다는 사실 아닌가?

"훌쩍."

다행히 씩씩한 여동생의 눈물은 금방 그쳤다. 그러나 잔소리는 그 뒤로도 1시간이나 더 계속됐다.

"알겠어? 한 번만 더 다치면 내가 공부 때려치우고 일하면서 오빠 헌터 일 못 하게 할 거라고."

고운 얼굴에 어울리지 않게 예리한 진아의 눈빛은, 진우와 그것과 몹시 닮아 있었다.

"알았다, 알았어."

진우는 내내 질렸다는 얼굴로 고개를 끄덕거렸다.

그렇게 몇 번이고 다짐을 받고서야 속이 풀렸는지 진아가 자리에서 일어났다.

"어디 가게?"

"학교. 오빠 어떤가 보러 오려고 잠깐 외출만 허락받은 거야. 다시 가야 돼."

진우는 고개를 끄덕였다.

"하긴 수능이 내년이지."

과외 한번 시켜 준 적도, 학원 한번 보내 준 적도 없지만 항상 전교에서 열 손가락 안에 드는 대견한 동생이었다.

진아의 꿈은 의사.

몇 년 전만 해도 그렇게 놀기 좋아하고 게임 좋아하던 녀석이, 어머니가 아프고 나서는 의사가 되겠다며 책상 앞을 떠나지 않았다.

진우는 동생의 꿈을 꼭 이뤄 주고 싶었다.

그런데 잠깐…… 게임이라?

순간 진우의 눈이 번뜩였다.

"나 갈게."

병실을 나가려는 진아를 진우가 급히 불러 세웠다.

"진아야."

"왜?"

"게임 같은 거 할 때 말이야……."

진아가 피식 웃었다.

"나 요새 게임 안 해. 고3이 며칠 남았다고."

"알아. 알긴 아는데 묻고 싶은 게 있어서."

"그래? 뭐가 궁금해? 오빠 요즘 게임해?"

과거의 전문 분야여서 그런지 진아가 강한 관심을 보였다.

진우는 아직도 허공에 떠 있는 글자들을 힐끔 쳐다보고는 물었다.

"게임에서 읽지 않은 메시지가 있을 때, 그 메시지를 보려면 어떻게 해야 할까?"

"일단 메시지 함을 열어야지."

"메시지 함을 '연다'고?"

띠링!

진우가 '연다'는 말을 꺼내자마자 전자음과 함께 감춰져 있던 메시지들이 모습을 드러냈다.

[두 개의 읽지 않은 메시지가 있습니다.]

['플레이어'가 되신 것을 환영합니다.] (미확인)
['일일 퀘스트 : 강자가 되기 위한 준비'가 도착하였습니다.] (미확인)

진우가 희색을 띠었다.
'됐다!'
갑자기 밝아지는 오빠의 표정을 보고 문득 불안감을 느낀 진아가 물었다.
"뭐야? 무슨 게임인데? 내가 좀 도와줘?"
진우는 단호하게 고개를 저었다.
"아니. 혼자 해 보게."
지금 겪고 있는 일들을 말해 주면 동생은 어떤 반응을 보일까?
'동생한테 미쳤다는 소리를 듣기는 싫으니까.'
진우는 하고 싶은 말들을 속으로 삼켰다.

* * *

배웅하는 척 동생이 엘리베이터에 타는 것을 확인한 진우는 빠르게 병실로 돌아왔다.
'같은 실수를 반복할 순 없지.'
딸깍.
목격자 방지를 위해 문까지 걸어 잠갔다.

만반의 준비를 끝낸 진우는 침대에 걸터앉고서, 눈앞에 떠 있는 메시지들의 제목을 읽어 내려갔다.

['플레이어'가 되신 것을 환영합니다.] (미확인)

['일일 퀘스트 : 강자가 되기 위한 준비'가 도착하였습니다.] (미확인)

첫 번째 메시지의 제목은 어디서 들어 본 것 같은 기억이 있었다.

'어디서 들었지? 분명 낯설지 않은데.'

우선은 첫 번째 메시지부터.

['플레이어'가 되신 것을 환영합니다.] (미확인)

'확인.'

띠링.

[본 시스템은 '플레이어'의 성장을 지원합니다.]

[본 시스템의 지시에 불응할 경우 페널티가 있을 수 있습니다.]

[보상 지급이 완료되었습니다.]

"아아."

뒤늦게 기억이 났다.

기억을 잃기 전 마지막으로 들었던 말이었다.

'그때도 플레이어니 뭐니 그런 소릴 했었지.'

하지만 그때와 마찬가지로 지금도 무슨 말인지 이해가 잘되지 않았다.

시스템, 성장, 페널티, 보상.

의미가 불명확한 단어들의 연속이었다.

'대체 뭘 어떻게 성장시키고 뭘 어떻게 보상해 준다는 거야?'

게임 속에서나 볼 수 있는 단어들이 아무런 설명도 없이 나열되어 있으니 이해가 어려울 수밖에.

알아듣기 힘든 말들은 일단 넘어가기로 하고, 차분히 다음 메시지를 열었다.

['일일 퀘스트 : 강자가 되기 위한 준비'가 도착하였습니다.] (미확인)

꿀꺽.

진우는 의미심장한 메시지 제목에 무의식적으로 침을 삼켰다.

가슴이 뛰기 시작했다.

'확인.'

띠링.

[일일 퀘스트 : 강자가 되기 위한 준비]

팔굽혀펴기 100회 : 미완료 (0/100)

윗몸일으키기 100회 : 미완료 (0/100)

스쿼트 100회 : 미완료 (0/100)

달리기 10km : 미완료 (0/10)

※주의 : 일일 퀘스트 미완료 시 그에 상응하는 페널티가 주어집니다.

메시지를 확인한 진우의 입에서 저도 모르게 실소가 흘러나왔다.

"하하…… 이거 참."

맥이 빠진다고 해야 하나.

일일 퀘스트, 그것도 '강자가 되기 위한 준비'라는 거창한 제목을 달고 날아온 메시지의 전문이 체력 단련용 운동법이라니.

확실히 퀘스트가 시키는 대로 하면 몸이 조금은 튼튼해질지도 모르겠다.

그게 시스템이 말하는 성장과 보상이란 걸까?

'그러고 보니…….'

예전에 어떤 책에서 '내면에 문제가 있는 사람은 내면의 목소리에 귀를 기울여 보라'라는 글귀를 읽었던 기억이 났다.

'결국 보고 싶은 것이 보이는 거라지.'

얼마나 강해지고 싶었으면 이런 말도 안 되는 망상이 눈앞에 나타나게 됐는지.

웃기면서도 한편으로는 마음이 씁쓸했다.

"이딴 걸로 강해질 수 있었으면 누가 그 고생을 했겠냐고……."

진우는 고개를 가로저었다.

여러 가지 의문들의 답을 망상일지도 모르는 메시지에서 찾으려 했던 자신이 한심하게 느껴졌다.

'에라, 모르겠다.'

진우는 침대 위에 대자로 드러누웠다. 그리고 말없이 천장을 올려다보았다.

"……."

하는 일도 없는데 시간은 잘도 흘러갔다.

그렇게 병실 안을 메운 정적의 무게가 조금씩 느껴지기 시작할 무렵.

진우가 상체를 벌떡 일으켰다.

'그래도…….'

그래도 만에 하나 무언가 바뀌는 것이 있다면?

어쩌면 하는 기대감과 설마 하는 의구심이 반반 섞인 채로 '한번 해 볼까' 하는 생각이 문득 들었다.

'일단 손해 볼 건 없으니까.'

그냥 가볍게 몸 한 번 푼다고 생각하면 못 할 이유도 없잖아?

어렵게 결정을 내렸다.

해 보자고.

진우는 침대에서 내려와 짧은 스트레칭을 마친 뒤, 침대 모서리를 짚고서 천천히 팔굽혀펴기를 시작했다.

"1, 2, 3……."

1에서 시작된 숫자가 가파르게 위를 향해 갔다.

"……97, 98, 99, 100."

시작한 김에 100개를 다 채워 봤지만 기대와 달리 아무것도 변하지 않았다.

팔이 조금 저리다는 것 빼고는.

"내가 뭘 한 거지……."

진우는 피식 웃으며 바로 섰다.

[‘플레이어’가 되신 것을 환영합니다.] (확인 완료)

[‘일일 퀘스트 : 강자가 되기 위한 준비’가 도착하였습니다.] (확인 완료)

미확인이라던 메시지가 확인 완료로 바뀌어 있었다.

더 이상 읽지 않은 메시지가 있다는 글자도 뜨지 않았고, 이 이상 망상과 장단을 맞춰 주고 싶은 생각도 들지 않았다.

이 정도면 충분하다는 이야기다.

진우는 미련 없이 메시지 창을 닫았다.

“하암-.”

진우는 늘어지게 하품하며 다시 침대 위로 올라갔다. 오랜만에 몸을 움직여서 그런지 슬슬 졸려 오기 시작했다.

창밖의 하늘은 어느새 노을빛으로 물들어 가고 있었다.

‘벌써 시간이 이렇게 됐나?’

아까 감시과 직원들이 말하길, 이번 병원비는 협회에서 전액 부담한다고 했었다.

기왕 입원한 김에 이것저것 정밀검사도 좀 받고, 건강하다는 사인이 떨어진 뒤 퇴원해도 늦지 않으리라.

진우는 그리 생각하며 자리에 누웠다.

‘어차피 환각이니 환청이니 하는 것도 시간이 지나면 다 사라지겠지…….’

눈꺼풀이 스르르 감겨 왔다.

진우는 깊은 잠에 빠져들었다.

째깍, 째깍.

진우가 자는 동안에도 벽면의 시계는 부지런히 바늘을 움직였다.
돌고, 돌고, 돌던 바늘은 어느덧 오후 11시 59분 57초를 가리켰다.
틱, 틱, 틱.
58초, 59초, 60초.
시곗바늘은 정확히 12시 0분 0초에 정지했다.
띠링.

[일일 퀘스트를 완료하지 못했습니다. 정해진 시간 동안 '페널티 존'으로 이동합니다.]

* * *

쿠구구구구궁—!
진우는 온몸을 뒤흔드는 격렬한 진동에 눈을 떴다.
"지, 지진?"
벌떡 일어난 진우가 침대 끝을 붙잡았다. 지진이 어찌나 심한지 균형을 잡기가 힘들었다.
쿠구구구궁—
흔들림은 시간이 갈수록 점점 더 심해졌다.
그때.
퍼석—
떨어질라 꽉 쥐고 있었던 침대의 철봉이 부러졌다. 아니, 부러진 것이 아니라 사라졌다.
진우가 급히 손안을 확인했다. 철봉은 어디 가고 모래만이 남아 있었다.

'모래?'

퍼석-

다른 쪽의 철봉도 모래로 변했다.

지진은 한층 더 심해졌다.

쿠구구구구구구궁-!

"으악!"

결국 진우는 침대에서 굴러떨어졌다. 그러고는 병실 안에서 이리저리 튕기며 비명을 질러 댔다.

그러는 동안에도 병실 안의 사물들은 하나둘 모래로 변해 갔다.

"으아아아아아-!"

털썩.

내동댕이쳐진 진우가 어디엔가 파묻혔다.

손끝에 부드러운 감촉이 느껴졌다.

입자가 고운 모래였다.

지진은 어느새 멈춰 있었다.

"퉤, 퉤!"

진우는 입속에 들어온 모래를 내뱉으며 급히 고개를 들었다.

"……?"

끝도 보이지 않는 모래의 대지가 펼쳐져 있었다.

진우는 눈살을 찌푸리며 자리에서 일어났다. 옷 틈새로 들어왔던 모래가 스르륵 아래로 빠져나갔다.

진우는 가슴에 묻은 모래 먼지를 털며 주변을 훑어보았다.

온 시야가 정말로 모래뿐이었다.

"사막……?"

말도 안 되는 이야기다.

분명 자신은 방금 전까지 서울 한복판에 위치한 대형 병원에서 자고 있었다.

그런데 눈을 뜨니 광활한 사막 위라?

진우는 모래를 한 움큼 쥐어 아래로 흘려 보았다. 모래는 아래를 향해 일직선으로 떨어졌다.

'바람이 전혀 없다.'

바람만 없는 것이 아니다. 고개를 들어 보니 하늘에는 해도, 달도, 별도 보이지 않았다.

새까만 먹물로 채워 놓은 것 같은 텅 빈 하늘.

하지만 어째서인지 주위를 보는 데는 전혀 불편함이 없었다.

"대체 여긴 어디야?"

그때였다.

스르르르륵.

갑자기 옆의 모래가 아래로 움푹 꺼지며 경사가 만들어지기 시작했다.

"어, 어어!"

진우는 모래에 빨려 들어가지 않으려고 필사적으로 발을 굴렀다.

모래 구덩이는 점점 넓어지기 시작했고, 결국 진우는 두 손까지 사용해서야 간신히 위로 올라갈 수 있었다.

"헉, 헉, 헉."

엉덩이를 땅에 붙이고 숨을 거칠게 몰아쉬며 아래를 내려다보았다.

기이하게도 모래 구덩이 가장 아래쪽 부근의 모래가 부글부글 끓고 있었다.

한 번만 발을 헛디뎠어도 저기까지 그대로 미끄러졌을 것이라 생각하니 등골이 오싹해졌다.

"아니……."

잠깐.

진우의 눈매가 예리해졌다.

"끓는 게 아니야."

자세히 들여다보니 모래 밑에서 뭔가 커다란 것이 꿈틀거리고 있었다.

진우는 본능적으로 몸을 일으켰다.

예감이 좋지가 않았다.

아니나 다를까, 살며시 뒷걸음치는 진우 앞에 갑자기 모래가 하늘로 솟구쳐 올랐다.

쏴아아-!

폭포가 떨어질 때 나는 소리를, 모래가 냈다.

진우의 눈이 휘둥그레졌다.

"벌…… 벌레?"

모래 속에서 튀어나온 것은 거대한 지네였다.

키에에엑-!

완전히 모습을 드러낸 놈의 머리는 5층 건물 옥상 높이에 있었다.

진우가 꿀꺽 침을 삼켰다.

'말도 안 돼…….'

확실히 놈은 말도 되지 않게 컸다. 세상에 이런 크기의 지네가 있다는 소리는 듣지 못했다.

하지만 진우를 놀라게 한 것은 지네의 크기만이 아니었다.

"왜 저놈 머리 위에…… 이름이 떠 있는 거지?"

꿈이라도 꾸고 있는 걸까?

진우는 눈을 감았다 다시 떠 보았으나 달라진 건 없었다. 여전히 지네의 머리 위로 빨간색의 아홉 글자가 적혀 있었다.

마치 게임 속의 몬스터처럼.

[독이빨 거대 모래지네]

놈의 기괴하고 혐오스러운 생김새만큼이나 마주치기 싫어지는 이름이었다.

특히 신경 쓰이는 부분은 '독이빨' 세 글자였다.

놈의 대가리 아래쪽에 붙어 있는 어린아이 크기만 한 이빨 두 개가 눈에 들어왔다.

저기에 찔리면 어떻게 될 것인가는 놈의 이름만 보고도 충분히 짐작할 수 있었다.

그 커다란 이빨과 턱이 쉴 새 없이 열고 닫히는 것을 보고 있으니 꼭…….

"입맛을 다시는 것 같네."

그때 머릿속에서 다시금 소리가 들려왔다.

띠링.

[페널티 퀘스트 : 생존]

목표 : 요구 시간까지 생존하세요

요구 시간 : 4시간

남은 시간 : 4시간 0분 0초

'농담이지……?'

그러나 남은 시간이 3시간 59분 59초가 되자, 지네는 기다렸다는 듯 모래를 헤치며 덮쳐 왔다.

솨솨솨솨솨솨―!

"뭐, 뭐야?"

진우는 급히 뒤돌아 달리기 시작했다.

고민할 시간 같은 건 없었다.

살려면 뛰어야 한다!

머릿속에는 그 생각뿐이었다.

그러나 몇 걸음 가지 않아 눈앞에서 또 모래 기둥이 솟아올랐다.

쏴아아!

"으악!"

진우는 거센 압력에 밀려 뒤로 넘어졌다.

바닥을 구르다 급하게 몸을 일으킨 진우가 얼굴을 덮친 모래를 허겁지겁 털어 내다 두 눈을 동그랗게 떴다.

이번엔 한두 개가 아니었다.

쏴아아아!

쏴아아아!

어느새 모래 속에서 솟아오른 모래지네 일곱 마리가 이쪽을 내려다보고 있었다.

키에에에엑!

키에에엑!

괴성을 내지르는 지네들 아래에서, 진우의 얼굴이 노랗게 변해 갔다.

"젠장……."

* * *

진우가 다시 병실에 나타난 것은 정확하게 4시간 뒤였다.

털썩.

진우는 병실 바닥에 엎어져 괴롭게 기침했다.

"콜록, 콜록. 퉤! 퉤!"

입안이 자글자글한 느낌으로 가득했다.

모래가 들어갔는지 눈도 매웠다.

한참 신음하던 진우는 결국 바닥에 대자로 뻗었다.

손가락 하나 까딱할 힘조차 남아 있지 않았다.

"헉…… 헉…… 대체…… 뭐지……?"

가쁜 숨을 몰아쉬는 진우에게 새로운 메시지가 하나 나타났다.

띠링.

['페널티 퀘스트'를 완료하셨습니다.]

진우의 미간이 구겨졌다.

페널티 퀘스트?

내가 벌 받을 만한 짓을 했던가?

가만히 기억을 더듬어 보던 진우는 어제 하다 말고 덮어 둔 [일일 퀘스트]를 떠올렸다.

'설마……?'

그러고 보니 분명 퀘스트 미완료 시 그에 상응하는 페널티가 주어진다고 했었다.

"헉, 헉, 그게…… 그게 망상이 아니었다고?"

망상이 아니었다.

꿈도 아니었다.

굳이 꿈이니 생시니 하며 볼을 꼬집어 볼 필요도 없었다.

뛰어다닐 때는 숨이 턱까지 차올랐고, 지네 다리에 긁혔을 때의 고통은 지금도 생생했다.

모든 것은 현실이었다.

진짜 죽을 뻔했다.

"너무하잖아…… 헉…… 헉……."

페널티란 게 사람을 사지로 내던지는 것이었다니.

동시에 불길한 예감이 엄습해 왔다.

만약 이 모든 게 정말로 그 일일 퀘스트 때문이라면 이런 일이 이번 한 번으로 끝날 것 같지가 않았다.

아니나 다를까, 또다시 기계음이 울렸다.

띠링.

흠칫 놀랐지만 다행히 다른 퀘스트는 아니었다.

[페널티 퀘스트 완료 보상이 도착하였습니다.]

[보상을 확인하시겠습니까?] (Y/N)

'보상……?'

보상이라는 단어가 눈에 확 들어왔다.

하지만 문제는 지금 뭔가를 확인하고 자시고 할 여력이 전혀 남아 있지 않다는 사실이었다.

도저히 그럴 만한 상황이 못 되었다.

'보상이고 뭐고…… 일단 좀 쉬자…….'

시야가 점점 흐려지기 시작했다.

곧 진우는 기절한 듯 잠에 빠져들었다.

* * *

"어머나! 여기 왜 이래?"

다음 날 아침, 병실로 들어선 간호사의 눈이 휘둥그레졌다.

환자는 바닥에 쓰러져 있고, 주위는 온통 모래투성이가 아닌가?

환자의 몸과 옷에도 모래가 가득했다.

간호사는 진료 차트를 침대 위에 던져 놓고 다급히 호출 부저를 눌렀다.

"여기 좀 도와주세요!"

곧 주치의가 병실로 들이닥쳤다.

"뭐야? 성진우 씨 왜 이래요?"

"모르겠어요. 어젯밤까진 멀쩡했는데 오늘 아침에 이렇게."

"일단 침대에 눕히죠. 하나, 둘!"

두 사람은 진우를 들어 침대 위로 올려놓았다.

그 과정에서 침대 위에 놔두었던 진료 차트 모서리에 진우의 손등이 긁혀 약간 찢어졌으나 아무도 알아차리지 못했다.

"좀 봅시다."

주치의가 이리저리 진우의 상태를 살폈다.

하지만 이상한 점은 없었다.

"뭐야…… 그냥 자고 있잖아?"

주치의는 안도의 한숨을 내쉬었다.

헌터협회에서 특별히 잘 봐 달라고 부탁했던 환자였다. 무슨 일이라도 생긴 것은 아닌지 가슴이 철렁했었다.

"이대로 자게 놔두죠. 곤히 잠든 모양이니."

주치의는 그렇게 말하고 가려다가 주위를 슥 둘러보더니 검지로 옆머리를 긁적거렸다.

"그런데 이 방…… 청소 한번 해야겠네요. 최유라 선생님, 여기 뒷정리 좀 부탁드릴게요."

"알겠습니다, 선생님."

주치의가 병실을 나가자 간호사 최유라는 가슴을 쓸어내렸다.

별일이 아니어서 다행이었다.

환자 본인이나 가족들만큼은 아니지만 환자가 잘못되기를 바라는 의사나 간호사는 없었다.

특히 헌터 지정 병원에는 중상자가 많이 찾아온다.

더 이상 자신이 맡은 환자가 잘못되는 일만큼은 사양하고 싶었다.

"휴-."

조금 진정된 그녀는 이제 어디서부터 병실 정리를 시작해야 할지 고민하다가, 우연히 바닥의 핏방울을 발견했다.

"어머?"

핏방울은 침대 바깥으로 뻗어 나온 환자의 손끝에서 떨어지고 있었다.

놀란 그녀는 상처를 찾아 황급히 진우의 손을 살펴보다 손등을 뒤집었다.

"아니……?"

분명 피가 흐른 흔적은 있는데 있어야 할 상처가 없었다.

피를 닦아 내도 상처는 보이지 않았다.

'설마…… 상처가 그사이 아물어 버린 거?'

유라는 떨리는 심정으로 조심스럽게 진우의 안색을 살폈다.

진우는 아직 세상모르게 잠들어 있었다.

4. 일일 퀘스트

4. 일일 퀘스트

띠링.

[일일 퀘스트가 도착했습니다.]

진우의 눈이 번쩍 뜨였다.

몸을 벌떡 일으킨 진우는 가장 먼저 시간부터 확인했다. 시곗바늘이 막 오후 4시 30분을 지났다.

아직 12시가 되기까지는 7시간 30분이라는 여유가 남아 있었다.

'좋아.'

진우는 메시지 함을 열었다.

띠링.

[일일 퀘스트 : 강자가 되기 위한 준비]

팔굽혀펴기 100회 : 미완료 (0/100)
윗몸일으키기 100회 : 미완료 (0/100)
스쿼트 100회 : 미완료 (0/100)
달리기 10km : 미완료 (0/10)
※주의 : 일일 퀘스트 미완료 시 그에 상응하는 페널티가 주어집니다.

"또냐?"

반사적으로 튀어나온 말.

아니, 차라리 잘된 것인지도 모른다.

아예 불가능하거나 해석이 난해한 퀘스트보다는 차라리 이게 낫다.

몸이 좀 힘들기는 해도 시간만 들이면 어떻게든 끝낼 수 있는 퀘스트니까.

진우는 이번엔 아예 바닥으로 내려가 팔굽혀펴기를 시작했다.

"하나."

또 수상한 곳으로 끌려가 죽기 직전까지 내몰릴 수는 없지 않은가?

"둘."

어젯밤에는 운 좋게 살았지만, 오늘도 그러리라는 보장은 없었다.

"셋."

잠깐 고개를 들어 퀘스트 내용을 살펴보니 팔굽혀펴기를 할 때마다 수치가 기록되고 있었다.

띠링.

[팔굽혀펴기 1회를 성공하셨습니다.]

[팔굽혀펴기 100회 : 미완료 (7/100)]

띠링.

[팔굽혀펴기 1회를 성공하셨습니다.]
[팔굽혀펴기 100회 : 미완료 (8/100)]

혹시나 싶어서 반쯤 내려가다 올라와 봤는데 아니나 다를까, 카운트에 포함되지 않았다.
어제 왜 카운트가 뜨지 않았는지 알 수 있었다.
제대로 된 팔굽혀펴기가 아니면 기록조차 되지 않는 것이다.
'허…… 거참.'
진우는 기막혀 하면서도 팔에 준 힘을 풀지 않았다.
아직 남은 팔굽혀펴기 횟수는 50개.
그 후에도 윗몸일으키기, 스쿼트, 달리기가 기다리고 있었다.
그렇게 3시간이 지난 후.

[팔굽혀펴기 100회 : 완료 (100/100)]
[윗몸일으키기 100회 : 완료 (100/100)]
[스쿼트 100회 : 완료 (100/100)]
[달리기 10km : 미완료 (9/10)]

"헉, 헉, 헉, 헉."
병원 주위를 한 바퀴 돌고 온 진우는 자신의 병실 앞에서 몸을 기역 자로 숙이고 가쁜 숨을 몰아쉬었다.
심장이 터질 것 같았지만 여기서 그만둘 순 없었다.
'지금까지 얼마나 고생했는데…….'
간신히 문을 열고서 안으로 한 걸음 내디뎠다.
그랬더니.
띠링.

[현재까지 달린 거리 : 10km]
[달리기 10km를 완료하셨습니다.]

드디어 끝났다.
"헉…… 헉……."
진우는 털썩 무릎 꿇었다. 입에서는 단내가 진동했다. 이마와 등은 땀으로 흠뻑 젖어 있었다.
"헉…… 헉……."
땀을 뻘뻘 흘리며 호흡을 가다듬고 있는 진우에게 낯설지 않은 메시지가 하나 도착했다.
띠링.

['일일 퀘스트 : 강자가 되기 위한 준비'를 완료하셨습니다.]
[완료 보상이 도착하였습니다.]
[보상을 확인하시겠습니까?] (Y/N)

그냥 어제처럼 뻗어 버릴까 잠시 고민했던 진우는 이내 마음을 바꾸었다.

이번에는 그놈의 보상이란 게 뭔지 확인이나 한번 해 보고 싶었다.

"확인."

띠링.

[아래와 같은 보상이 준비되어 있습니다.]

보상 1. 상태 회복

보상 2. 능력치 포인트 +3

보상 3. 랜덤 박스 1개

[전부 수락하시겠습니까?]

'뭐가 이렇게 많아?'

보상 내역을 보고서 처음엔 막연히 그렇게 생각했다.

하지만 곰곰이 생각해 보니 꽤 유용할 것 같은 보상도 있었고, 정확한 의미가 궁금해지는 보상도 있었다.

일단은 보상 1번, 상태 회복이 시급했다.

지금 지쳐 쓰러지기 직전이었다.

실패 페널티가 진짜 있었으니 완료 보상도 진짜일 가능성이 높았다.

어차피 밑져야 본전 아닌가?

설마 보상을 준다고 해 놓고선 다시 페널티 존에 던져 넣지는 않겠지.

"수락."

말을 내뱉자마자 전신이 은은한 푸른 기운에 휩싸였다.

'어…… 이 기분은?'

곧바로 주희의 얼굴이 떠올랐다.

부상을 당해 마법으로 치료받을 때도 이와 비슷한 기분을 느끼곤 했다.

굳이 표현하자면 신선한 공기가 폐 속으로 들어왔다가 빠져나가는 기분이랄까?

슈우욱-

푸른 기운이 서서히 사라지는 게 느껴졌다.

왠지 모를 아쉬움이 들었다.

진우는 제자리에서 일어나 콩콩 뛰어 보고 스트레칭으로 몸을 이리저리 움직여 보았다.

"이럴 수가!"

터질 듯이 뛰던 심장이 진정되고, 거칠었던 호흡도 안정되었다.

피로는 전혀 느껴지지 않았다. 쓰러질 것 같았던 몸이 금방 자고 일어난 것처럼 개운했다.

효과는 만점이었다.

'대단한데?'

진우는 눈을 동그랗게 떴다.

마법인지 뭔지는 모르겠지만 이 현상은 자신에게 강력한 영향을 미칠 수 있었다.

그렇다면 능력치 포인트라는 것 역시?

진우가 고개를 들어 올리자 침대 위에 놓인 작은 상자와 눈앞에 떠 있는 상태 창이 눈에 들어왔다.

'랜덤 박스란 건 저 상자를 말하는 것일 테고…….'

중요한 건 상태 창이다.
상태 창에는 자신에 대한 정보가 간략하게 표현되어 있었다.

[이름 : 성진우] [레벨 : 1]
[직업 : 없음] [칭호 : 없음]
[HP : 100] [MP : 10]
[피로도 : 0]

[스탯]
근력 : 10 체력 : 10 민첩 : 10 지능 : 10 감각 : 10
(분배 가능 능력치 포인트 : 3)

[스킬]
패시브 스킬 : (알 수 없음) Lv.Max, 근성 Lv.1
액티브 스킬 : 질주 Lv.1

옛날에 온라인 게임을 했을 때 본, 막 생성된 초보 캐릭터의 능력치와 비슷했다.
'이게 지금 내 능력치인가?'
현재 레벨 1.
스탯도 전부 기본 수치.
E급 헌터들 중에서도 최약체로 평가받는 자신의 현실을 고려하면 새삼스러울 것도 없었다.
눈에 띄는 것은 스킬 부분이었다.

패시브 스킬의 '근성'과 액티브 스킬의 '질주'.

묘하게 낯이 익었다.

"아, 그러고 보니 어제……."

어제, 정확히 말하자면 오늘 새벽 페널티 존에서 지네들에게 쫓길 때 들려온 메시지에 포함되어 있던 단어들이었다.

죽을힘을 다해 3시간쯤 뛰어다녔을 때인가?

갑자기 메시지가 날아왔다.

['스킬 : 질주 Lv.1'을 배웠습니다.]

['스킬 : 근성 Lv.1'을 배웠습니다.]

당시는 달리는 데 집중하느라 무슨 소린지 생각할 여유가 없었지만 지금은 달랐다.

진우는 스킬 내용을 확인했다.

[스킬 : 질주 Lv.1]

액티브 스킬.

필요 마나 5.

달리기가 당신의 다리를 튼튼하게 만들었습니다. 스킬을 시전하면 이동 속도가 30% 증가합니다. 시전 중 1분당 마나가 1씩 감소합니다.

[스킬 : 근성 Lv.1]

패시브 스킬.

필요 마나 없음.

당신은 지치지 않는 근성을 가졌습니다. 체력이 30% 이하로 떨어지면 근성 스킬이 발동해 받는 피해가 50% 감소합니다.

'내가 끈질기게 달렸기 때문에 [질주]와 [근성]을 배울 수 있었던 건가?'

그렇게 생각하면 맞아떨어졌다.

즉 같은 행동을 반복하여 일정 요구 조건을 충족시키면 스킬이 되어 배울 수 있다는 것이다.

"맙소사!"

이건 굉장한 메리트였다.

헌터들이 쓸 수 있는 스킬들은 첫 각성 때 습득하거나 A급 이상의 마수들에게서 가끔 떨어진다는 룬석으로만 배울 수 있기 때문이었다.

룬석의 가격은 최저 수억에서 비싸면 수백억을 넘어서기도 한다.

최근 경매에서 가장 비싸게 거래된 룬석의 가격은 약 7백억이었다.

다수의 부상자를 원래의 상태로 회복시킬 수 있는 스킬이 담긴 룬석으로, 외국의 S급 치유계 헌터가 사비를 털어 익명으로 구매했다고 한다.

진우의 가슴이 뛰기 시작했다.

이동 속도가 빨라지는 스킬과 피해를 덜 받게 만드는 스킬.

수백억에 거래됐다는 스킬에 비할 바는 아니지만 충분히 좋은 스킬들이었다.

그런 스킬들을 공짜로 익히게 된 것이다.

마력이 적어서 제대로 활용하기는 힘들겠지만 그래도 배운 것이 어딘가?

'게다가 근성 스킬은 아예 마나 자체가 필요 없다고 하니…….'

아마도 마나는 마력을 뜻하는 듯했다.

그렇다면 아무리 마력이 부족한 자신이라도 근성 스킬만큼은 자유롭게 쓸 수 있다는 소리다.

그것만으로도 큰 소득이었다.

"그런데…… 이 알 수 없음이란 건 뭐지?"

[스킬]

패시브 스킬 : (알 수 없음) Lv.Max

패시브 스킬의 한 칸을 차지하고 있는 '알 수 없음'.

패시브에 있으니 자동으로 발동되는 스킬이긴 할 텐데, 어떤 정보도 나와 있지 않았다.

'이건 단서조차 없네.'

얻을 수 있는 정보가 너무 한정적이었다. 이 상태에서 고민해 봐야 답이 나올 것 같진 않았다.

그래서 진우는 다른 쪽으로 시선을 돌렸다.

'능력치 포인트라…….'

아직 보상으로 받은 능력치 포인트 세 개가 미분배 상태로 남아 있었다.

[스탯]

근력 : 10 체력 : 10 민첩 : 10 지능 : 10 감각 : 10
(분배 가능 능력치 포인트 : 3)

'스탯을 3만큼 올릴 수 있다는 거겠지?'

스탯 목록에 있는 능력치는 모두 다섯 개.

레벨이 1이라 그런지 모든 능력치가 단순했다.

하지만 현실이란 걸 감안하면 그렇게 간단하게 생각할 수는 없었다.

순간의 선택에 따라 실제 능력이 달라진다면 누가 쉽게 결정을 내릴 수 있을까?

진우의 표정이 진지해졌다.

'근력은 힘일 테고…….'

힘과 체력, 민첩은 어떤 의미인지 대충 짐작이 갔다.

게임 같은 데서 흔히 접할 수 있는 '스탯'들이니.

문제는 끝부분에 위치해 있는 지능과 감각 능력치였는데, 줄곧 불친절했던 시스템답게 이번 역시 어떠한 설명도 없었다.

지능을 올리면 머리가 좋아지는 건가?

감각을 올리면 예민해지고?

어찌 됐든 지능이나 감각 스탯 모두 그다지 유용해 보이지는 않았다.

자신은 전투 계열 헌터.

필요한 건 힘이나 속도, 혹은 체력이었다.

'셋 중 하나를 고르라고 한다면 역시 힘이겠지.'

힘이 세지면 여러모로 편리하다.

그리고 스탯의 수치가 올라가면 몸에 어떠한 변화가 일어나는지도 알아보고 싶었다.

그래서 가장 변화가 뚜렷하게 나타날 것 같은 근력 스탯에 포인트를 전부 투자했다.

"근력에 3포인트."

띠링.

[스탯]

근력 : 13 체력 : 10 민첩 : 10 지능 : 10 감각 : 10

(분배 가능 능력치 포인트 : 0)

'끝난…… 건가?'

그게 끝이었다.

변화는 눈앞에 홀로그램처럼 떠 있는 근력 스탯 숫자가 10에서 13으로 변한 것뿐.

만화나 영화에서처럼 몸에서 주체할 수 없는 힘이 끓어오른다거나 하지는 않았다.

"뭔가 달라지긴 했나?"

일단 힘을 한번 써 보자.

진우는 침대 옆에 붙어 서서 침대를 들어 보았다. 약간의 무게가 느껴졌지만 생각보다 쉽게 들렸다.

하지만 침대 자체가 무겁지 않아서 그런 건지, 아니면 근력이 강해져서 그런 건지 구별이 불가능했다.

'포인트를 쓰기 전에 미리 한번 들어 볼걸.'

이미 포인트를 다 쓰고 난 뒤라 투자하기 전과 후의 차이점을 알기가 어려웠다.

'포인트가 좀 더 있었다면…….'

입맛을 다시던 진우에게 번뜩 떠오르는 기억이 있었다.

"페널티 퀘스트 보상!"

오늘 일일 퀘만 완료했던 게 아니다.

죽다 살아나긴 했지만 페널티 퀘스트도 분명 완료했었고, 보상이 지급됐다는 메시지도 떴었다.

진우는 허겁지겁 메시지 창을 불러왔다.

[페널티 퀘스트 완료 보상이 도착하였습니다.]

[보상을 확인하시겠습니까?] (Y/N)

"역시!"

진우는 주먹을 불끈 쥐었다.

당연히 Yes지!

[아래와 같은 보상이 준비되어 있습니다.]

보상 1. 능력치 포인트 +3

보상 2. 랜덤 박스 1개

[전부 수락하시겠습니까?]

일일 퀘스트 완료 때와 다르게 상태 회복 옵션은 없었지만, 필요한 건 능력치 포인트였다.

벌칙으로 받은 퀘스트다 보니 보상에 차이가 있을까 걱정했는데 다행히 똑같은 3포인트를 받았다.

진우는 쾌재를 불렀다.

"근력에 3포인트 추가."

띠링.

[스탯]

근력 : 16 체력 : 10 민첩 : 10 지능 : 10 감각 : 10

(분배 가능 능력치 포인트 : 0)

근력이 13에서 16으로 뛰었다.

진우는 다시 침대 앞에 서서 팔에 힘을 주었다. 그랬더니 방금 전보다 훨씬 더 쉽게 침대가 들렸다.

이제는 차이를 확연하게 알 수 있었다.

"정말이다……!"

정말로 힘이 강해졌다.

스탯으로만 따지면 본래 수치였던 10에서 무려 60퍼센트나 상승한 셈이니 차이를 느끼지 못할 수가 있나.

신이 난 진우는 침대뿐만이 아니라 병실 안의 여러 집기를 들어 올리며 소란을 피웠다.

그러다 마침 우연히 병실 앞을 지나가다 소리를 듣고 들어온 수간호사의 지적을 받고서야 그만두었다.

"……죄송합니다."

수간호사가 나가자 진우는 안도의 한숨을 내쉬었다.

"휴-."

하지만 흥분은 가시지 않았다.

심장이 거세게 뛰었다.

쿵쾅쿵쾅.

가슴이 아플 정도였다.

매일 찾아오는 퀘스트와 능력치 포인트 보상!

이 기현상이 갑작스럽게 끝나지만 않는다면 이전과는 완전히 다른 삶을 살아갈 수 있었다.

이건 커다란 기회였다.

거기다 정보 창에 떠 있었던 레벨.

'어쩌면 레벨도 올릴 수 있지 않을까?'

진우는 고개를 가로저었다.

'에이…… 설마.'

너무도 꿈같은 이야기였다. 거기까진 바라지도 않았다. 퀘스트와 보상만으로도 충분하니까.

능력치 포인트로 능력을 끌어올린다. 어제보다는 오늘, 오늘보다는 내일. 날마다 점점 더 강해지는 것이다.

'E급 헌터, 그중에서도 최약 병기로 불리는 내가 강해져?'

S, A급까지 멀리 갈 필요도 없다. 동료로 일했던 C, D급 헌터들이 들어도 웃을 소리다.

배를 잡으며 손가락질을 하겠지.

성진우가 강해진다고?

천하의 그 성진우가?

하지만 비웃음을 당해도 좋았다. 아니, 비웃음당하는 건 이제 익숙했다.

단지 기회를 손에 넣은 것만으로도 기뻤다.

그런데 문득 이런 의문이 들었다.

'혹시 이게 각성 후 각성의 과정일까?'

흔한 일은 아니지만 밑바닥을 전전하던 헌터가 재각성을 통해 일류급으로 거듭나는 경우는 분명히 있었다.

그렇다면 재각성을 통해 강해진 헌터들은 모두 이와 같은 현상을 겪었던 게 아닐까?

'한번 찾아보자.'

궁금해진 진우는 병실 구석에 마련되어 있는 컴퓨터 앞에 자리 잡았다.

협회에서 제공한 VIP룸이다 보니 컴퓨터를 비롯해 이것저것 편리한 것이 많았다.

타닥타닥.

진우의 손가락이 키보드 위를 빠르게 움직였다.

검색, 검색, 또 검색.

수많은 사이트를 오고 갔다.

헌터자격증 소유자 외에는 접근이 불가능한 사이트에도 접속해 보았다. 유료 정보는 결제까지 해 가면서 관련 문서를 끊임없이 뒤졌다.

하지만 같기는커녕 비슷한 사례조차 없었다.

'달라…….'

일반적인 재각성과는 완전히 달랐다.

대부분의 재각성 헌터들은 헌터가 될 때와 같은 과정의 각성을 통해 힘을 얻는다.

자신처럼 죽기 직전에 이상한 음성이 들린다거나, 게임처럼 능력치가 보이고 그 수치를 올려 힘을 성장시키는 경우는 전무했다.

'그래도 혹시 모르니까…….'

혹시나 싶어 헌터 전용 카페에 익명으로 글을 올려 보았다.

[제목 : 이상한 일이 일어났습니다.]

[내용 : 갑자기 게임처럼 능력치가 보이고, 능력치를 올릴 수 있게 되었습니다. 혹시 저와 같은 일을 겪고 계신 분이 있나요?]

그 밑으로 댓글들이 폭주했다.

ㄴ익명 : ㅋㅋㅋㅋㅋ 아주 지랄을 해라, 지랄을.

ㄴ익명 : 그냥 미친 거 아니냐?

ㄴ익명 : 맛이 갔네.

ㄴ익명 : 게임을 너무 하신 거 같습니다…….

ㄴ익명 : 혹시 만화가이신가요?

ㄴ익명 : 가까운 병원으로 ㄱㄱ

ㄴ익명 : 자세한 이야기를 듣고 싶습니다.

ㄴ익명 : 자격증 있다고 어중이떠중이 다 받지 말고 카페 물갈이 한번 싹 해야 하는데…….

수십 개의 댓글이 전부 다 비슷한 내용들이었다.

"에휴-."

진우는 한숨을 내쉬었다.

꽤 오랜 시간을 들였지만 건질 만한 소득은 없었다. 카페에서는 미친놈이라며 손가락질까지 당했다.

이 정도까지 했는데 나오는 정보가 없다면…….

“내 경우가 유일하다고 봐야겠지.”

유일무이(唯一無二).

세상 유일한 헌터!

이 기현상이 얼마나 도움이 될지, 어디까지가 성장의 한계일지는 좀 더 시간이 지나 봐야 알겠지만 일단 어감은 나쁘지 않았다.

주변을 둘러보니 벌써 밤이 깊어진 상태였다.

“언제 시간이 이렇게…….”

진우는 미간을 찌푸렸다.

늦은 시간까지 모니터 앞을 지키고 있었더니 눈이 침침했다.

미간을 만지작거리던 진우가 일어나서 스트레칭을 하며 몸을 풀었다.

이리저리 몸을 움직이길 수차례.

옆구리를 기역 자로 꺾어 대다가 바닥에 떨어져 있는 상자 두 개를 발견했다.

“아.”

랜덤 박스.

게임에서나 나올 법한 단색의 포장지에 리본으로 묶여 있는 작은 상자 두 개.

‘아까 난리법석을 떨 때 침대에서 떨어졌구나.’

보상으로 받았던 상자를 깜박 잊고 있었다.

진우는 가까이에 있는 상자 하나를 주워 안을 열어 보았다.

"……반창고?"

일견 반창고처럼 보이는 '그것'을 뚫어지게 쳐다보고 있었더니 녹색 글자로 정보가 떠올랐다.

[아이템 : 반창고]

평범한 반창고. 작은 상처에 붙이면 좋다. 인벤토리에 보관할 수 있습니다.

"진짜 반창고 맞네."

혹시 던전에서 구할 수 있는 보물들처럼 특수한 기능이 있을까 기대해 봤지만 그렇지는 않았다.

'하긴 던전에서 반창고가 나온다는 소리는 못 들어 봤고…….'

진우는 실망 반, 기대 반으로 다른 상자도 마저 뜯었다.

거기서는 볼펜이 나왔다.

여기저기 훑어보고 끝을 눌러 볼펜심을 튀어나오게도 해 봤지만 이것 또한 평범한 볼펜이었다.

[아이템 : 볼펜]

평범한 볼펜. 메모하기에 좋다. 인벤토리에 보관할 수 있습니다.

아무래도 랜덤 박스에서는 말 그대로 잡다한 물건들이 랜덤으로 튀어나오는 듯했다.

"흠……."

그래도 소득이 아예 없지는 않았다.

비록 반창고나 볼펜이 필요했던 것은 아니지만 이 두 녀석 덕분에 인벤토리의 존재를 알게 되었으니.

방 안의 다른 물건들은 정보가 뜨지 않는 걸 봐선 랜덤 박스에서 나온 물건들만의 특징인 듯했다.

"인벤토리."

인벤토리를 불러내자 허공에 수십 개의 칸을 가진 그래픽 창고가 생성되었다.

레벨 1유저의 창고답게 안은 텅 비어…… 있지 않았다.

비어 있을 것이라고 생각했던 인벤토리 첫 번째 칸에 낯익은 물건 하나가 들어가 있었다.

"저건……?"

진우는 그것을 꺼냈다.

띠링.

[아이템 : 김상식의 강철검]

공격력 +10

지하 신전에서 주웠던 김 씨 아저씨의 검이었다.

게이트 안에 버려두고 나온 줄 알았는데.

"반갑다, 인마."

진우는 웃음이 흘러나왔다.

함께 사경을 헤쳐 나온 사이라 그런지 다시 만나게 된 것이 반가웠다.

그리고 그대로 이공간의 미아로 놔두기엔 아까운 물건이기도 했다.

'김 씨 아저씨가 이놈을 3백만 원에 샀다고 했던가?'

헌터들의 무기는 겉으로는 평범해 보여도 실은 그렇지가 않다.

마수들은 마력이 담긴 무기가 아니면 타격을 입지 않는다. 당연히 그런 놈들을 상대하기 위해 만든 무기인 만큼 가격이 비싸다.

'당분간은 이놈을 써야겠네.'

헌터용 무기를 살 돈이 없어서 맨몸으로 싸우던 처지였다.

싸구려 장검이지만 이 정도면 감지덕지였다.

'이젠 내 거다.'

김 씨는 이 검을 보면 돌려 달라고 입에 거품을 물고 달려들지 모른다.

자신을 구해 준 은인을 버리고 달아날 정도로 이기적인 사람이니.

하지만 이 검도, 이 기회도 모두 목숨과 맞바꿔 손에 넣은 것이다.

쉽게 돌려줄 생각은 없었다.

진우의 눈매가 매서워졌다.

지하 신전에서 진우는 두 가지를 배웠다.

하나는 강해져야 한다는 사실이었다.

약하기 때문에 몇 번이나 죽을 뻔했다.

그것뿐만이 아니다.

결과를 뻔히 알고 있으면서도 성가대 출신 청년을 말리지 않았고, 김 씨 아저씨가 부당하다는 사실을 알면서도 송 씨 아저씨를 돕지 못했다.

살아남기 위해 무엇이 옳은지 알면서도 못 본 척 눈을 감았다.

부끄럽지 않으려면 보다 강해져야 했다.

그리고 또 하나.

'불필요한 친절은 베풀 필요가 없다.'

친절 뒤에 돌아온 것은 동료들의 배신이었다.

거동이 불편한 자신을 두고 동료 셋은 도망쳤다. 애타게 불렀지만 그 누구도 돌아오지 않았다.

그들은 자신들의 목숨을 구해 준 사람이 누구인지 기억하지 못했다.

'기브 앤 테이크.'

이제 조건 없는 선의로 위기를 자초하는 짓은 않겠다. 무엇보다 중요한 것은 스스로의 목숨이 아닌가.

그것이 진우가 죽음을 목전에 두고서야 배울 수 있었던 교훈이었다.

보다 강하게, 보다 독하게.

"할 수 있다."

진우는 한번 배운 것을 좀처럼 잘 잊지 않는 사람 중 하나였다.

* * *

어느 포장마차 안.

간호사 최유라는 간만에 만난 친구와 늦은 시간까지 회포를 풀고 있었다.

"아, 맞다."

유라는 친구가 헌터협회의 직원이라는 사실을 뒤늦게 떠올렸다.

자신이 헌터 지정 대형 병원에 들어갈 수 있었던 것도 친구의 덕이 컸다.

"너 헌터에 대해서 잘 알지?"

"남들만큼은 알지. 왜?"

"혹시 다친 상처가 빠르게 아무는 능력 같은 걸 가진 헌터도 있어?"

"치유계 헌터들이 그렇잖아. 회복 주문 한 방이면 어떤 상처도 빠방~!"

"아니, 아니. 마법 같은 거 말고. 무의식중에."

"무의식중에?"

"예를 들면 기절했다든가 아니면…… 잠을 자고 있는 상태라든가."

친구는 고개를 저었다.

"에이, 말도 안 돼. 그건 재생이라고 하는 엄청난 능력인데, A급 이상의 최상급 마수들 중에서도 특수한 놈들만 보이는 특징이야."

"사람 중에는 없고?"

"응. 그런 능력을 가진 헌터는 들어 본 적 없어."

"그…… 그렇지?"

역시 잘못 본 걸까?

유라는 고개를 끄덕거렸다.

그때 친구가 말했다.

"하지만…… 몰라, S급 헌터들이라면 가능할지도."

친구의 말에 유라가 고개를 들었다.

"S급?"

"S급 헌터들은 워낙 괴물 같은 사람도 많고, 세간에 공개된 정보도 별로 없으니까. 뭐라더라? 백호 길드의 백윤호 헌터는 진짜 괴물 같은 걸로 변신할 수 있다고 그러던데."

하지만 성진우는 E급 헌터였다.

헌터들의 등급은 협회 사이트에 공개되어 있어, 누구나 마음만 먹으면 손쉽게 검색해 볼 수 있었다.

오늘 아침에 있었던 일로 호기심이 생긴 유라는 협회 사이트에 들어가 성진우에 대해 알아보았다.

'그런 특별한 능력을 가지기에는 그 사람 등급이 너무 낮…… 아!'

헌터들의 재각성!

그러고 보니 어제인가 그제 진우의 병실 근처를 지나쳐 갈 때, 안에서 재각성 운운하던 소리가 들렸던 것이 기억났다.

'설마 그 사람 상급 헌터로 재각성한 거야?'

평범한 사람들은 S급 헌터들과 친해지기는커녕 한번 마주치기도 힘들다.

S급의 숫자가 워낙에 적은 데다 그들 모두가 정신없이 바쁘기 때문이다.

그런데 이게 웬일, 그런 대단한 사람이 자신의 환자가 되다니.

E급에서 이제 갓 S급이 된 헌터라.

'아직 그 사람의 가치를 아는 사람이 별로 없다면…….'

지금 점수를 따 두면 혹시 자신에게도 기회가 돌아오지 않을까.

S급 헌터와 친분을 쌓을 기회는 쉽게 오는 게 아니니 말이다.

남들은 돈을 주고서도 만나기가 힘든 이들이 바로 상급 헌터들이었다.

상상의 나래를 펼치는 유라의 얼굴에 점점 미소가 번져 갔다.

"어머, 계집애. 뭐 좋은 일이라도 있니? 왜 이야기하다 말고 실실거려?"

"아, 아냐. 아무것도 아냐."

유라는 연신 고개를 저으면서도 얼굴에 떠오른 미소를 쉽게 지우지 못했다.

* * *

“어머, 저 사람 몸 좀 봐.”

“저 환자 몸이 원래 저렇게 좋았나?”

젊은 여간호사 둘이 복도를 지나쳐 가는 진우를 보고 속닥거렸다.

진우는 못 들은 척 병실로 돌아갔다.

일일 퀘스트를 시작한 지 일주일째.

여러 가지 변화가 나타나기 시작했다.

그중 하나가 몸에 일어난 변화였다.

진우는 병실 구석에 위치한 거울 앞에 가 섰다.

“흠, 흠.”

전신 거울 앞에서 몸매를 살핀다.

여대생에게나 어울릴 법한 행동을 하는 것이 쑥스러워 보는 사람도 없는데 두어 번 헛기침하고서야 거울을 똑바로 마주 볼 수 있었다.

하지만 역시…… 달라졌다.

몸이 변하고 있었다.

‘근육이 붙었다.’

가장 눈에 띄는 변화는 근육이 늘어난 것이었다. 군살이 사라지고 근육이 늘기 시작했다.

덕분에 어깨도 넓어졌고, 체형 자체가 전보다 커졌다.

‘그래도 둔해 보이진 않아.’

필요한 곳에 필요한 만큼의 근육.

전체적인 감상평을 말한다면 '날렵해 보이는' 정도라고 할까?

남자인 자신이 봐도 괜찮게 보이니 젊은 여간호사들이 뒤에서 수군대는 것도 이상한 일은 아니었다.

'역시 이것 때문이겠지.'

진우는 상태 창을 불러왔다.

띠링.

[이름 : 성진우] [레벨 : 1]

[직업 : 없음] [칭호 : 없음]

[HP : 100] [MP : 10]

[피로도 : 0]

[스탯]

근력 : 31 체력 : 10 민첩 : 10 지능 : 10 감각 : 10

(분배 가능 능력치 포인트 : 0)

[스킬]

패시브 스킬 : (알 수 없음) Lv.Max, 근성 Lv.1

액티브 스킬 : 질주 Lv.1

어느새 근력이 30을 넘어가 있었다.

다른 스탯의 효율이 어느 정도인지 알 수 없으니, 일단은 효과가 확실하게 나타나는 근력 스탯에 포인트를 집중적으로 투자했다.

마수를 잡을 때 가장 도움되는 게 힘이기도 하니까.

‘겨우 며칠 운동했다고 체형이 달라질 리는 없다.’

그렇다면 생각해 볼 가능성은 하나.

근력 수치가 자꾸 상승하니 근육이 최대의 효율을 뽑아낼 수 있는 모양으로 변해 가고 있다는 것.

그 외에 다른 이유는 짐작하기 힘들었다.

너무 근력에만 투자한 것이 아닌가, 잠시 걱정되기도 했지만 달라진 몸을 보고 있으니 흐뭇해지며 걱정 또한 달아나 버렸다.

‘그래도 너무 눈에 띄긴 하네.’

간호사들의 입에 오르내리는 횟수가 점점 늘어나고 있었다. 아무래도 사람의 몸을 다루는 직업을 가진 여성들이다 보니 보는 눈도 다른 것이다.

청력이 좋은 진우는 근처에서 자신의 이름이 나올 때마다 놓치지 않았다.

‘슬슬 나가야 할 때가 됐나?’

많은 시선이 몰리는 건 좋지 않다.

시선 자체가 부담스럽기도 하거니와 이 기현상이 남들에게 알려지는 것도 싫었다.

괜히 긁어 부스럼 만든다 했던가?

아무도 모르게 조용히 능력치를 올리고 싶었다.

‘병원을 나가는 데 문제될 게 없기도 하고.’

다행히 모든 검사 결과가 정상으로 나왔다.

언제라도 퇴원이 가능한 상태였다.

아니, 협회나 병원 쪽에서는 은근히 나가 주기를 바라고 있는 듯했다.

E급밖에 안 되는 헌터의 치료비로 많은 돈을 쓰기가 아까운 것이리라.

S급 헌터들은 특혜 중 하나로 국가에서 모든 치료비를 부담한다고 하지만 진우와는 전혀 관련 없는, 아예 다른 세계의 이야기였다.

그러니 이쯤에서 병원을 나가는 것도 나쁘지 않은 선택이란 생각이 들었다.

마침 확인해 보고 싶은 것도 있었으니까.

"어디다 뒀더라……."

주머니를 뒤적거리던 진우의 손에 뭔가가 딸려 나왔다.

금빛으로 빛나는 열쇠였다.

단순한 형태 때문에 얼핏 장신구로 보이기도 하는 열쇠.

진우는 한참 동안 열쇠를 들여다보다가 다시 주머니 속에 집어넣었다.

* * *

퇴원 절차를 밟고 있는데 어린 간호사 하나가 헐레벌떡 뛰어왔다.

"헉, 헉! 성진우 씨, 지금 퇴원하시는 건가요?"

"네? 아, 네."

담당 간호사였던 최유라였다.

유라는 퇴원이라는 말에 아쉬운 표정을 지었다.

진우는 영문을 몰라 어리둥절한 얼굴이 되었다. 혹시 무슨 실수라도 했나 싶었지만 짚이는 건 없었다.

유라는 머뭇거리다가 작은 메모지 하나를 꺼냈다.

"연락처 좀 적어 주실 수 있을까요?"

"연락처요?"

"네…… 괜찮으시면."

나중에 따로 보낼 검사 결과 같은 게 있는 건가?

진우는 별다른 생각 없이 메모지를 받아 들었다. 그런데 유라에게 받은 것은 메모지뿐이었다.

진우가 빤히 쳐다보자 유라가 얼굴을 붉혔다.

"왜, 왜요?"

"저기…… 펜이 없는데."

"아, 아, 잠깐만요."

급하게 오느라 생각 못 했는지 유라가 파닥거리며 돌아섰다.

'어, 잠깐? 펜이라면…….'

생각도 잠시.

어느 순간 볼펜이 손에 쥐여 있었다.

인벤토리에 넣어 두었던 볼펜을 떠올리자 자동으로 나타난 것이다.

한번 인벤토리에 넣었던 물건들은 생각만으로도 자유롭게 넣거나 찾아올 수 있었다.

인벤토리의 편리한 기능이었다.

손안을 확인한 진우가 유라를 불러 세웠다.

"찾아보니 볼펜이 하나 있네요."

"아, 그래요? 휴- 다행이다."

유라가 가슴에 손을 얹고 안도의 한숨을 내쉬었다.

진우는 폰 번호를 적으며 미소를 지었다.

매번 이런 식이었다.

랜덤 박스에서 나온 물건들은 나중에 꼭 한 번씩 쓸 일이 생겼다.

비옷이 나왔을 땐 다음 날 비가 내렸고, 정수기 종이컵이 떨어지기 전날엔 유리컵이 나왔다.

가끔은 반창고처럼 전혀 필요 없는 물건이 나오기도 했지만 대부분은 적절하게 쓰였다.

"여기요."

진우가 건네는 메모지를, 유라는 기쁜 얼굴로 받아 들었다.

그러고는 꾸벅 고개를 숙였다.

"그럼 잘 부탁드릴게요."

"아, 네. 저도 잘 부탁드립니다."

유라는 휙 뒤돌아서 어디론가 급하게 사라져 버렸다.

진우는 유라의 뒷모습을 보면서 고개를 갸웃거렸다.

'근데…… 뭘 부탁한다는 걸까?'

귀엽게 생긴 간호사가 인사성도 참 밝네.

진우는 그런 생각과 함께 홀가분한 마음으로 병원을 나섰다.

* * *

먼저 찾아간 곳은 서울시 구로구에 위치한 헌터협회 건물이었다.

헌터 전용 휴대폰은 특수한 기기를 쓰기 때문에 협회에 직접 신청해야 했다.

협회 직원이 모니터를 들여다보다 말했다.

"헌터님 폰은 2주 뒤에나 나올 수 있을 것 같네요."

"예? 그렇게나 오래 걸리나요?"

진우가 눈을 동그랗게 떴다.

가지고 있던 폰은 지하 신전에서 신상에 쫓길 때 박살 나 버렸다.

그런데 새 폰이 나오기까지 2주나 걸리다니.

"급하게 폰을 쓰셔야 한다면 임시 폰을 빌려 드릴 수도 있는데 이용료가 5만 원 정도 듭니다."

5만 원…… 사는 것도 아니고 빌리는 데 드는 돈이 자그마치 5만 원씩이나.

현재의 자금 사정을 생각하면 너무 큰 액수였다.

'어차피 딱히 연락 올 데도 없으니까.'

협회에서는 폰으로 연락이 되지 않을 경우 집으로 연락한다. 그러니 굳이 돈을 써 가며 임시 폰을 빌릴 이유는 없었다.

진우는 고개를 가로저었다.

"그냥 기다릴게요."

"알겠습니다. 새 기기는 나오는 즉시 자택으로 보내 드리겠습니다."

"감사합니다."

진우는 자리에서 일어났다.

이로써 볼일은 끝났다.

오늘도 어김없이 찾아온 일일 퀘스트는 진즉에 끝내 놓았고, 협회에 들러 새로 쓸 폰을 신청하는 과정도 빠르게 끝났다.

진우는 협회 건물을 빠져나오며 다시 금빛의 열쇠를 꺼냈다.

'이제 이걸 알아볼 차렌가.'

열쇠의 정보가 녹색 글자로 떠올랐다.

[아이템 : 던전의 열쇠]

입수 난이도 : E급

종류 : 열쇠

인스턴스 던전으로 이동할 수 있는 열쇠입니다. 지하철 합정역 3번 출구에서 사용하실 수 있습니다.

일일 퀘의 보상으로 받은 랜덤 박스 안에 들어 있었다.

처음엔 웬 열쇠인가 했지만 입수 난이도가 뜨는 것을 보고 평범한 물건이 아님을 직감했다.

병원을 나오게 된 결정적인 이유기도 했다.

'인스턴스 던전의 입장 열쇠라…….'

인스턴스 던전이라고 해도 던전은 던전.

던전이라면 아픈 기억이 많았다.

E급 레이드에 참가했다가 큰 부상을 입고 무려 일주일 동안 병원 신세를 졌던 적도 있었다.

그때는 동료들이라도 있어서 살 수 있었지만…….

만약 이 열쇠로 던전에 들어갈 수 있다면 꼼짝없이 혼자 돌아야 하는 것이다.

고민 끝에 결정했다.

'잠깐 들어갔다 나오는 거라면 별문제 없겠지.'

여차하면 도망치면 되니까.

요즘 매일 달리기를 10킬로씩 꾸준히 했더니 도망치는 것 하나는 자신 있었다.

* * *

그렇게 쉽게 생각했던 게 실수였다.

쿵, 쿵!

"벽이…… 생긴 건가?"

보이지 않는 벽을 두드리고 바깥을 향해 소리 질러 봤지만 아무런 응답도 없었다.

사람들은 각자 제 갈 길을 분주히 오갈 뿐이었다.

가끔 합정역 안쪽으로 걸어오는 사람도 있었는데, 투명한 벽을 경계로 그들의 모습은 바로 사라졌다.

아무래도 이곳과 저 너머는 다른 공간인 듯했다.

진우가 억지로 힘을 써서 나가려고 하자 또다시 메시지가 떴다.

띠링.

[던전을 나갈 수 없습니다. 보스를 처치하거나 귀환석을 가지고 오십시오.]

아까부터 같은 말뿐이었다.

가지고 있던 던전의 열쇠는 3번 출구 안으로 발을 내딛자마자 사라졌고, 일이 틀어졌음을 느낀 진우가 급히 방향을 틀었을 땐 이미 앞이 막혀 버린 상태였다.

3번 출구 어딘가에 던전으로 이동할 수 있는 게이트나 비밀 문 같은 것이 있으리라 생각했는데, 예상과는 달랐다.

거기다 일반적인 던전과는 달리 자유로운 이동도 불가능했다.

"던전과 다르다라……."

진우는 한숨과 함께 뒤를 돌아보았다.

시야에 들어오는 것은 밀림처럼 변해 버린 지하철역이었다.

벽에는 넝쿨이 어지러이 뻗어 있고, 시체가 썩을 때 나는 퀴퀴한 냄새가 진동했다.

멀리서 짐승 울음소리 같은 것도 간간이 들려왔다.

"……."

합정역 근처 어딘가에 입구가 있는 게 아니라 합정역 전체가 던전이 되어 있었다.

진우는 인벤토리에서 강철검을 꺼냈다.

띠링.

[아이템 : 김상식의 강철검]

공격력 +10

뒤는 막혀 있고 어디 다른 데 연락할 방법도 없으니 앞으로 나아갈 수밖에.

진우는 침을 꼴깍 삼킨 뒤 천천히 계단을 내려갔다.

숨을 죽이고 주변을 둘러보았으나 별다른 기척은 없었다.

하지만 방심은 금물이었다.

마수 중에는 등급이 높지 않더라도 기척을 숨길 수 있는 놈들이 많았다.

아니, 오히려 등급이 높지 않기에 기척을 숨기고 기습을 노리는 것일지도 모른다.

화장실을 지나쳐 안쪽으로 들어가니 지하상가들이 나왔다.

가게들은 낡고 부서져 폐허를 연상케 했다.

희미한 형광등 조명 아래 폐허가 된 가게들과 인적 없는 통로를 보고 있으니 음산한 기분이 들었다.

티딩, 티딩.

형광등 몇 개는 수명을 다한 듯 불빛을 깜박였다.

깨진 타일 위로 무성히 자란 잡초들을 밟으며 걸어가던 진우는 뭔가 께름칙한 기운을 느끼고는 주위를 둘러보았다.

"……."

사방이 고요했지만 어디선가 시선이 느껴졌다.

거기다 이 냄새.

주변에서 동물이 죽어서 파리가 들끓을 때쯤 풍기는 지독한 악취가 흘러나오고 있었다.

던전 출입이 잦았던 진우에게는 낯설지 않은 냄새였다.

'이 냄새는…… 짐승형 마수다.'

하지만 주위 어디서도 기척을 찾을 수 없었다.

마치 먹잇감을 노리고 숨어 있는 것처럼.

'숨어서 기회를 엿보시겠다?'

그렇다면 기회를 드려야겠지.

진우는 일부러 돌아서서 등을 보였다. 그리고 왔던 길을 천천히 되돌아가기 시작했다.

짐승은 상대가 등을 보이면 덮쳐 오는 법이다. 짐승형 마수도 크게 다르지 않다.

그렇게 세 발짝쯤 걸었을 때였다.

와장창!

뒤쪽에 있던 옷 가게의 쇼윈도가 깨지며 뭔가가 튀어나왔다.

그 뭔가는 지면을 밟고 착지한 뒤 곧바로 진우의 목덜미를 향해 뛰었다.

"크릉!"

미리 공격에 대비하고 있었던 진우는 소리가 들림과 거의 동시에 검을 뒤쪽으로 크게 휘둘렀다.

그야말로 반사적인 움직임!

쉬익-!

예리한 검날이 덤벼들던 짐승의 턱을 베었다.

진우에게서 떨어진 놈이 괴성을 지르며 바닥을 나뒹굴었다.

"키이이잉, 키잉!"

붉은 털을 가진 커다란 늑대였다.

주둥이가 잘려 나간 늑대는 고통스러운지 이리저리 몸을 비비며 몸부림쳤다.

자세히 보니 페널티 존에서 봤었던 지네처럼 놈의 머리 위에도 이름이 떠 있었다.

[강철 이빨 라이칸]

하지만 그때와 달리 붉은색이 아니라 흰색 이름이었다.

'우물쭈물할 시간이 없다!'

놈이 상처를 입어서 움직이지 못하는 지금이 기회였다.

진우는 몸을 날렸다.
달려가 검을 강하게 내리치자 놈의 머리가 뎅겅 잘려 나갔다.
"캐갱!"
라이칸은 단말마를 내지르며 숨을 거두었다.

[강철 이빨 라이칸을 처치했습니다.]

"좋아!"
그러나 해냈다는 기쁨도 잠시!
쇼윈도 너머의 어둠 속에서 몸을 숨기고 있던 다른 라이칸 두 마리가 뛰쳐나왔다.
아차, 동료가 있었나?
진우의 눈이 커졌다.
"크르릉!"
놈들이 무시무시한 이빨을 드러내며 순식간에 거리를 좁혀 왔다.
진우의 미간이 구겨졌다.
흥분한 탓에 너무 세게 내려친 검이 바닥 깊숙한 곳에서 뭔가에 걸린 것인지 쉽사리 빠지지 않았다.
'어딘가에 걸렸다.'
그때 라이칸 하나가 진우의 얼굴을 노리며 뛰어올랐다.
"이런!"
진우가 목을 움츠렸다.
진우의 머리 위를 지나친 라이칸은 속도를 주체하지 못하고 바닥에 대가리를 처박았다.

콰직!

놈의 이빨이 꽂히자 돌로 된 바닥에 금이 쩍쩍 갔다.

'괜히 강철 이빨이 아니네.'

하지만 감탄하고 있을 여유는 없었다.

아직 다른 한 마리가 정면에서 달려오고 있었기 때문이었다.

검은 여전히 빠질 기미가 보이지 않았다.

"젠장!"

하는 수 없이 검을 포기한 진우가 날아오는 라이칸을 향해 있는 힘껏 주먹을 날렸다.

부웅!

듣기에도 섬뜩한 바람 소리와 함께 주먹이 일자로 뻗어 나갔다.

퍼걱!

일격에 라이칸의 머리통이 터져 버렸다.

머리를 잃은 라이칸의 몸통은 천장에 부딪힌 후 사선을 그리며 그대로 바닥에 내리꽂혔다.

쾅!

"……?"

진우는 눈을 동그랗게 뜨고 자신의 주먹을 쳐다보았다.

예상치 못했던 괴력이었다.

진우의 머리 위를 넘어갔던 라이칸도 그 광경을 보더니 꼬리를 내리고 주춤주춤 뒷걸음질 치기 시작했다.

"허……?"

이게 근력 올인의 성과인가?

놀란 진우가 입을 다물지 못하고 있을 때, 머리 잃은 라이칸이

다리를 부르르 떨다가 곧 움직임을 멈추었다.
그러자 익숙한 기계음이 들려왔다.
띠링.

[강철 이빨 라이칸을 처치했습니다.]
[레벨이 올랐습니다!]

* * *

"레벨이 올랐다고?"
잘못 들은 것은 아닌지 확인하기 위해 진우가 급히 상태 창을 띄워 보았다.

[이름 : 성진우]　　　[레벨 : 2]
[직업 : 없음]　　　[칭호 : 없음]
[HP : 205]　　　[MP : 22]
[피로도 : 0]

[스탯]
근력 : 32 체력 : 11 민첩 : 11 지능 : 11 감각 : 11
(분배 가능 능력치 포인트 : 0)

[스킬]
패시브 스킬 : (알 수 없음) Lv.Max, 근성 Lv.1

액티브 스킬 : 질주 Lv.1

정말로 레벨이 올라갔다.

그리고 레벨이 올라가면서 모든 스탯에 1포인트가 더해졌다.

능력치에 영향을 미치는 건 퀘스트 보상만이 아니었다. 레벨 업을 통해서도 상태 창의 능력치를 올릴 수가 있었던 것이다.

'레벨 업이 가능하다니!'

일말의 기대만 갖고 있던 일이 눈앞에서 현실이 되었다.

심장이 빠르게 뛰기 시작했다.

'게다가 추가되는 포인트도 레벨 업 쪽이 더 높아.'

퀘스트 완료 시 받는 능력치 포인트의 총합은 3.

레벨 업을 하고 받은 능력치 포인트의 총합은 5.

비록 포인트를 마음대로 배분할 수 없다는 점은 불편했지만 레벨 업 쪽의 성장 폭이 훨씬 더 컸다.

또 퀘스트는 1일에 한 번이라는 제한이 있는 데 비해 레벨 업은 제한이 없을 가능성이 더 높았다.

'두 마리를 잡았을 뿐인데 레벨이 올랐다.'

게임에서도 그렇다.

레벨이 낮은 구간에서는 단시간에 많은 레벨을 올릴 수 있다.

현재 진우의 레벨은 2.

가장 밑바닥에 있다고 해도 과언이 아니다.

하지만 평범한 저랩은 아니었다. 이미 근력 스탯이 30을 넘어섰다.

1업에 근력 스탯이 1씩 오른다고 가정하면, 현재 진우의 근력 수치는 20레벨 이상에 해당했다.

1레벨 사냥터에서 20레벨대 능력치를 지닌 유저가 사냥한다면?

'그야말로 폭렙…….'

가정을 증명이라도 하듯 방금 주먹을 휘둘렀을 때의 파괴력은 기대치를 아득히 초월하는 수준이었다.

'근력 스탯은 세 배 늘었을 뿐이지만…… 힘의 차이는 고작 세 배 정도가 아니었어.'

진우의 원래 근력 스탯은 10.

근력 10과 근력 30은 수치상으로 세 배의 차이가 나지만 발현되는 힘의 차이는 그 이상이었다.

'혹시……?'

능력치가 올라갈수록 가중치가 붙는다면?

그렇다면 이 파괴력도 충분히 설명된다.

게다가 움직임도 이전보다 빨라졌다.

예전 같았으면 전속력으로 덮쳐 오는 짐승의 공격을 가볍게 피한다거나, 주먹을 내지를 때 바람을 가르는 소리가 난다거나 하는 상황은 있을 수 없는 일이었다.

"하긴 근육의 힘이 세지는데 속도가 빨라지지 않을 수가 있나."

근력 스탯을 높이니 '힘'과 '속도'가 올라간 것이다.

이는 라이칸들과의 전투로 증명됐다.

그럼 민첩을 높이면 뭐가 달라지는 걸까?

호기심을 자극했지만 지금으로서는 알 길이 없었다.

그걸 알려면 능력치를 직접 올려 봐야 한다.

'그래도…….'

퀘스트 보상으로 받는 포인트를 민첩에 투자하기엔 좀 아깝다는 생각이 들었다.

근력을 찍으면 힘과 속도를 동시에 잡을 수 있는데 뭐하러 민첩에 포인트를 쓴단 말인가?

그렇다면 남은 방법은 하나.

'최대한 빨리 레벨을 올린다.'

레벨 업을 통해 민첩 수치를 올리는 것이다.

티끌 모아 태산이라고 했다.

1씩 올리다 보면 언젠간 차이가 느껴지겠지.

진우는 바닥에 박혀 있던 검을 뽑아 들었다.

'그럼, 시작해 볼까?'

아직 잡아야 할 놈이 하나 남아 있었다.

"그런데…… 이 자식 어디 갔어?"

분명 조금 전까지 근처에 있었던 라이칸 한 마리가 어느 사이엔가 사라져 있었다.

열심히 주위를 두리번거렸지만 놈의 흔적을 발견하지는 못했다.

아무래도 상태 창을 보고 있는 사이 도망친 모양이었다.

어쩐지 꼬리를 내리고 이쪽 눈치를 살살 살피더라니.

"쩝."

진우는 경험치가 날아갔다는 생각에 아쉬운 듯 입맛을 다셨다.

그렇게 지나쳐 가려는데.

'이 녀석들, 마정석 같은 건 안 주나?'

문득 드는 생각에 걸음을 멈추었다.

게이트에서 나오는 마수들은 모두 체내에 마정석을 하나씩, 혹은 여러 개씩 가지고 있었다.

운이 좋으면 룬석이 튀어나오기도 했다.

스킬을 배울 수 있는 룬석은 물론이거니와 여러 용도로 쓰이는 마정석 또한 고가에 거래된다.

레이드에 나서는 헌터들은 기본 보수 외에 이 마정석을 노리고 사냥에 임한다고 해도 과언이 아니다.

진우도 한 명의 헌터.

사냥을 성공했는데 뭔가 손에 들어오는 게 없으니 섭섭했다.

아쉬운 마음에 죽은 라이칸의 배를 갈라 봤지만 역시 헛수고였다. 이놈들은 마수들과 완전 다른 부류인 듯했다.

확실히 여러 던전을 돌아다녀 봤지만 이렇게 늑대와 닮은 마수를 본 적은 없었다.

손을 털고 일어나려던 진우.

"음?"

그런데 라이칸의 입안에서 뭔가 반짝이는 것을 발견했다.

진우는 라이칸의 아가리를 벌렸다.

라이칸의 이빨 하나가 반짝반짝 빛을 내고 있었다.

진우가 손을 뻗었더니 이내 메시지가 떴다.

['아이템 : 라이칸의 송곳니'를 발견했습니다. 획득하시겠습니까?]

"획득."

[아이템 : 라이칸의 송곳니]

입수 난이도 : 없음

종류 : 잡동사니

크고 날카로운 라이칸의 송곳니. 인벤토리에 보관하시거나 상점에 파실 수 있습니다.

진우는 손안에 들어온 송곳니를 보면서 당황했다.

'상점도 있었나?'

세상에 이렇게 불친절한 시스템이 어디 있단 말인가.

유저가 처음부터 끝까지 하나하나 몸으로 겪어 가면서 알아내야만 하는 구조라니.

심지어 페널티 퀘스트 때는 아무런 설명이 없어서 죽기 직전까지 가기도 했었다.

진우는 이를 바득바득 갈면서 상점을 불러왔다.

"상점."

내심 여느 게임들처럼 '상점' 푯말이 걸려 있고 상인 NPC가 서 있는 가게가 나오지 않을까 기대했다.

하지만 허공에 떠오른 것은 처음 메시지 함을 열었을 때와 마찬가지로 홀로그램처럼 보이는 녹색 글자들뿐이었다.

그것도 단 두 단어.

'구매'와 '판매'.

"……."

아주 단조로운 상점이었다.

진우는 구매를 선택했다.

주머니에는 땡전 한 푼 없었지만 상점에서 어떤 물건이 거래되는지 궁금해서였다.

하지만 시스템은 냉정했다.

[구매를 이용할 수 있는 레벨이 아닙니다.]

돈이 필요한 곳에서 찬밥 대우받는 경험은 이미 익숙했다.
"네, 네."
진우는 대수롭지 않게 판매로 눈을 돌렸다.

['아이템 : 라이칸의 송곳니'를 판매하시겠습니까?]

"그래."
짤그랑 소리와 함께 인벤토리가 떴다.
인벤토리의 가장 아래쪽, 골드라고 적힌 칸에 20이라는 숫자가 새로이 새겨졌다.
어제까지만 해도 비어 있던 칸이었다.
'20골드라.'
실제 사용할 수 있는 현금도 아니고, 아직 상점을 이용할 수 있는 단계도 아니다 보니 20골드란 게 어느 정도 돈인지 실감이 나지 않았다.
'하긴 뭐 E급 던전에서 나오는 놈들이 쓸 만한 걸 주겠어?'
던전과 인던이란 차이는 있어도 그게 그거겠지.
그래도 혹시 모르니 다른 놈의 이빨까지 챙겨 가려던 진우가 아차 하며 이마를 짚었다.
"머리통을 아예 날려 버렸지……."

진우는 씁쓸한 마음으로 방향을 꺾었다.

가치도 모르는 20골드가 눈에 아른거렸지만 이 어두컴컴한 지하에서 어디로 날아갔을지 모르는 짐승 이빨을 찾기 위해 시간을 허비할 수는 없었다.

하지만 돌아서는 순간, 그런 아쉬움이 눈 녹듯 사라졌다.

"크르르르릉."

"크르르르."

"크르르르륵!"

"크륵!"

도망간 줄 알았던 라이칸 한 마리가 동료들을 잔뜩 데리고 온 것이 아닌가!

진우의 얼굴에 웃음꽃이 피어났다.

언뜻 보아도 20마리 이상은 되어 보였다.

"유레카!"

아니, 이럴 때 쓰는 단어는 아니던가?

뭐 어쨌든.

기쁜 마음을 표현하는 말임은 분명하니까.

진우는 검의 손잡이를 단단히 움켜쥐었다.

"송곳니 빼고 아주 다 씹어 먹어 주마."

돈이라면 사족을 못 쓰는 한 남자의 살벌한 눈빛에 라이칸들이 겁을 집어먹고 움찔 몸을 떨었다.

그 순간 진우가 녀석들을 향해 날아올랐다.

* * *

[레벨이 올랐습니다!]
[레벨이 올랐습니다!]
[레벨이 올랐습니다!]

예상대로 레벨은 금방금방 올라갔다.

1층을 구석구석 돌아다니며 라이칸들을 몰살시킨 진우는 순식간에 7레벨이 되었다.

무려 다섯 계단이나 점프한 것이다.

"깨갱!"

꼬리를 감추고 도망가던 마지막 놈을 잡자 이상한 메시지가 떴다.

띠링.

['칭호 : 늑대 학살자'를 획득했습니다.]

"칭호?"

[칭호 : 늑대 학살자]

늑대를 잡는 데 능숙한 사냥꾼에게 주어지는 칭호입니다. 짐승형 몬스터를 상대할 때 모든 능력치가 40% 증가합니다.

상태 창을 열어 보니 과연 칭호가 바뀌어 있었다.

[이름 : 성진우]　　　　　[레벨 : 7]

[직업 : 없음]　　　　　[칭호 : 늑대 학살자]

[HP : 766]　　　　　　[MP : 81]

[피로도 : 3]

[스탯]

근력 : 37 체력 : 16 민첩 : 16 지능 : 16 감각 : 16

(분배 가능 능력치 포인트 : 0)

[스킬]

패시브 스킬 : (알 수 없음) Lv.Max, 근성 Lv.1

액티브 스킬 : 질주 Lv.1

짐승형 몬스터를 상대할 때 추가 능력치 보너스라.

대상이 한정적이기는 해도 능력치가 40퍼센트나 상승한다니 꽤나 괜찮아 보였다.

'짐승형 마수도 많은데 놈들한테도 적용되려나?'

그렇게만 된다면 레이드 때 마수들을 손쉽게 처치할 수 있을 텐데.

하지만 거기까지 생각하지 않아도 소득은 짭짤했다.

'늑대 이빨이 34개, 낡은 단검이 두 개, 여행자의 옷이 하나, 귀환석이 하나.'

늑대를 잡다 보니 늑대 배 속에서 아이템들이 나오는 경우도 있었다.

그러나 쓸 만한 것들은 아니었다.

낡은 단검은 지금 쓰는 강철검보다 공격력이 떨어졌고, 여행자의 옷은 착용 아이템이 아니라 흔히 말하는 상점 되팔이용 잡템이었다.

모두 상점에 처분했더니 천 골드가 넘게 들어왔다.

[보유한 금액 : 1,060골드]

'……라고 해도 전혀 기뻐할 수가 없네.'

아무리 모아 봐야 당장은 쓸 데가 없으니 말이다.

골드를 제외하면 남는 거라곤 귀환석 하나뿐.

아까 던전 입구에서 탈출하려고 몸부림칠 때, 바깥으로 나가기 위해서는 귀환석이 필요하다고 했었다.

이제 마음만 먹으면 다시 밖으로 돌아갈 수 있었다.

여기서부터는 갈림길이었다.

눈앞에 지하 2층으로 내려가는 계단이 보였다.

그리고 손에는 귀환석이 쥐여 있었다.

'전진이냐, 후퇴냐…….'

예전 같으면 망설임 없이 다음을 기약했을 것이다. 그랬기에 형편없는 능력치로도 많은 레이드에서 비교적 무사히 살아남을 수 있었다.

남들은 기적이라 말하지만 나름대로 영리하게 움직였던 결과였다.

하지만 지금은 달랐다.

돌아서고 싶지 않았다.

여기서 발을 빼면 다시는 앞으로 나아갈 수 없을 것 같은 기분이 들었다.

"후회는 지겹도록 해 봤으니."

한 번쯤은 부딪혀 보는 것도 괜찮지 않을까.

진우는 귀환석을 도로 주머니 속에 집어넣었다.

지하 2층으로 내려가는 발걸음은 가벼웠다.

* * *

[레벨이 올랐습니다!]

[레벨이 올랐습니다!]

던전과 달리 인던에는 리스폰 개념이 있었다.

2층 몬스터들을 싹쓸이하는 동안 1층 몬스터가 리스폰 되고, 1층 몬스터들을 몰아 잡는 동안 2층 몬스터가 리스폰 되었다.

[레벨이 올랐습니다!]

[레벨이 올랐습니다!]

진우는 1층과 2층을 왕복하며 더 이상 레벨이 오르지 않을 때까지 몬스터들을 잡았다.

'언제 다시 이런 기회가 올지 모르니까.'

그러다 보니 이제 어디서 어떻게 몬스터가 튀어나올지도 예상할 수 있는 지경에 이르렀다.

"위에서 원숭이가 떨어지고."

천정에서 낙하하는 원숭이 몬스터의 긴 손톱을 사뿐하게 피하고 놈의 가슴에 검을 찔러 넣은 뒤.
"끼엑!"
"좌우에서 고양이 한 마리씩."
양쪽에서 덮쳐드는 검은 표범의 목을 차례대로 베었다.
"캬악!"
"캭!"

[칼날 손톱 브리가를 처치하셨습니다.]
[검은 그림자 라잔을 처치하셨습니다.]
[검은 그림자 라잔을 처치하셨습니다.]

여기까지가 2층의 끝.
또다시 지하 2층을 올 클리어했다.
그래도 레벨은 한참 전부터 15에 고정되어 있었다. 아마도 1, 2층에서는 15까지가 한계인 듯했다.
"스탯."

[스탯]
근력 : 45 체력 : 24 민첩 : 24 지능 : 24 감각 : 24
(분배 가능 능력치 포인트 : 0)

레벨이 15쯤 되다 보니 스탯도 많이 올라갔다.
민첩 역시 25에 가까워졌다.
민첩이 20을 넘기고 나서부터는 근력과 민첩의 차이점을 확실히 알 수 있었다.
민첩은 속도를 빠르게 만드는 게 아니라 상대의 속도를 느리게 보이게끔 만들어 준다.
'마치 슬로우 비디오처럼.'
원숭이가 떨어지는 장면이나 표범이 달려드는 장면이 느릿하게 보였다.
시간을 딱딱 끊어서 사용하는 느낌이라고 할까?
적의 공격을 피하기도 쉬웠고, 적에게 공격을 맞추기도 쉬웠다.
말 그대로 '민첩'해지는 것이다.
속도는 무릇 상대적인 것.
민첩 스탯이 높아지면 높아질수록 서로 간의 격차가 커져, 상대의 눈에는 가공할 만큼 빠른 움직임으로 비칠 것이다.
'근력과 민첩이 높아지면 시너지 효과가 상당하겠네.'
그게 민첩 스탯에 대한 최종 평가였다.
"그건 그렇고."
진우의 고개가 돌아갔다.
"저기는 어쩐다……."
지하 3층으로 내려가는 계단이 보였다.
3층에 갈 수 있는 길이 있는데도 1, 2층 사냥을 반복했던 이유는 따로 있었다.
'소름 끼치는군.'
감각 스탯이 상승할수록 3층에서 흘러나오는 음산한 기운이 점점 더 강하게 느껴졌다.
이 밑에는 분명 뭔가 강력한 존재가 있었다.

보지 않아도 알 수 있었다.

진우는 입구에서 들었던 메시지를 떠올렸다.

–던전을 나갈 수 없습니다. 보스를 처치하거나, 귀환석을 가지고 오십시오.

보스(Boss)의 존재.

진우는 놈을 상대하기 위해 1, 2층을 수없이 오르내리며 올릴 수 있는 데까지 레벨을 올렸다.

그렇게 만반의 준비를 갖추었는데도 막상 내려가야 할 때가 오니 긴장되기 시작했다.

진우는 양손으로 가볍게 뺨을 짝짝 때렸다.

'던전에 들어왔는데 보스 얼굴도 안 보고 그냥 돌아갈 순 없잖아?'

적당한 긴장감은 최상의 컨디션을 유지하기 위한 필수 요소다.

이 정도가 딱 좋다.

진우는 검을 양손으로 쥐고서 천천히 계단을 걸어 내려갔다.

5. 보스전

5. 보스전

계단이 평소보다 더 길게 느껴지는 것은 단순한 착각일까?

마른침이 꼴깍 넘어갔다.

조명은 1, 2층보다 훨씬 어두웠지만 시야 확보에는 문제가 없었다.

'감각 스탯 때문인가?'

시력이 더 좋아진 것 같았다.

조심스럽게 아래쪽으로 내려가자 지하철이 다니는 선로가 보였다.

아니, 선로였던 곳이 보였다.

지하철이 다녀야 할 길에는 전동차나 레일 대신 검은 물이 가득 채워져 있었다.

'뭐야, 저건?'

선로가 아니라 무슨…… 호수나 강처럼 보였다.

진우가 좀 더 가까이서 살펴보기 위해 한 발 앞으로 내디딘 순간이었다.

눈 깜짝할 사이, 물에서 긴 통나무가 같은 것이 튀어나왔다.
쉬이이익-!
'빠르다!'
순식간에 코앞까지 쇄도한 '그것'은 통나무가 아니었다.
통나무만 한 굵기의 살아 있는 뱀이었다.
"헙!"
진우는 급한 대로 검으로 뱀의 대가리를 쳐 냈다.
챙강!
진우가 눈을 휘둥그레 떴다.
"아니?"
돌진해 오던 뱀의 방향을 바꾸는 데는 성공했으나, 요긴하게 쓰던 강철검이 부서지고 말았다.
진우가 놀라 뒤를 돌아보았다.
뱀도 의외의 반격에 놀랐는지 바로 다시 공격해 오지 않고 멀찍한 곳에 똬리를 틀고서 진우를 뚫어지게 노려보았다.

[늪의 지배자, 푸른 독니 카사카]

주황색으로 쓰인 놈의 이름이 선명히 보였다.
흰색 이름을 가진 일반 몬스터들과는 비교가 불가능할 정도로 빠르고 단단한 놈이었다.
'아무리 그래도 마력이 주입된 검이 쪼개지다니.'
진우가 침을 꿀꺽 삼키며 카사카를 관찰했다.
카사카의 온몸을 덮고 있는 푸른빛 비늘이 번들거렸다. 갑주를 두른 것처럼 비늘은 놈의 전신에 촘촘히 박혀 있었다.

검격이 통하지 않는 비늘이다.

주먹질로는 어림도 없겠지.

진우의 생각이 거기까지 다다랐을 때, 카사카가 먹잇감에 대한 파악을 끝냈는지 재차 돌진해 왔다.

다시 봐도 엄청난 속도였다.

쉬이이익—!

진우가 눈을 가늘게 떴다.

'온다!'

온 정신을 집중하자 처음에는 형태도 제대로 알아보기 힘들었던 카사카의 공격이 제대로 보이기 시작했다.

민첩 스탯의 힘이었다.

카사카가 입을 쩍 벌리고 덮치려는 순간, 진우는 재빠르게 몸을 틀어 녀석의 공격을 흘려보내는 동시에 놈의 머리를 겨드랑이에 끼우고 두 팔로 조였다.

우드득!

진우의 근력 스탯은 50을 향하고 있었다.

무시무시한 압력이 뱀의 동맥에 가해졌다.

빠져나가지 못하게 된 뱀은 괴로운지 온몸을 비틀며 몸부림쳤다.

진우는 그럴수록 이를 악물고 힘을 주었다.

쾅! 쾅!

진우는 벽과 바닥에 몸을 부딪치면서도 끝까지 양팔을 놓지 않았다.

'만약 올릴 수 있는 곳까지 최대한 레벨을 올리고 오지 않았더라면…….'

가정이란 것은 원래 끝이 없는 법이다.
하지만 진우의 머릿속에는 여러 생각이 맴돌았다.
한계까지 레벨을 올려 두지 않았다면.
근력 스탯이 비정상적으로 높지 않았다면.
카사카를 잡는 데 상당한 곤혹을 치렀을지도 모른다.
어쩌면 여기가 무덤이 되었을 수도 있었다.
하지만 2층에서 바로 3층으로 내려오지 않았던 판단은 현명했다.
결정이 옳았다.
뿌드득!
기분 나쁜 소리를 내며 카사카의 머리뼈가 부서졌다.

['늪의 지배자 푸른 독니 카사카'를 처치하셨습니다.]
[레벨이 올랐습니다!]
[레벨이 올랐습니다!]

역시 보스몹.
카사카를 잡았더니 단숨에 2레벨이 올라 버렸다.
진우는 주먹을 불끈 쥐었다.
15에 고정되었던 레벨이 17까지 올라갔다.
오늘 하루 동안 1레벨에서 17레벨까지, 그야말로 미친 듯이 올린 것이다.
'하지만.'
경험치 때문에 보스몹을 잡는 사람은 없다.
보스몹 하면 뭐니 뭐니 해도 아이템!

축 늘어진 뱀을 살피고 있자니 이내 뱀의 몸속에서 두 개의 빛이 반짝거렸다.

'보스라고 아이템이 두 개나?'

진우가 기쁜 낯빛으로 손을 뻗었다.

띠링.

['아이템 : 카사카의 독니'를 발견했습니다. 획득하시겠습니까?]

['아이템 : 카사카의 독샘'을 발견했습니다. 획득하시겠습니까?]

"모두 획득."

말을 하자마자 진우의 손 위에 뼈로 된 단검 하나와 액체가 담긴 주머니 같은 것이 생겨났다.

[아이템 : 카사카의 독니]

입수 난이도 : C

종류 : 단검

공격력 +25

카사카의 독니로 만든 단검입니다. 카사카의 독이 남아 있어 공격 시 마비, 출혈 효과를 부여합니다. 인벤토리에 보관하시거나 상점에 파실 수 있습니다.

효과 '마비' : 공격받은 대상이 일정 확률로 움직일 수 없게 됩니다.

효과 '출혈' : 공격받은 대상의 체력이 일정 확률로 1초에 1%씩 소모됩니다.

진우는 고개를 끄덕였다.

'뼈가 아니라 이빨로 만든 단검이군. 옵션을 보니 괜찮은 아이템인 거 같은데?'

다음은 주머니 차례였다.

[아이템 : 카사카의 독샘]

입수 난이도 : A

종류 : 비약

정제된 카사카의 독액이 담겨 있는 주머니입니다. 카사카를 잡으면 극히 희박한 확률로 얻을 수 있습니다. 독액을 마시면 단단한 피부를 얻게 되지만 독성으로 인해 근육이 영구적으로 손상됩니다.

효과 '카사카의 철갑 비늘' : 물리 데미지 20% 감소

부작용 '손상된 근육' : 근력 -35

진우의 표정에 희비가 교차했다.

카사카의 독니 같은 경우는 부러진 강철검을 대신할 좋은 무기였다.

강철검의 두 배가 넘는 공격력도 공격력이지만 마비나 출혈 효과가 아주 마음에 들었다.

'그런데 독샘은 좀…….'

처음엔 입수 난이도 A등급의 아이템이 떠서 기뻐했는데, 설명을 찬찬히 읽어 보니 마냥 반길 만한 물건은 아니었다.

물리 데미지 20퍼센트 감소는 입수 난이도 A등급에 맞는 훌륭한 옵션이었다.

하지만 근력 스탯이 무려 35나 떨어진다는 치명적인 페널티가

있었다.

특히 지금은 능력치 포인트를 근력에 집중적으로 투자해 놓은 터라 더 뼈아픈 손실이었다.

양날의 검이라고 할까?

아니, 계륵이란 표현이 더 어울리는 물건이었다.

후에 근력 스탯이 엄청나게 올라서 35 정도는 떨어져도 별 타격이 아닐 때 사용하면 모를까, 지금 당장 마시기는 무리였다.

"……일단은 넣어 두자."

씁쓸한 표정으로 단검과 비약을 인벤토리에 넣었다.

차라리 A급 단검과 C급 비약이 나왔으면 아쉬움이 덜했을까. C급 비약이야 버리면 그만이니.

그때 메시지가 떴다.

[보스가 처치되었으므로 던전 내부가 원래의 모습으로 복구됩니다.]

* * *

순간 눈앞이 흐릿해지는가 싶더니 약간의 현기증과 함께 시야가 정상으로 돌아왔다.

주위를 둘러보니 평범한 지하철역이었다.

조명은 언제 그랬냐 싶게 밝았고, 선로에 가득 차 있던 물도 없어졌다.

"근데 왜 사람이 하나도 없어?"

사람만 없는 게 아니라 지하철도 다니지 않았다.

벌써 지하철이 끊길 시간인가 싶어 시간을 확인했다.

시계는 10시를 가리키고 있었다.

점심 때 합정역 안으로 들어왔으니 여기서 무려 9시간 이상을 보낸 셈이다.

'많이도 지났네.'

레벨이 올라갈 때마다 피로도가 회복되지 않았다면 지쳐서 몇 번은 쓰러졌을 시간이었다.

'그래도 지하철이 끊기기엔 아직 이른데?'

아무리 기다려도 지하철이 오지 않자 진우는 고개를 갸웃거리다가 일단 지하철역을 빠져나가기로 했다.

가는 동안에도 내내 사람은 볼 수 없었다.

그렇게 계단을 터벅터벅 올라가는데 누군가 진우에게 소리쳤다.

"이봐요!"

사람 목소리가 이렇게 반가울 줄이야.

진우가 고개를 들어 올렸다.

총을 든 군인이었다.

"당신 뭡니까? 왜 거기서 나와요? 방송 못 들으셨습니까?"

군인의 표정이 워낙에 심각해서 덩달아 진우의 얼굴도 굳어졌다.

"무슨 일 있나요?"

"아니, 지금 그걸 말이라고."

다가오던 군인이 진우의 손에 들려 있는 부러진 검을 발견했다.

부러지고 난 뒤론 인벤토리에 들어가지지도 않고, 그대로 버려두고 가기에도 뭐해서 일단 들고 나온 장검이었다.

그걸 본 군인의 눈빛이 갑자기 달라졌다.

그는 진우의 행색을 찬찬히 살폈다.

자세히 보니 진우의 옷 여기저기에 전투의 흔적들이 남아 있었다.

험악하던 군인의 표정이 풀어졌다.

"혹시 헌터님이십니까?"

"예, 그렇기는 한데……."

"아, 실례했습니다. 이쪽입니다, 헌터님. 제가 안내하겠습니다."

"아…… 예."

여기서 뭔가 오해가 있는 것 같다고 발뺌했다가는 이야기가 길어질 것 같아 일단 안내를 따르기로 했다.

진우의 시선이 주위를 훑었다.

'그러고 보니…….'

주변의 분위기가 심상치 않았다.

거리가 텅 비어 있었다.

보이는 사람들이라곤 군인과 경찰들뿐이었다.

거기다 드문드문 보이는 마수의 사체들과 부서진 차량, 금이 간 건물들.

진우는 무슨 일이 일어났는지 깨달았다.

'이 근처 어딘가에서 게이트가 열렸나 보네.'

요즘같이 헌터 시스템이 체계적으로 잘 잡혀 있는 시대에는 거의 없는 일이지만, 가끔 외진 곳에 생긴 게이트를 발견하지 못해 시기를 놓치는 경우가 있었다.

그때는 헌터들이 도착하는 시간을 벌기 위해 인근의 군부대에서 군인들이 출동한다.

물론 군인들의 무기가 마수들에게 통할 리 없다.

하지만 시민들을 안전하게 대피시키려면 누군가는 희생을 감수해야 했다.

속된 말로 총알받이가 되는 것이다.

반드시 누군가는 해야 할 그 일을 이 나라의 젊은 청년들이 짊어지고 있었다.

"감사합니다."

앞서가던 군인이 진우에게 인사를 했다.

"네?"

"헌터님들이 수고해 주신 덕분에 저희가 무사한 것 아니겠습니까?"

"예……."

감사하다라.

오히려 군인에게 해 주고 싶었던 말이었다.

군인은 헌터에게, 헌터는 군인에게.

누군가 혹은 무언가를 지키기 위해 싸우는 사람들답게 서로가 서로에게 감사하고 있었다.

치직-

무전을 받던 군인의 얼굴이 밝아졌다.

"주위 마수들은 거의 다 정리되고 이제 커다란 마수 하나만 남았답니다."

진우는 고개를 끄덕였다.

군인의 설명을 듣지 않아도 알 수 있었다.

근방에서 강력한 생명체의 기운이 느껴졌다. 그리고 그 생명체를 둘러싼 여러 헌터의 기운도 같이 느껴졌다.

높아진 감각 스탯은 보이지 않는 정보를 느낌으로 전해 주었다.

진우는 직감했다.

'놈이 보스다.'

곧 놈의 모습이 드러났다.

멀지 않은 공터에서 헌터 십여 명이 암석으로 이뤄진 거인과 대치하고 있었다.

거인의 크기는 전봇대 높이 정도.

골렘형 마수였다.

"헉……."

군인이 신음 소리를 내며 한 걸음 물러섰다.

마수를 실제로 보는 것은 처음이었는지 마수를 보는 순간 온몸이 뻣뻣하게 굳어 버렸다.

누구라도 그럴 것이다.

티비나 모니터로 보는 마수들과 현실에서 마주치는 마수들은 차원이 다르니까.

그에 비해 진우는 침착하게 전황을 살폈다.

"힐러분들! 탱커분한테 힐 좀 몰아주세요!"

"저희도 최선을 다하고 있다고요!"

"이거 왜 이렇게 안 쓰러져?"

"딜러분들 뭐 해요? 쓰러질 기미가 안 보이는데!"

"저놈 방어력이 너무 높은 겁니다. 하필 마법 계열 헌터가 몇 명 없어서!"

급하게 불려 나온 헌터들이라 등급이 그리 높지는 않은 듯했다.

방어도, 공격도 시원치 않았다.

헌터들은 고전을 면치 못하고 있었다.

쾅!

골렘이 커다란 돌주먹을 아래로 내려치자, 탱커 역할을 하던 헌터의 무릎이 잠깐이지만 꺾였다.

"커헉!"

탱커의 입에서 울컥 피가 나왔다.

"아, 안 돼!"

"이러다 탱커분 죽겠어요!"

"어쩌란 말이에요! 마력도 바닥나 가는데!"

"상급 헌터의 지원은 아직입니까?"

헌터들은 한계에 다다른 것처럼 보였다.

모든 것을 지켜보던 진우의 눈빛이 예리하게 번뜩였다.

'이 정도라면…… 할 수 있다.'

진우는 천천히 몇 걸음 뒤로 물러섰다.

골렘형 보스는 방어력만 높을 뿐이지 등급 자체는 보기보다 낮아 보였다.

느껴지는 기운으로는 인던에 있던 보스 '푸른 독니 어쩌고'보다 한 수 아래였다.

'그러니 놈의 방어만 무력화시킬 수 있다면.'

지금은 저 무식한 돌덩이를 꿰뚫을 강한 한 방이 필요한 때였다.

적당히 멀어진 진우는 던지기 자세를 취했다.

부러진 검을 쥔 팔의 근육이 급격하게 팽창하기 시작했다.

굵은 힘줄이 손등에까지 솟아났다.

모든 힘이 오른팔에 실렸다.

잠시 뒤, 활시위처럼 팽팽하게 당겨져 있던 팔이 음속에 가까운 속도로 튀어 나갔다.

"가라!"

* * *

D급 헌터 이한수는 눈앞이 캄캄했다.

이제 더 이상은 무리다.

자랑하던 방패에도 금이 가기 시작했다.

치유 헌터들도 마력이 고갈되어 가는지, 힐 양도 눈에 띄게 줄어들고 있었다.

이대로 가면 결국 전부 죽는다.

지금은 선택해야 할 때였다.

헌터들이 도망가는 동안 자신이 마지막으로 시간을 벌고, 이후 상급 헌터들이 골렘을 처치하는 게 유일한 방안이었다.

'그게 아니면 여기서 다 같이 죽든가.'

이한수의 이마에 식은땀이 맺혔다.

겨우 결심이 섰다.

이한수가 뒤를 돌아보며 외쳤다.

"여긴 제가 맡을 테니 전부!"

그 순간 이한수는 보았다.

멀리서 '번쩍' 하며 이쪽으로 날아오는 무언가를.

사실 봤다는 느낌만 있었을 뿐이고, 실제 눈으로는 아무것도 보지 못했다.

그 정도로 빨랐다.

쾅—!

그 무언가에 맞은 골렘의 머리가 박살 났다.

"뭐, 뭐야?"

이한수의 눈이 커졌다.

머리를 잃은 골렘이 비틀대기 시작했다.

그러자 헌터들은 환호성을 질렀다. 이어 공격에 박차를 가했다.

"됐다! 공격이 먹힌다!"

"쓰러진다고!"

"조금만! 조금만 더 하면 돼!"

다들 공격에 집중하느라 아무도 멀리서 날아온 무언가를 보지 못한 모양이었다.

골렘 바로 앞에 있었던 이한수 외에는!

그어어어—

결국 골렘이 뒤로 넘어갔다.

쿵!

워낙 무거운 놈이 넘어지다 보니 흙먼지가 뭉게뭉게 피어올랐다.

와아아—!

헌터들은 소리를 지르며 열광했다.

"해냈다!"

"우리가 잡았다고!"

오직 모든 것을 지켜본 이한수만이 고개를 저을 뿐이었다.

'아니야. 우리 공격은 먹히지도 않았다.'

이한수는 급히 쓰러진 골렘 주변을 살폈다.

"대체 뭘로 이 돌덩이의 머리를 터트린 거지?"

근처를 뒤적거리던 이한수가 부러진 검의 잔해를 발견했다.

마력이 담겨 있긴 하지만 보잘것없는 철검이었다.

'겨우 이딴 걸 던져서 10명이 넘는 헌터가 공격해도 끄떡없던 보스급 골렘을 쓰러뜨렸다고?'

순간 말문이 막혀 왔다.

가만히 골렘의 사체와 검의 잔해를 번갈아 보던 이한수가, 기뻐하는 헌터들 사이를 지나쳐 검이 날아온 방향으로 달려갔다.

"이봐요!"

거기엔 군인이 한 명 서 있었다.

"예? 저 말씀이십니까?"

"그래요, 당신!"

산만 한 덩치의 헌터가 쿵쿵거리며 달려오자 군인은 경직된 얼굴로 침을 꿀꺽 삼켰다.

그만큼 헌터가 일반인에게 주는 압박감은 대단했다.

이한수는 검을 보여 주며 물었다.

"이거 당신이 던진 겁니까?"

"아, 이건 여기……."

군인이 뒤를 돌아보다가 눈을 동그랗게 떴다.

"어, 어? 여기 분명 헌터 한 분이 계셨는데?"

뒤에는 아무도 없었다.

군인이 당황해 주변을 두리번거리는 동안, 이한수는 머리를 긁적이며 검의 잔해를 내려다보았다.

'그 힘, 그 파괴력…… 상급 헌터라도 왔었던 건가?'

장본인이 사라졌으니 알 수 없는 일이었다.

* * *

그 시각 진우는 집으로 돌아가고 있었다.

골렘이 비틀거리는 것을 보고 바로 돌아섰다.

골렘은 자신이 쓰러뜨렸다.

본인도 잘 알고 있었다.

원래 죽은 마수에게서 나오는 수익은 전부 쓰러뜨린 사람의 몫이었다.

원한다면 골렘에 대한 소유권을 주장할 수 있었다.

'하지만 문제는 그 골렘을 내가 쓰러뜨렸다는 걸 증명해야 한다는 거지.'

E급 헌터의 공격에 거대한 골렘이 쓰러졌다는 말을 누가 믿어 줄까?

변변한 증거도 하나 없이.

부러진 철검 쪼가리나 같이 서 있던 군인이 크게 도움이 될 것 같지는 않았다.

게다가 그걸로 끝이 아니었다.

결국은 골렘을 잡을 수 있을 만큼 능력치가 상승한 원인까지 밝혀야 했다.

아무리 생각해도 득보다 실이 컸다.

유일무이한 레벨 업 능력.

겨우 골렘 사체 하나 때문에 역사상 유례가 없는 능력을 함부로 발설하는 우를 범할 수는 없었다.

'아깝지만 어쩔 수 없지.'

그렇다고 건진 게 아예 없지는 않았다.
아니, 의외로 큰 소득이 있었다.
골렘이 쓰러지는 순간 들렸던 메시지.

[레벨이 올랐습니다!]

골렘을 잡은 덕분에 또 1레벨이 올랐다.
'마수를 잡아도 레벨은 오른다.'
좋은 사실을 알았다.
지금은 그걸로 충분했다.

시내 외곽에 위치한 낡고 허름한 아파트. 진우의 집은 그 아파트의 9층이었다.
열쇠를 찾아 문을 열고 안으로 들어갔다.
안은 깜깜했다.
'진아 녀석 열심이네.'
동생은 아직 독서실에 있는 모양이었다.
식탁 위에는 식은 밥과 국이 있었다. 어머니는 몇 년째 입원해 계시니 동생의 솜씨다.
옆에 놓인 메모지에 귀여운 글씨가 적혀 있었다.

-굶지 마. 다 먹었는지 확인할 거야.

오늘 퇴원한다고 말했더니 바쁜 와중에도 저녁을 만들어 놓고 갔나 보다.

진우는 피식 웃으며 식탁 앞에 앉았다.

하지만 밥보다 먼저 확인하고 싶은 게 있었다.

“상태 창.”

[이름 : 성진우] [레벨 : 18]

[직업 : 없음] [칭호 : 늑대 학살자]

[HP : 2,220] [MP : 350]

[피로도 : 2]

[스탯]

근력 : 48 체력 : 27 민첩 : 27 지능 : 27 감각 : 27

(분배 가능 능력치 포인트 : 0)

[스킬]

패시브 스킬 : (알 수 없음) Lv.Max, 근성 Lv.1

액티브 스킬 : 질주 Lv.1

하루가 길게 느껴졌다.

그 긴 하루 덕분에 어느덧 18레벨이 되었다.

근력은 이미 50에 가까웠고, 다른 능력치도 눈에 띄게 늘었다. 민첩과 감각이 어떤 역할을 하는지도 알게 되었다.

‘거기다 옵션이 좋아서 꽤 쓸 만한 단검에, 아직 용도는 모르겠지만 오늘 얻은 골드까지 합하면…….’

쓰기 애매한 비약은 논외로 하더라도.

인던 공략은 대성공이었다.

* * *

새벽에 집을 나서는 사람은 보통 조심스럽다.

가족들이 깰 수 있으니까.

그래서 아침 일찍 등굣길에 나선 진아는 아직 곤히 자고 있을 오빠가 깨지 않도록 조용하게 문을 잠그고 돌아섰다.

그런데.

"학교 가냐?"

"어?"

가까이서 들린 목소리에 진아가 화들짝 놀라 고개를 들었다.

진우가 진아 쪽으로 천천히 달려오고 있었다.

추리닝과 운동화.

후드를 깊게 눌러쓴 모습이 어디서 조깅이라도 하고 온 모양이었다.

진아가 안 그래도 큰 눈을 동그랗게 떴다.

"뭐야? 오빠 일어나 있었어?"

"일어난 지 한참 됐지. 차 조심해서 갔다 와."

"으…… 응."

집으로 들어가는 오빠의 뒷모습을 바라보며 진아가 고개를 갸웃거렸다.

'별일도 다 있네. 오빠가 나보다 더 일찍 일어나고.'

진우가 절대 게으른 편이라곤 할 수 없지만, 진아가 또래에 비해 지나치게 일찍 일어나는 관계로 보통 하루를 먼저 시작하는 쪽은 항상 진아였었다.

'그러고 보니…….'

오빠의 등이 예전보다 좀 넓어진 것 같은 느낌이 들었다.

에이, 설마.

사람 몸이 고무줄도 아니고 며칠 안 본 사이에 늘었다 줄었다 하는 게 어디 말이나 되나.

'착각이겠지.'

진아가 고개를 절레절레 젓는데, 진우가 불쑥 우산을 내밀었다.

"우산은 왜?"

우산을 받아 든 진아가 위를 올려다봤다.

아직 새벽이라 어둡긴 하지만 하늘은 그럭저럭 맑은 편이었다.

"비 안 올 거 같은데?"

"가져가."

"무겁단 말이야."

"그래도 가져가. 그거 접이식 우산이라 별로 무겁지도 않잖아. 어디서 엄살이야, 엄살은."

쾅.

진우가 문을 닫아 버렸다.

"씨- 순 지 맘대로야."

불만의 표시로 가볍게 문을 콩콩 차던 진아는 우산을 가방 안 빈 자리에 포개 넣고 걸음을 돌렸다.

'잠깐만…….'

방금 전 오빠와 자신의 눈높이를 계산해 본다.

이상하다.

분명 전보다 오빠의 시선이 높아졌다.

"남자는 스무 살이 넘어서도 키가 크나?"

에이, 설마.

진아는 다시 고개를 가로젓고는 학교로 가는 발걸음을 재촉했다.

철컥.

문을 잠근 진우는 집 안으로 들어서며 인벤토리를 불러냈다.

"창고."

창고, 인벤, 인벤토리.

몇 번의 실험 끝에 알게 된 사실이지만 뜻만 통하면 명령어는 아무래도 상관없었다.

메시지 함을 열 때도 마찬가지.

열어, 오픈, 열기 등 명령어에 연다는 의미만 포함되면 어김없이 작동했다.

진우는 눈앞에 펼쳐진 디지털 창고에 방금 전 랜덤 박스에서 획득한 우산을 밀어 넣었다.

"오늘도 꽝이네."

인던에 들어갔다 온 후로부터 4일이 지났다.

또다시 인던 입장 열쇠가 나오지 않을까 랜덤 박스를 열 때마다 기대했지만, 그리 쉽게 나오는 물건은 아닌지 아쉽게도 아직까지 소득이 없었다.

'아쉬운 건 아쉬운 거고.'

진우는 방으로 들어가 침대에 걸터앉았다.

오늘은 결정해야 할 문제가 있었다.

"스탯."

[스탯]
근력 : 48 체력 : 27 민첩 : 27 지능 : 27 감각 : 27
(분배 가능 능력치 포인트 : 12)

4일 치 능력치 포인트가 고대로 쌓여 있었다.

일일 퀘스트는 하루도 빠짐없이 했다. 물론 보상도 꼬박꼬박 다 챙겨 받았다.

하지만 능력치 포인트를 배분하지 못하고 있었다.

무엇이 문제인고 하니.

"……어렵다."

그렇다.

결정을 내리기가 너무 어려웠던 것이다.

근력.

좋은 스탯이다.

초반에 투자한 걸 후회한 적이 한 번도 없을 정도로.

민첩.

역시 좋은 스탯이다.

약한 적을 상대로는 상관없으나 적의 수준이 올라갈수록 필요해질 스탯이었다.

속도는 상대적인 거니까.

그리고 체력, 감각.

체력이야 높으면 높을수록 좋은 것이고, 감각도 예상했던 것보다 엄청나게 유용했다.

지능.

……이게 문제다.

유일하게 기능을 알 수 없는 스탯이었다.

레벨이 상당히 올라갔는데도 불구하고 딱히 머리가 좋아졌다는 느낌은 들지 않았다.

암기가 좋아진 것도 아니고, 연산이 빨라진 것도 아니고.

'마법과 관련된 스탯일 거 같긴 한데…….'

어쩌면 아직은 필요 없는 스탯일지도 모른다.

그러니 남은 건 근력, 민첩, 체력, 감각 이 넷뿐인데.

"……그래도 역시 어렵다."

선택지가 하나 줄어들었지만 여전히 고민되긴 마찬가지였다.

확신이 서질 않았다.

일단 근력과 민첩의 상성이 좋다는 것은 알았다.

아무리 강한 데미지를 줄 수 있어도 맞히지 못하면 소용없다.

반대로 아무리 잘 맞힌다고 해도 데미지를 주지 못하면 소용없다.

그러니 근력과 민첩은 세트라고 할 수 있었다.

'지금은 근력이 높으니까 민첩을 근력 수준까지 끌어올리는 게 좋겠군.'

민첩을 올린다고 치면 체력은 후 순위로 돌려야 한다.

민첩과 체력은 상성이 나쁜 편이니까.

민첩이 높아지면 상대에게 피해를 입을 가능성이 낮아지는 데 반해, 체력은 상대에게 피해를 받아야만 빛을 발할 수 있는 능력치다.

'물론 최소한의 체력은 있어야겠지만…….'

민첩과 체력을 동시에 올리는 건 무척이나 비효율적으로 보였다.
고민 끝에 우선순위가 결정됐다.
첫 번째는 민첩, 두 번째는 감각, 세 번째는 체력.
근력은 이미 충분히 투자해 뒀으니 보류하고, 민첩을 높일 예정이니 체력보다는 감각을 우선시한다.
결정을 내린 진우는 근력에 2포인트를 찍었다.
띠링.

[스탯]
근력 : 50 체력 : 27 민첩 : 27 지능 : 27 감각 : 27
(분배 가능 능력치 포인트 : 10)

일단 근력 스탯을 50까지는 맞춰 놓고 싶었다.
그게 사람 심리 아닌가.
그런 다음 민첩에 8포인트를 썼다.

[스탯]
근력 : 50 체력 : 27 민첩 : 35 지능 : 27 감각 : 27
(분배 가능 능력치 포인트 : 2)

이것도 이유는 별반 다르지 않았다.
끝자리를 5로 맞추고 싶어서였다.
'숫자는 뒷자리가 어정쩡한 것보다 5의 배수로 깔끔하게 끝나는 게 좋단 말이지…….'

근력 50과 민첩 35.

이렇게 5의 배수로 딱딱 맞아떨어지니 별것도 아닌데 흐뭇한 기분이 들었다.

'그리고 마지막 2포인트.'

진우는 남은 포인트 두 개를 전부 감각에 투자했다.

이로써 모든 포인트 분배가 끝났다.

[스탯]

근력 : 50 체력 : 27 민첩 : 35 지능 : 27 감각 : 29

(분배 가능 능력치 포인트 : 0)

감각을 30으로 맞추지 못한 것이 옥에 티라면 티라고 할까.

'남은 포인트가 없으니 어쩔 수 없는 일이지만.'

그거 말고는 다 괜찮았다.

체력이나 지능은 레벨 업을 통한 추가 스탯만으로도 충분할 듯했다.

"이 정도면 된 건가?"

어떤 일이든 100퍼센트 전부 다 마음에 들기는 어려운 법이다. 그래도 심사숙고 끝에 내린 결정들이라 대체로 만족스럽긴 했다.

그때 거실에서 벨 소리가 울렸다.

뚜르르, 뚜르르-

'협회에서 온 전환가?'

예전 같았으면 레이드에 불려 나가기 싫어서 최대한 버텼을 진우지만, 지금은 마수들에게 달라진 능력치를 시험해 보고 싶어서 몸이 근질거렸다.

진우는 빠르게 수화기를 들었다.

"헌터 성진우입니다."

–아이고, 이제 받는구먼.

협회에서 온 전화가 아니었다.

왠지 모를 아쉬움이 들었다.

–진우 학생, 요즘 왜 이렇게 통화가 안 돼?

수화기 너머의 목소리는 낯익었다.

진우가 고등학교를 졸업하고 학생이란 꼬리표를 뗀 지 벌써 4년이 흘렀지만, 어릴 적부터 진우를 봐 왔던 집주인은 아직도 진우의 이름 뒤에 학생이라 꼭 붙였다.

"죄송합니다, 주인아저씨. 사고가 나서 병원에 있었습니다."

–쯧쯧, 그랬구먼. 어쩐지. 그건 그렇고 저기, 진우 학생…… 아직 이번 달 집세가 안 들어와서 그러는데, 어떻게, 지금 당장이 힘들면 한 두어 달 기다려 줄까?

"아닙니다. 좀 이따 넣어 드릴게요."

–그려. 너무 무리하진 말고. 엄마랑 동생 보살핀다고 진우 학생이 욕보네. 돈도 좋지만 몸조심부터 혀.

"네, 말씀 감사해요."

통화는 그렇게 끊겼다.

진우는 서랍에서 통장을 꺼내 펼쳐 보았다.

잔고가 80만 원이었다.

"후–."

저절로 한숨이 나왔다.

집세 50만 원을 내고 나면 이번 달 생활비는 30만 원이 전부다.

그나마 그 집세 50만 원도 아파트가 시내 외곽에 위치해 있고 워낙 낡고 허름한 곳인 데다가, 집주인이 딱한 진우네 사정을 고려해 몇 년 전부터 세를 안 올린 덕분에 나온 금액이었다.

요즘은 월세 50으로 아파트에 살기 힘들다.

생활비 30으로 한 달을 버티기는 더더욱 힘들다.

"일단 돈부터 벌자."

진우는 우선적인 목표를 정했다.

이제는 E급 마수 한 마리도 제대로 못 잡아서 벌벌 떨던 며칠 전의 자신이 아니었다.

* * *

헌터가 돈을 벌려면?

마수를 잡는 게 최고다.

S급이나 A급 상위에 있는 헌터들이야 스폰도 받고, 광고도 찍고, TV쇼에도 나오고 하면서 그야말로 재벌 부럽지 않게 돈을 긁어모으지만, 그들은 소수다.

극히 일부다.

그런 극소수의 최상위권 헌터들 말고 대부분의 헌터들은 던전에서 돈을 번다.

랭크가 높으면 높을수록.

경험이 많으면 많을수록.

각자 역량에 따라 수입이 결정된다.

협회 공인 랭크 E등급에다가 C급 이상 게이트 경험도 없는 진우에게는 다소 가혹한 조건이었다.

진우의 미간이 구겨졌다.

'조건은 둘째치고 일단 공격대에 들어갈 수 있기라도 하면 좋겠는데…….'

헌터 사이트의 구인 게시판을 보고 몇 군데 전화를 돌려 봤지만 전부 허탕이었다.

아무도 E급 헌터를 받으려 하지 않았다.

구인란을 이용하는 헌터들은 거의 개인이고, 자기 목숨은 자기가 지켜야 하는 사람들이기에, 팀을 짜거나 타인의 팀에 들어갈 때 무척 신중했다.

길드에 들어가기는 실력이 부족하고 협회에서 일하기에는 등급이 높은 사람들.

다들 그런 어중간한 위치였다.

'그런 헌터들조차도 한 달 수입이 천을 넘는다지.'

하이 리스크 하이 리턴.

목숨이 걸린 일이니 벌어들이는 액수도 많을 수밖에.

괜히 헌터들이 선망의 대상이 되는 게 아니다.

진우의 입장에선 속이 타는 일이었다.

'차라리 재심사를 받아서 등급을 확 올려 버릴까?'

진우는 고개를 저었다.

아무리 생각해도 멍청한 짓이었다.

E급 헌터가 상급 헌터가 됐다!

그게 A급이든 B급이든, 심지어 C급이라 해도 상관없다.

재각성은 분명 화제가 된다.

대중은 가십을 좋아하고, 헌터는 좋은 안줏감이니까.

입이 다섯 개면 눈은 열 개라 했다.

사람들 입에 오르내릴수록 보는 눈이 많아진다는 거다. 능력치는 앞으로도 계속해서 올라갈 텐데, 그러면 특이한 체질이 들통나는 건 시간문제였다.

"능력치를 올릴 수 있는 헌터가 있다고?"

"시간이 흐를수록 강해져?"

"그 헌터는 누구냐?"

"어떻게 그럴 수가 있지?"

"어떡하면 그처럼 될 수 있는 거지?"

분명 많은 사람들이 관심을 보일 것이다.

여태까지 이런 헌터는 없었으니까.

그리고 관심을 보이는 이들 중에는 분명히 이용하려 들거나 적의를 가지는 자들도 존재할 터였다.

'만약 그런 놈들이 강한 힘을 가지고 있다면…….'

생각만 해도 끔찍했다.

아직은 힘이 부족했다.

스스로를 지킬 수 있다는 확신이 들기 전까지는 모습을 드러내고 싶지 않았다.

등급 재심사는 안 될 말이었다.

'그래도 돈을 벌긴 해야 하는데.'

그렇다고 평범한 아르바이트를 할 수는 없었다.

협회에서 언제 부를지 모르니까.

던전에 가면 돈과 경험치를 둘 다 잡을 수 있는데, 푼돈 몇 푼에 그 기회를 날릴 순 없지 않은가.

어떻게 해야 할지 고심하고 있는데, 게시판에 눈에 띄는 글 하나가 올라왔다.

–등급 관계없이 지금 바로 올 수 있는 아무나 한 분 모십니다! 급구!!

진우의 눈이 번쩍 뜨였다.

방금 막 작성된 따끈따끈한 글이었다.

재빠르게 내용을 확인해 보니 마침 집에서 멀지 않은 곳이었다.

진우는 바로 수화기를 들었다.

상대도 어지간히 급했는지 대기음이 한 번 울리기도 전에 전화를 받았다.

–여보세요?

진우는 간략하게 용건을 전한 뒤 상대방의 대답을 차분히 기다렸다.

–아, E등급이시라고요?

생각보다 반응이 나쁘지 않았다.

–괜찮습니다. 그냥 오셔서 머릿수만 채워 주시면 돼요. 근데 C급 게이트라 사냥에 끼시긴 힘드실 테니 배분은 저희끼리 하고 대신 현금으로 2백만 원 드릴게요. 어떠세요? 지금 바로 오실 수 있으신가요?

일당 2백만 원!

머릿수만 채우고 받는 돈치곤 꽤 컸다.

괜찮은 조건이었다.

던전에서 나오는 수익을 배분받지 못하는 건 아쉬웠지만, 그것까지 욕심부리다가는 2백만 원마저 놓칠 가능성이 높았다.

'일단 급한 불부터 끄자.'

이런 기회는 흔치 않으니까.

2백만 원이면 한 달 생활비로는 충분한 돈이었다.

진우는 제안을 받아들였다.

"15분 내로 가겠습니다."

1분 만에 나갈 채비를 끝낸 진우는 곧장 택시를 잡아타고 약속 장소로 나갔다.

먼저 온 아홉 명이 진우를 기다리고 있었다.

리더로 보이는 남자가 손을 흔들었다.

"여기요! 이쪽입니다."

덩치가 제법 큰 털보였다.

그는 살갑게 웃으며 말을 걸어왔다.

"성진우 씨죠?"

"예."

"아이고, 다행히 제대로 찾아오셨네. 이것도 인연인데 인사나 나누고 시작할까요?"

털보가 간단하게 팀원들을 소개했다.

본인을 포함한 여덟 명은 원래부터 같이 다니던 멤버들이고, 한 명은 진우처럼 모자란 숫자를 채우기 위해 모집한 사람이라고 했다.

진우는 팀원들과 인사를 주고받으며 그들의 인상을 살폈다.

높아진 감각 스탯 덕분에 상대의 역량을 대충은 가늠할 수 있었다.

'비슷한 등급으로 보이는 이들이 다섯 명. 그 이하로 느껴지는 사람이 네 명. C급 다섯에 D급 이하가 넷인가.'

C급 게이트를 공략하는 데는 규칙이 있다.

최소 인원 10명에 C급 이상 헌터가 반 이상 포함되어야 한다는 규칙이다.

그래야 협회에서 허가를 내준다.

사냥은 자기들이 할 테니 와서 머릿수만 맞춰 달라는 소리가 빈말은 아닌 듯했다.

"다들 인사는 끝났으니 간단하게 요점만 설명하겠습니다."

자신을 C등급 탱커 황동석이라 소개한 털보는 레이드 경험이 풍부한지 시종일관 여유 있는 얼굴이었다.

그가 이번 레이드에서 숙지해야 할 상황을 모두에게 일목요연하게 알려 주는데, 누가 가까이 다가왔다.

"저기, 우리들 같은 자투리 신세네요."

밝은 인상의 젊은 청년으로 황동석이 머릿수를 맞추기 위해 데려온 다른 한 명이었다.

다만 진우처럼 비전투 멤버는 아니었다. D등급으로 직접 전투에 참가하는 멤버였다.

이름은 유진호, 나이는 스물둘.

인사를 건네는 유진호에게 진우는 가볍게 목례하고는 시선을 돌렸다.

대화를 이어 나가려 했던 유진호는 머쓱한지 뒷머리를 긁적이다 자리로 돌아갔다.

"형님, 고만하고 들어갑시다."

"어차피 우리가 다 잡을 건데 뭘 그리 구구절절 설명해요?"

"그러게, 귀에 딱지 앉겠네."

기존 멤버들의 원성이 이어지자 황동석은 허허 웃으며 손뼉을 짝 쳤다.

"그럼 설명은 여기까지만 하고, 이제 슬슬 들어가 봅시다."

다들 게이트에 들어갈 준비를 시작했다.

"아, 그전에 우선 두 분은 이걸 좀."

황동석은 진우와 유진호에게 종이를 한 장씩 내밀었다.

단출한 계약서였다.

"끝에 이름 적으시고 사인하시면 됩니다."

사냥에는 관여하지 않고 배분에서도 빠지는 대신 사냥이 끝나는 즉시 2백만 원 지불.

조건은 전화로 나눴던 이야기와 동일했다.

그보다는 마지막 문항이 유독 눈에 들어왔다.

'던전에서 생긴 어떠한 사고에 대해서도 일절 책임을 묻지 않을 것을 약속한다…….'

협회에서 진행하는 레이드와 달리 개인적으로 참가하는 레이드에서는 문제가 생겨도 보상을 받을 수 없었다.

그래서 헌터는 보험도 가입이 안 된다.

자기 목숨은 자기가 챙겨라.

이제야 공격대에 들어왔다는 실감이 났다.

조항을 확인하며 옆 유진호의 계약서를 흘깃 살폈다. 역시 자신과는 다르게 2백만 원 대신 배분을 받는 형식으로 되어 있었다.

사인하기 직전 진우가 황동석에게 물었다.

"그럼 전 뭘 하면 됩니까?"

"따로 하실 건 없고, 저희들 따라다니면서 짐이나 좀 맡아 주세요."

"짐이라면……?"

황동석은 자신의 동생들이 봉고에서 꺼내 오는 커다란 배낭을 가리켰다.

"안에서 먹을 도시락이랑, 여분 옷이랑 장비, 구급상자 같은 거 이것저것 들어 있습니다."

잠깐, 던전에 들어가는데 구급상자라니?

진우가 의문을 표했다.

"설마 힐러 없이 가는 겁니까?"

"아시잖습니까, 개인 공격대에서 치유 계열 헌터님 모시기 쉽지 않은 거. 저희는 늘 이렇게 했는데요, 뭘."

황동석이 어색하게 웃었다.

아슬아슬하게 최저 기준만 겨우 맞춘 숫자에, 레이드를 소개팅쯤으로 착각하고 있는 보충 멤버 하나에, 힐러 없이 탱커와 딜러만 갖춘 공격대 구성이라니.

옆의 그 보충 멤버는 힐러가 없다는 설명을 듣고도 표정에 별다른 변화가 없었다.

완전 초짜라는 증거다.

진우는 속으로 피식 웃음을 삼켰다.

'엉터리들이네.'

그럼에도 계약서에 사인하는 까닭은 돈 2백이 아까워서가 아니었다. 이제 내 몸 하나는 지킬 수 있다는 자신감이 생겼기 때문이었다.

"여기 있습니다."

"저도요!"

황동석은 두 사람의 사인을 확인하고서 기분이 좋은지 큰 소리로 외쳤다.

"자, 갑시다!"

6. 도마뱀들

6. 도마뱀들

일행은 게이트가 생성된 장소로 향했다.

공사가 중단된 아파트 건설 현장이었다.

"요즘 경기가 안 좋다더니……."

황동석은 혀를 끌끌 찼다.

짓다 만 아파트들이 거대한 묘비처럼 을씨년스럽게 듬성듬성 남아 있었다.

거인들의 공동묘지가 이런 분위기일까.

"그거 아세요?"

옆으로 다가온 유진호가 목소리를 낮춰 말했다.

"여기 직원들하고 투자자들은 지금 다들 죽니 사니 하고 있는데 사장은 9천억 가지고 해외로 튄 게 벌써 두 달 전이란 거?"

"……."

진우가 이미 여러 번 눈치를 줬지만, 유진호는 진우 옆을 떠나기가 싫은 듯했다.

진우를 제외한 나머지 8인이 원래 한 팀이었던 까닭에 어울리기 힘든 모양이었다.

"형은 원래 그렇게 말이 없어요?"

어느새 호칭이 형으로 변했다.

이제 무시하기도 지친다.

"……너는 눈치도 없냐?"

"눈치 받고 살아 본 적이 없어서, 헤헤."

애가 밝은 건지, 생각이 없는 건지.

진우는 해맑게 웃는 유진호를 보며 옆머리를 긁적거렸다.

'하지만 확실히…….'

게이트 근처만 가면 평소와 다르게 예민해지는 것이 사실이다.

어쩔 수 없는 일이었다.

다른 헌터들에겐 단순한 돈벌이일지 모르지만, 진우에게는 매 레이드가 생존을 위한 투쟁이었다.

아픈 기억이 많으니 예민해질 수밖에.

"여깁니다."

황동석이 걸음을 멈추었다.

오-

헌터들이 탄성을 흘렸다.

"황 형, 여기 C급 게이트 맞아요? 좀 큰데?"

"그럼 협회에서 구라를 쳤겠냐. 조사원들이 두 번이나 왔다 갔단다."

허공에 떠 있는 블랙홀 같은 구멍.

그걸 게이트라고 불렀다.

내부의 마력 파동 수치에 따라 등급이 나뉘는데, 협회에서 먼저 와 등급을 측정해 고지한다.

그러면 공략하고 싶은 개인이나 길드가 절차에 따라 신청하면 된다.

A급이나 B급 게이트는 보통 대형 길드들의 몫이었다.

개인이 공략하기엔 너무 위험하니까.

개인 공격대는 주로 그 아래 단계의 게이트를 취급했다.

그러니 C급 게이트는 소속 없는 헌터들이 공략할 수 있는 최고 난이도인 셈이었다.

황동석이 게이트 앞에 서서 뒤를 돌아보았다.

"제가 먼저 갑니다. 다들 잘 따라오세요."

탱커인 그를 선두로 헌터들이 하나둘 게이트 안으로 들어가기 시작했다.

'혹시 모르니까.'

진우는 만약을 대비해 가볍게 몸을 풀었다.

그 옆에서는 유진호가 하나둘 장비를 꺼냈다. 장비 가방에서 나오는 검과 방패는 아주 번쩍번쩍했다.

한눈에 봐도 고가의 장비들.

초짜 헌터가 혼자 힘으로 마련할 수 있는 수준이 아니었다.

'눈치 받고 살아 본 적이 없다더니 있는 집 자식이었나?'

진우가 의외라는 얼굴을 했다.

진우의 시선을 의식했는지 유진호는 의기양양하게 앞으로 나섰다.

"형 E급이라고 하셨죠? 형은 제가 지켜 드릴게요. 제 옆에 딱 붙어 계세요."

진우는 뒷머리를 긁적거렸다.

누가 누굴 지킨다는 건지.

"……그래, 말이라도 고맙다."

"우리도 들어가죠."

진우의 심정이야 어쨌든 두 사람도 무사히 게이트 안으로 들어갔다.

* * *

던전 내부는 조용했다.

"……."

고요하고 어두웠다.

황동석이 첫 지시를 내렸다.

"규환아, 불 켜 봐."

"예."

마법 계열 헌터 조규환이 허공에 빛의 공을 띄웠다.

시야가 환해졌다.

황동석은 방패를 내리고 고개를 갸웃거렸다.

"뭐야? 여긴 왜 마수가 없어?"

"그러게요. 불도 꺼져 있고."

보통 던전에는 야광석이라는 돌들이 동굴 구석구석에 박혀 있어 시야를 밝혀 준다.

그런데 이번 던전에는 그 야광석들이 전혀 보이지 않았다.

유진호가 진우에게 귓속말을 건넸다.

"형, 마수가 없는 던전도 있나요?"

"쉿."

진우가 조용하란 제스처를 취했다.

진우의 귀가 움찔거렸다.

멀리서 무수한 발소리가 들려왔다.

진우가 말했다.

"없는 게 아니야. 아직 안 온 거지."

유진호는 마른침을 꼴깍 삼켰다.

드드드-

곧 진우가 들었던 소리를 일행도 들을 수 있었다.

그제야 황동석이 심상치 않음을 느꼈다.

야광석이 없는 던전이라면……?

"떼 지어 움직이고 어둠 속에 살면서, 빛을 보면 달려드는 게 뭐지?"

아차!

황동석과 동생들의 표정이 일제히 어두워졌다.

"벌레들!"

"벌레다!"

"씨발, 왜 하필 벌레야!"

황동석이 외쳤다.

"다들 포지션 잡아! 온다! 정면!"

외길 통로 저편에서 무언가 잔뜩 무리 지어 이쪽으로 달려오고 있었다.

"혹시 여기 개미굴은 아니겠지?"

"재수 없는 소리 마라."

여러 마수 중에서도 곤충형은 특히 골칫덩이였다.

어지간해선 잘 죽지도 않고, 항상 무리 지어 다니는 데다, 각 개체의 힘이 약한 것도 아니니까.

그중에서도 단연 최악은 개미들이었다.

많은 헌터들이 개미굴에 발을 잘못 들였다 아까운 목숨을 잃었다.

드드드드드드–

벌레의 다리들이 바닥을 기는 소리가 요란했다.

근처까지 왔다는 뜻이다.

황동석이 방패를 턱밑까지 들어 올렸다.

그런데 벌레들의 모습은 보이지 않았다.

뒤에서 동생들이 떠들어 댔다.

"뭐야? 왜 안 보여?"

"소리는 가까운데?"

"동석이 형, 앞에선 좀 보여요?"

진우가 소리쳤다.

"위!"

'뭐?'

황동석이 반사적으로 고개를 들어 올렸다.

드드드드드–

거대한 벌레들이 위쪽에서 달려오고 있었다.

조금만 더 늦게 발견했다면 놈들이 머리 위로 떨어져 내릴 뻔했다.

벌레들처럼 무리 지어 움직이는 마수들과 싸울 땐 진형이 무너지면 모든 게 끝난다.

'조금만 늦게 발견했어도…….'

황동석은 간담이 서늘했다.

그나마 다행이라면 많은 종류의 벌레들 중 개미가 한 마리도 보이지 않는다는 사실이었다.

그가 목청에 힘을 주었다.

"쏴! 쏴서 떨어뜨려! 내려오면 어글은 내가 잡는다!"

화살이나 마법들이 벌레들을 향해 날아갔다.

쉬익, 푹!

퍼엉!

끼에에엑-

끼에-

몇 마리가 헌터들의 공격에 맞고 떨어지자, 남아 있는 녀석들 전부가 지상에 내려앉았다. 헌터들과 싸울 생각이다.

이제부터는 탱커의 역량이 중요했다. 황동석은 도발 스킬을 사용해 마수들의 시선을 끌었다.

마수들이 약속이라도 한 듯 동시에 황동석을 돌아보았다.

"여기다, 벌레들아!"

키에에에에!

수십 마리의 마수들이 황동석에게 돌진했다.

캉캉!

카가가강!

캉!

그의 방패가 벌레들의 공격을 모조리 막아 냈다.

벌레들의 강한 턱과 발톱도 방패를 찢지는 못했다. 탱커인 황동석이 선두에서 안정적으로 잘 버텨 냈다.

"대기, 대기, 대기!"

황동석은 타이밍을 쟀다.

벌레들이 무섭게 물어뜯고 있는 와중에도 황동석은 일절 흐트러짐 없이 반격의 순간을 기다렸다.

딜러들이 극딜을 퍼부어도 어글이 튀지 않게 될 때를.

'이쯤 하면 됐다!'

이제부터 진짜 사냥의 시작이다.

헌터들이 헌터라 불리는 이유!

황동석이 외쳤다.

"딜!"

짧고 굵은 고성과 함께 팀의 모든 화력이 벌레들에게 쏟아졌다.

끼이이이엑-

키에엑-

여기저기서 마수들의 괴성이 터져 나왔다.

진우는 뒤쪽에 서서 일행들의 전투를 지켜보았다.

그게 이번 레이드의 계약 조건이었다.

그들의 전투를 보며 자신이라면 어떻게 싸울지 머릿속으로 상상해 보았다.

'답답하다.'

진우는 몇 번이고 튀어 나가고 싶은 충동을 억눌렀다.

마수들의 빈틈이 너무 많이 보였다.

또 그런 빈틈들을 놓치는 헌터들의 실수도 빈번하게 보였다.

그런데도 가만히 서서 구경만 해야 하니 답답할 수밖에.

그러나 황동석 팀의 피해는 생각보다 적었다.

팀원들의 손발이 잘 맞았기 때문이었다.

레이드를 시작하기 전에 보여 주었던 황동석의 여유가 완전히 허

세는 아닌 듯했다.

"진석아, 11시!"

"형, 오른쪽에서도 오는데요?"

"준태, 석민, 규환! 오른쪽은 너희가 맡아."

"예!"

"철진, 너 손목 부었네. 일단 뒤로 빠져 있어라."

"황 형, 이 정돈 괜찮습다."

"입구만 청소하고 돌아갈래? 얼마나 오래 걸릴지 모르니까 처음부터 너무 달리지 마. 페이스 조절해라."

"알았습다."

오래 호흡을 맞춰 왔는지 서로 간의 의사소통이 원활했다.

원활한 소통은 좋은 팀플을 만들어 낸다.

오합지졸 협회의 헌터들과는 달랐다.

'의외로 저것도 좀 하고.'

진우의 시선이 유진호에게로 옮겨 갔다.

마수 하나가 턱으로 방패를 물어뜯자, 발로 걷어차 마수를 밀어내고 검을 휘둘렀다.

비싼 검은 마수의 머리를 뎅겅 잘라 냈다.

초짜 D급 헌터 주제에 선방하고 있었다.

'모자란 실력이나 경험이 장비발로 커버되네.'

헌터들이 괜히 좋은 장비를 맞추려고 발버둥 치는 게 아니었다.

진우와 눈이 마주친 유진호가 엄지를 척 올렸다.

"……."

하도 눈빛이 간절해 보여서 진우도 하는 수 없이 엄지를 들어 올려 주었다.

유진호는 만족스러운 듯 돌아섰다.

끼이이엑-

어쨌거나 치열했던 전투도 서서히 끝을 보이고 있었다.

대충 주변이 정리되자 황동석이 동생들에게 지시를 내렸다.

"마정석 전부 챙겨! 정확히 9등분한다."

"옙."

"난 이때가 제일 좋더라."

"미 투."

동생들의 희희낙락하는 모습을 지켜보던 황동석은 진우에게 다가갔다.

"아이고, 덕분에 살았습니다."

"예?"

"처음에 마수들이 위에서 온다고 말한 거 성진우 씨잖아요. 그거 어떻게 안 겁니까?"

"감…… 이죠."

진우는 대충 둘러댔다.

감각 스탯이 높아서, 라고는 할 수 없었다.

"아, 그래요? 감이라…… 운이 정말 좋았네요. 그렇게라도 발견 못 했으면 어찌 됐을지, 휴우-."

황동석은 그렇게 말하며 가슴을 쓸어내렸다.

그런데 그때.

벌레들을 뒤지던 헌터 하나가 황동석에게 손짓했다.

"황 형, 여기 좀 와 봐요."

동생들이 한데 모여 있었다.

황동석도 그리로 향했다.

“응?”

“얘네들 좀 이상한데요?”

황동석이 도착하자 헌터들이 길을 터 주었다.

황동석은 쭈그려 앉아 주변을 둘러보았다.

딱히 이상한 점은 보이지 않았다. 어디를 봐도 그냥 죽은 벌레들뿐이었다.

“뭐가 이상하다는 거야?”

황동석은 고개를 갸웃거렸다.

동생 중 하나가 가까이 있던 벌레의 다리를 가리켰다.

“저거 우리한테 당한 상처 아니지 않아요?”

“…….”

황동석의 미간에 주름이 잡혔다.

유심히 살펴보던 그가 말했다.

“뭔가에…… 물어뜯긴 거 같은데?”

“그쵸? 이런 상처가 있는 놈들이 한둘이 아니에요. 보세요, 여기도. 또 저기도. 쟤는 아예 날개 한 짝이 다 뜯겼네. 얘네들 우리랑 싸우기 전에 이미 만신창이였던 거 아니에요?”

황동석의 얼굴이 굳어졌다.

어쩐지 마수들 머릿수가 많은 거치곤 전투가 쉽다 했다.

“설마 이것들…… 다른 놈들과 싸우고 있었나?”

그때였다.

아주 잠시지만 진우는 황동석과 몇몇 멤버들의 시선이 자신 쪽으로 향한 것을 느꼈다.

진우가 의식하자 그들은 금방 시선을 돌렸다.

그걸 보고 진우는 확신했다.

'역시…….'

처음의 짐작이 맞았다.

손발이 척척 맞는다는 것은 저들끼리 오랫동안 호흡을 맞춰 왔다는 뜻이다.

그것도 희생자 없이.

하지만 힐러 없이 그게 가능할까?

아무리 유능한 헌터들이라도 사람인 이상 실수는 나올 수밖에 없다. 당장 조금 전만 해도 벌레들의 공격에 진형이 어그러질 뻔했지 않은가.

대략적인 그림이 그려졌다.

진우의 입가에 미소가 떠올랐다.

'어쩌면…… 이용해 먹을 수 있을지도 모르겠다.'

예상대로만 움직여 준다면 말이다.

황동석이 웃으면서 일어났다.

"자자, 좀 더 안쪽으로 들어가 봅시다. 이런 식이면 금방 클리어할 수 있겠네요."

황동석은 일부러 큰 목소리로 말했다.

동생들 들으라고 하는 말은 아닐 것이다. 팀의 기존 멤버들은 전부 황동석 주위에 있었으니.

그사이 유진호가 활짝 웃으며 근처로 다가왔다.

"형, 봤어요? 저 보셨죠? 제가 이걸로 마수들을 아주 그냥."

유진호는 검을 쥐고 허공에 붕붕 휘둘러 댔다.
진우가 물었다.
"너, 그 칼하고 방패 비싼 거지?"
"예? 아, 첫 레이드 간다니까 아버지께서 신경 좀 써 주셨죠."
"그럼 너도 조심해야겠다."
진우는 유진호의 어깨를 툭툭 두드려 줬다. 그러고는 안쪽으로 이동하기 시작한 헌터들을 뒤따라갔다.
"갑자기 뭔 소리래?"
고개를 갸웃거리던 유진호도 곧 일행들을 향해 걸음을 옮겼다.
동굴은 한참 안으로 이어졌다.
그런데 가는 도중 마수가 하나도 보이지 않았다.
외길 던전이니 마주치지 못한 것은 아닐 텐데.
"입구에 있던 놈들이 전부였나?"
"에이, 설마."
"참 별일이긴 하네."
"그래도 보스는 있겠지?"
"보스가 없는데 게이트가 열려 있겠냐."
크기는 큰데 텅 비어 있는 던전 내부에 헌터들도 서로 의견이 분분했다.
"잠깐."
황동석이 멈춰 섰다.
급히 멈추는 바람에 약간의 충돌이 발생했다.
앞사람의 뒤통수에 코를 부딪친 헌터가 울상을 하곤 물었다.
"아이 씨— 황 형, 뭐예요?"

"규환아, 여기 비춰 봐."

조규환이 정면에 띄워 놨던 빛의 공을 움직여 황동석이 가리키는 구석 쪽을 밝혔다.

"맙소사……."

"이게 다?"

헌터들이 나직이 신음했다.

벌레들의 날개, 다리, 몸통, 심지어 머리까지.

죽은 벌레들의 잔해가 널려 있었다.

잔해는 동굴 안쪽으로 갈수록 더 많아졌다.

그 끝에 위치한 커다란 방.

"보스 방이다."

누군가가 중얼거렸다.

황동석은 고개를 끄덕였다.

"다들 장비 꺼내."

헌터들이 곧바로 무장을 갖추었다.

모두의 얼굴에 긴장감이 맴돌았다.

살금살금.

대장인 황동석을 필두로 나머지 헌터들이 조심스럽게 보스 방으로 진입했다.

하지만 정적도 잠시.

"대, 대박이다!"

코가 시뻘건 헌터가 소리쳤다.

아까 남의 뒤통수에 코를 박았던 자였다.

원래 던전 안에서 큰 소리는 절대 금기다. 마주치지 않아도 될 마수가 소리를 듣고 달려올 수 있기 때문이다.
하지만 빨간 코에게 주의를 주는 사람은 아무도 없었다.
"우와-."
"이게 다 얼마야?"
"대박인데?"
다들 감탄하기에 바빴다.
"홀드."
조규환이 빛의 공을 높은 공중에 고정시키자 방의 형태가 확실하게 드러났다.
동굴 벽면에 솟아 있는 보석 같은 돌들.
"마나석이다!"
"한쪽 벽면 전체에 마나석이!"
불빛을 반사하는 마나석보다 헌터들의 눈이 더 반짝거렸다.
마나석!
던전에서 발견할 수 있는 보물 중 하나였다.
마수들의 몸에 들어 있는 마정석보다는 마력이 적지만 보통 대량으로 발견되기 때문에 캐 가면 큰돈을 벌 수 있었다.
특히 이번에 발견한 마나석 덩어리들은 그 양이 장난 아니었다. 커다란 동굴 한쪽 벽면을 한가득 채우고 있었으니 말이다.
"대충 계산해 보니까."
계산에 밝은 한 명이 손가락을 분주하게 움직였다.
"전부 다 캐면 10억 넘게 나오겠는데? 9등분해도 각자 1억 이상씩은 챙기겠어."
오오-

헌터들의 얼굴에 미소가 번져 갔다.

뒤에 빠져 있던 유진호가 그 소리를 듣고 진우의 옆구리를 팔꿈치로 쿡쿡 찔렀다.

"형, 계약서 좀 줘 봐요."

"계약서는 왜?"

"믿고 줘 봐요. 제가 법 쪽으로는 빠삭하거든요."

진우는 어깨를 한 번 으쓱하고는 원하는 대로 계약서를 넘겨주었다.

유진호는 그걸 들고 황동석에게로 갔다.

"잠깐 선배님들, 말씀 좀 여쭙겠습니다."

기뻐하던 헌터들의 시선이 일순간 유진호에게로 쏠렸다.

유진호는 진우의 계약서를 펼쳐 보여 줬다.

"대장님, 이게 진우 형 계약서인데요. 보시다시피 사냥을 통해 나오는 마정석 말고는 분배에 대한 언급이 없습니다."

다들 유진호가 하고 싶은 말을 알아챘다.

-던전에서 나온 보물이나 희귀품은 멤버 수대로 골고루 나누는 것이 관례다. 본인이 잡은 마수의 마정석만 챙겨야 하는 사냥과는 분배 방식이 다르다.

즉 마나석은 9등분이 아니라 10등분을 해야 한다는 것.

순간 헌터들의 눈빛이 달라졌으나, 황동석이 미소를 지으며 앞으로 나섰다.

"물론 공평하게 나눠야죠. 잘 알고 있습니다. 그전에 처리할 것도 있고요."

황동석이 검지를 뻗어 앞을 가리켰다.

유진호가 화들짝 놀랐다.

자신을 가리키는 줄 알았기 때문이었다.

움찔하며 돌아보니 뒤편 구석 멀리에 집채만 한 거미가 가만히 몸을 웅크리고 있었다.

"헉……!"

유진호는 거미의 위용을 보고 뒷걸음질 치며 자기 입을 틀어막았다.

잠들어 있는지 거미는 꼼짝도 하지 않았다.

놈의 주위에는 벌레들의 껍데기가 산더미처럼 쌓여 있었다.

먹다 만 껍데기도 많고, 타액이 섞여 있어 엎어진 음식물 쓰레기통을 연상시켰다.

"보스구먼."

"저게 던전의 벌레들을 먹어 치운 건가?"

"많이도 처먹었네."

헌터들이 거미를 보고 한마디씩 던졌다.

황동석이 헌터들을 불러 모았다. 진우와 유진호도 황동석 앞에 섰다.

"다들 잘 아시겠지만 보스를 잡으면 게이트가 닫힙니다. 그러니 거미를 잡기 전에 먼저 마나석부터 캐서 옮겨 두죠."

다들 고개를 끄덕였다.

황동석의 시선이 빡빡머리에게 옮겨 갔다.

"철진아, 장비는 챙겨 왔냐?"

이철진이 고개를 저었다.

"아뇨. C급 던전에서 마나석이 나올 줄 누가 알았겠습니까? 채굴 장비는 다 차에 두고 왔슴다."

"인석아…… 평소에 좀 잘 챙겨 두라고 형이 말 안 하던?"

"죄송함다, 죄송함다. 정말 죄송하게 됐슴다."

이철진은 씩 웃으며 황동석과 팀원들, 그리고 진우에게까지 꾸벅 사과했다.

황동석이 머리를 긁적이며 말했다.

"아이고, 이거 귀찮게 됐네. 그럼 두 분이 여기 좀 지켜 주세요. 저희는 가서 장비 좀 챙겨 오겠습니다."

헌터들이 다 같이 나가려 하자, 유진호가 의아한 표정으로 물었다.

"보스 방에 저하고 진우 형만 있으라고요?"

황동석은 눈웃음을 지으며 말했다.

"이렇게 큰 소리로 떠들었는데도 안 깨는 놈인데 별일 있겠습니까? 애들한테 할 이야기도 있고 해서 같이 가면서 담배나 한 대 피우고 오려고요. 금방 갔다 오겠습니다."

진우는 황동석의 장황한 설명을 들으며 속으로 피식 웃었다.

'이제야 본색을 드러내는구먼. 근데 다 몰려간다니, 우리를 너무 머저리로 보는 거 아닌가?'

랭크가 낮다고 깔보고 있는 거겠지.

예상대로 황동석이 움직이기 시작했다.

기대했던 상황과는 좀 다르긴 했지만.

진우가 헌터 일을 시작한 지도 벌써 4년째, 그간 많은 헌터들을 만났다.

그중 한 사람이 오 씨 아저씨였다.

오랜 프리랜서 생활을 정리하고 소일거리 삼아 협회 일을 도왔던 헌터였다.

"도마뱀들을 조심해라."

오 씨가 종종 했던 말이었다.

레이드를 하다 보면 위험에 처하는 순간이 온다.

그럴 때 일부 비양심적인 헌터들은 기존 멤버가 아니라거나 혹은 자기보다 힘이 약하다는 이유로 방금 전까지 동료였던 이를 일부러 희생시킨다고 한다.

자기들이 안전하게 대피할 시간을 벌기 위해서.

마치 도마뱀이 꼬리를 버리고 도망치는 것처럼.

'꼬리 자르기…….'

오 씨는 그런 헌터들을 '도마뱀', 그런 행위를 '꼬리 자르기'라고 불렀다.

규정상 C급 게이트의 최저 공략 인원은 10명이다.

그런데 황동석 팀의 고정 멤버는 여덟 명이란다.

"아시잖습니까, 개인 공격대에서 치유 계열 헌터님 모시기 쉽지 않은 거. 저희는 늘 이렇게 했는데요, 뭘."

늘 이렇게 했다고 말할 만큼 자주 C급 게이트를 들락날락하면서도 말이다.

'당연히 빈자리 두 개는 채울 필요가 없었겠지.'

언제든 자를 수 있는 꼬리가 필요하니까.

놈들이 E급 헌터든, 초짜 헌터든 가리지 않고 받아 준 데는 다 이유가 있었다.

그리고 지금.

황동석은 평소와는 조금 다른 이유로 성진우와 유진호를 버리기로 작정했다.

'나한테는 잘된 일이다.'

진우는 황동석의 의도를 읽었음에도 내색하지 않았다.

오히려 원하던 바였다.

하지만 일신에 자신이 있는 진우와 오늘 처음 헌터 일을 시작한 유진호는 사정이 달랐다.

유진호는 불안함이 깃든 목소리로 말했다.

"아니, 그래도 그건 좀……. 차라리 다 같이 가는 게."

진우는 뒤쪽에 있던 헌터 하나가 허리춤 쪽으로 손을 올리는 걸 보았다.

그래서 유진호 어깨에 손을 얹고 말했다.

"갔다 오시죠. 여긴 저희가 지키고 있겠습니다."

허리춤으로 가던 헌터의 손이 멈췄다.

"형……?"

유진호가 의아해 했지만 진우는 아무 말도 하지 않고 고개를 살짝 저어 보였다.

좀 시끄러운 녀석이긴 해도 이렇게 죽게 놔둘 수는 없었다.

조금 전에도 자신이 손해 보는데도 굳이 진우의 계약서를 들고 가서 배분에 넣어 주려고 했지 않은가.

황동석은 두 사람을 보고 미소를 지었다.

"차는 요 앞에 대 놨으니까 오래 걸리진 않을 겁니다. 그럼."

황동석 이하 여덟 명이 보스 방을 빠져나갔다.

발소리는 빠르게 멀어졌다.

유진호가 진우에게 따지듯 물었다.

"형이 그렇게 말씀하시면 어떡해요? 그러다 저놈이 깨기라도 하면 어쩌려고."

거미가 어지간히도 무서운 듯했다.

'얘는 상황 파악이 전혀 안 되나 보네.'

진우가 속으로 혀끝을 찼다.

하나하나 설명해 주는 것도 귀찮았다.

진우는 대답 대신 천천히 몸을 풀기 시작했다.

* * *

황동석이 보스 방 쪽으로 돌아선 것은 그때였다.

뒤를 따르던 헌터들도 멈춰 섰다.

보스 방에서 멀찍이 떨어진 곳까지 왔다.

이 정도면 목소리는 들리지 않는다.

얼굴에서 미소를 지운 황동석이 옆에 서 있던 조규환에게 턱짓했다.

"규환아, 보스 방 입구 막아 버려라."

"터트려서 무너뜨릴까요?"

"그래, 너무 심하게 하진 말고. 좀 있다 우리 들어가야 하니까."

이철진이 물었다.

"황 형, 이렇게 복잡하게 할 거 있음까? 걍 거기서 다 죽여 버리고 시작하지."

황동석이 인상을 팍 쓰고 눈을 부라렸다.

이제 접대용 표정을 지을 필요가 없었다.

그거 하난 편했다.

"죄, 죄송함다."

이철진은 겁먹은 듯 눈을 내리깔았다.

황동석이 혀를 끌끌 찼다.

"거기서 싸우다 거미라도 깨면? 마나석은 언제 캐서 옮기게?"

"죄송함다."

조규환이 끼어들었다.

"황 형, 거미 이야기가 나왔으니 말인데…… 우리가 마나석 캐는 도중에 놈이 깰 수도 있지 않을까요? 그럼 피해가 클 텐데."

그 무시무시한 벌레형 마수들을 먹잇감으로 삼아 배를 채우는 놈이다.

채굴 작업 중 무방비로 습격당했다간 큰 피해를 입을 수 있었다.

"그래서."

황동석이 씩 웃었다.

"저 두 놈을 먹이려는 거 아니냐."

"아-."

조규환이 알겠다는 듯 고개를 끄덕였다.

지금은 거미가 언제 깨어날지 알 수 없었다. 10시간 뒤일 수도 있고, 1시간 뒤일 수도 있고, 1분 뒤일 수도 있었다.

그러니 일단 거미를 깨워서 먹이를 먹이자는 거다.

입구를 무너뜨릴 정도의 충격이면 아무리 둔감한 마수라도 잠에서 깰 테니.

황동석이 말을 이었다.

“마나석은 배가 부른 거미가 다시 잠들면 그때 캐면 돼.”

협회에 허가받은 시간은 5일.

아직 4일 하고도 반이 더 남았다.

일단 기다렸다 거미가 시간 안에 잠들지 않으면 그냥 처치하고 게이트가 닫히기 전까지 최대한 마나석을 캔 뒤 나가면 그만이다.

1시간 안에 다 캐지는 못하겠지만 성진우와 유진호 두 사람의 몫이 줄어드니 어느 정도의 손해는 만회할 수 있을 터였다.

그게 불안에 떨며 작업하는 것보다 낫지 않은가?

일단은 안전이 우선이니까.

‘물론 그건 최악의 경우고…….’

운이 좋으면 두 사람 몫도 줄이고, 마나석도 다 캐고, 거미까지 차지할 수 있었다.

유진호가 들고 있던 값비싼 장비들은 덤.

‘그 검하고 방패, 못해도 몇억은 나갈 거 같던데.’

전혀 손해 볼 게 없는 장사였다.

황동석의 입꼬리가 올라갔다.

“입구 막아 놓고 얼른 담배나 피우러 가자.”

“예, 형.”

짤막하게 대답한 조규환의 손끝에 눈부신 빛이 모여들었다.

* * *

"……."

유진호의 시선은 거미에게 고정되어 있었다.

숨소리도 조심스럽다.

유진호가 겁먹은 표정으로 물었다.

"저 거미 놈, 설마 깨지는 않겠죠?"

"글쎄다."

진우는 말을 아꼈다.

앞으로 어떻게 될지 대충은 예상하고 있었지만, 사실대로 말해줬다간 유진호가 기절할 것 같았다.

'그러고 보니…….'

방금 그게 유진호 입에서 5분 만에 나온 첫마디였다.

겁이 나긴 되게 나는 모양이었다.

그렇게 말 많던 녀석이.

그때였다.

퍼어엉-

굉음과 함께 보스 방 입구가 우르르 무너져 내렸다.

"어, 어? 어, 어!"

유진호가 급히 입구 쪽으로 달려갔다.

하지만 무너진 돌 더미는 입구를 완전히 틀어막아 버렸다. 힘껏 밀어 봤지만 돌들은 꿈쩍도 하지 않았다.

진우도 천천히 그리로 걸어갔다.

"끄응―! 형, 같이 좀 밀어 줘요!"

유진호는 아직도 돌 더미를 무너뜨리려고 안간힘을 다하고 있었다.

'조규환이라고 했었나?'

굉음이 들리기 전 빛이 번쩍이는 걸 봤다.

빛을 다루는 C급 마법사.

그놈 짓이 분명했다.

진우는 돌 더미 위에 가만히 손을 얹어 보았다.

'마음만 먹으면 충분히 나갈 수 있겠다.'

돌의 무게가 팔을 타고 전해졌다.

생각보다 무겁지 않았다.

살짝 힘을 주자 돌벽이 흔들리는 것이 느껴졌다.

하지만 나갈 생각은 추호도 없었다.

"아!"

돌을 밀다 말고 유진호가 알았다는 듯 소리쳤다.

유진호는 벌겋게 물든 얼굴로 진우를 돌아보았다.

"이 개자식들이 우리를 죽이려는 겁니다! 마나석을 나누기 아까우니까 입구를 막아서 거미한테 죽게 만들려는 거라고요!"

'참 빨리도 알아챘다.'

진우는 속으로 한숨이 나왔지만 그래도 적당히 맞장구쳐 주었다.

"그러게. 큰일이다."

"헉!"

순간 유진호의 얼굴색이 붉은색에서 하얀색으로 변해 갔다.

핏기가 싹 가시는 느낌이라고 할까.

이유는 묻지 않아도 알 수 있었다.

유진호의 눈동자 위에 거대한 마수의 모습이 비치고 있었다.

진우가 돌아섰다.

"쿠룩, 크루룩"

충격으로 잠에서 깬 거미가 그 육중한 몸을 서서히 일으키고 있었다.

집채만 한 몸집.

수십 개의 눈.

흉측한 입.

길디긴 다리.

살아서 움직이는 걸 보니 가만히 자고 있을 때보다 훨씬 더 끔찍한 놈이었다.

"으……."

유진호는 신음을 흘렸다.

온몸이 돌처럼 굳어 갔다.

반면 진우는 거미에게서 눈을 떼지 않고 침착하게 창고에서 '카사카의 독니'를 불러냈다.

'저건 내 거다.'

올라간 능력치를 시험해 볼 좋은 기회였다.

'카사카의 독니'가 저절로 오른손 안에 나타났다.

스르르–

마치 처음부터 거기 있었던 것처럼.

진우는 단검의 손잡이를 힘껏 움켜쥐었다.

헌터가 헌터로 불리는 이유!

이제부터 진짜 사냥의 시간이었다.

"자, 잠깐, 형!

그런데 거미에게 향하는 진우의 소매를 유진호가 잽싸게 붙잡았다.

"뭐, 뭐 하시려고요?"

유진호의 손끝이 덜덜 떨리고 있었다.

진우가 왼손 엄지로 어깨 너머를 가리켰다.

"저거 잡아야지."

진우는 단지 그 이유 때문에 여태 황동석 일행을 따라다녔던 거였다.

황동석이 꼬리 자르기를 하면 던전의 마수들을 혼자서 전부 먹으려고.

경험치와 마정석을 독차지할 좋은 기회니까.

'보스가 마수들을 다 처먹지만 않았어도…….'

건져갈 게 더 많았을 텐데.

그게 아쉬웠다.

하지만 진우의 사정을 모르는 유진호는 믿을 수 없다는 얼굴을 했다.

'이 형이 지금 무슨 소릴 하는 거야?'

어디선가 들었던 말이 있었다.

사람이 도무지 감당할 수 없는 정신적 충격을 받으면 가끔 정신줄을 놓기도 한다고.

눈앞의 E급 헌터가 혼자서 C급 던전 보스를 잡겠단다.

이게 미친 짓이 아니면 무엇인가?

유진호가 얼빠진 얼굴로 다시 한번 물었다.

"저걸 형이 잡겠다고요?"

진우는 곤란한 듯 이마 위쪽을 긁적이다 되물었다.

"그럼 네가 잡을래?"

진우는 유진호가 입을 열기도 전에 돌아섰다.

대답은 들을 필요가 없었다.

유진호는 후들거리는 다리로 간신히 서 있었다.

처음부터 유진호에게는 아무것도 기대하지 않았다. 도와준다고 따라나서지 않는 게 차라리 다행이었다.

'방해만 될 테니.'

진우는 천천히 거미에게 접근했다.

거미도 이쪽을 발견했는지 여덟 개의 다리를 이용해 방향을 틀었다.

다가온다.

거미는 처음 보는 먹잇감이 신기해서인지 서두르지 않았다. 길고 굵은 다리로 지면을 밀어내며 조금씩 거리를 좁혀 왔다.

"후우-."

거대한 몸뚱이가 점점 시야를 잠식해 들어오니 숨이 턱턱 막혀 왔다.

심장박동이 빨라지기 시작했다.

쿵쾅쿵쾅.

진우는 호흡을 가다듬으며 흥분을 가라앉히려고 애썼다.

침착해야 한다.

그러면서 합정역 인던의 2층 끝에 처음 섰을 때의 느낌을 떠올렸다.

푸른 독니 카사카.

하지만 눈앞의 거미에게서는 그때만큼의 압박감은 전해지지 않았다.

충분히 할 만하단 소리다.

애초에 공략이 불가능한 보스라고 판단했다면 여기에 남지 않았을 거다.

"끄루루룩."

거미의 반질거리는 검은색 눈깔에 얼굴이 반사될 정도로 거리가 가까워졌다.

진우의 눈매가 가늘어졌다.

'표피가 제법 단단해 보이는데…… 단검으로 데미지를 줄 수 있을까?'

단검은 이전에 쓰던 강철검보다 리치가 짧았다.

깊은 상처를 내기 위해서는 보다 힘을 집중할 필요가 있었다.

진우는 단검을 역수로 쥐었다.

이 편이 데미지를 주기 더 쉬울 듯했다.

"끄룩."

드디어 거미가 진우 앞에 멈춰 섰다.

그러고는 맨 앞다리 두 개를 들어 올려 기역 자로 세웠다.

'뭘 하려는 거지?'

의문도 잠시.

진우의 눈이 번뜩였다.

쾅!

본능적으로 몸을 틀지 않았다면 거미 다리가 가슴을 꿰뚫었으리라.

뒤편의 바닥을 찔렀던 거미 다리의 관절이 접히며 다시 위로 올라갔다.

후두둑.

다리 끝에서 돌가루가 떨어져 내렸다.
진우가 힐끔 뒤를 살폈다.
돌로 된 바닥에 휑한 구멍이 뚫려 있었다.
'맞으면 아프다 정도로는 안 끝나겠네.'
진우의 눈빛이 예리해졌다.
집중이 필요한 때였다.
'온다!'
쉬익-!
방금 총탄같이 내리꽂혔던 거미의 다리가 어느 정도 보이기 시작했다.
좌.
거미의 좌측 다리를 머리를 숙여 피했다.
우.
몸을 측면으로 비틀어 거미의 우측 다리를 흘리고 한 걸음 전진했다.
우.
또다시 머리를 노리는 거미의 다리를 피해 두 걸음 더 다가섰다.
좌. 우. 우. 좌. 우. 우. 우. 좌. 좌.
쾅! 쾅! 쾅! 쾅! 쾅! 쾅! 쾅! 쾅! 쾅!
거미의 다리가 귀가 따가울 정도로 시끄럽게 바닥을 뚫어 댔다.
진우는 쏟아지는 거미의 공격을 하나씩 피해 내며 거리를 좁혀 갔다.
유진호는 두 눈을 믿을 수가 없었다.
"뭐, 뭐 하는 인간이야?"

멀리서 보고만 있어도 뒷머리가 곤두설 정도로 살벌해 보이는 공격이었다.

그런데 그걸 마수의 바로 앞에서 전부 피해 가며 거리를 줄여 나가다니.

낭비 없는 침착한 움직임에 소름까지 돋았다.

"저게 E급 헌터라고?"

아니, 그럴 리가.

저기 서 있는 게 성진우가 아니라 자신이었다면 벌써 온몸이 걸레처럼 찢겨 나갔을 거다.

한두 번도 제대로 피할 자신이 없었다.

그런데 진우는 아직까지 단 한 번의 실수도 없이 모두 피해 내고 있었다.

D급 헌터인 자신에게 불가능한 일을 E급이?

그렇다면 결론은 하나.

'……부정 등록자!'

유진호의 얼굴이 어두워졌다.

재능이 뛰어난 헌터 중에는 마력을 자유로이 컨트롤할 수 있는 이들이 있었다.

마음만 먹으면 등급을 낮출 수도 있는 것이다.

마력의 일부를 숨겨서 자신이 원래 받아야 할 등급보다 낮은 등급을 받은 헌터들.

그런 이들을 '부정 등록자'라 불렀다.

그리고 대부분의 부정 등록자들은 굉장히 악의적인 의도를 가지고 있는 경우가 많았다.

'낮은 랭크의 던전에서 하급 헌터들을 학살하는 취미를 가진 살인마라든가…….'

던전에서 일어난 일은 당사자들 외에 아무도 알 수가 없으니 범죄를 저지르기에는 최적의 장소였다.

유진호는 침을 꿀꺽 삼켰다.

갑자기 거미보다 진우가 더 무서워졌다.

'내가 이런 델 왜 온다고 해 가지고…….'

문득 울고 싶어지는 유진호였다.

쇅! 쇅! 쇅!

그동안에도 거미의 공격은 쉴 새 없이 쏟아졌다.

진우는 공격을 모두 피해 내며 승리를 자신했다. 조금씩 거리를 줄여 나가다 보니 벌써 거미의 머리가 간격 안에 들어온 것이다.

거미의 패턴이 단조로워서 쉽게 접근할 수 있었다.

'일단은 눈이다.'

약점을 노리는 건 레이드의 기본.

가장 약해 보이는 눈부터 시작하기로 했다.

'이제 저 눈에다 검을 박아 넣기만 하면!'

진우가 그렇게 마음먹었을 때였다.

순간 거미의 공격이 느려진 것 같다는 느낌이 들었다.

쇅! 쇅!

빠른 공격에 눈이 적응해서 그런가?

쾅! 쾅!

아니, 아니다.

눈은 거짓말을 하더라도 귀는 속일 수 없다.

바닥을 찍어 대던 요란한 소리가 어느 순간부터 한 박자씩 느려져 있었다.

청력 하나는 탁월하다고 자신하던 진우였다.

문득 불길한 예감이 뇌리를 스쳐 지나갔다.

자세히 보니 거미의 입 주변 근육이 미세하게 떨리고 있었다.

'어째서 이 타이밍에 입을 벌리려는 거지?'

3미터 높이에 있는 거미 머리를 향해 도약하려던 진우는 뭔가 심상치 않은 기운을 느꼈다.

진우는 재빨리 방향을 선회해 위가 아니라 옆으로 몸을 날렸다.

그때.

쏴아아아—!

거미의 입에서 탁한 액체가 뿜어져 나왔다.

바닥을 구르던 진우가 균형을 잡고서 뒤를 돌아보았다.

방금까지 서 있던 땅이 연기를 내며 까맣게 타들어 가고 있었다.

치이이이이익—

바닥의 암석들이 흐물흐물 녹아 갔다.

진우는 침을 꼴깍 삼켰다.

'만약 그대로 뛰어올랐다면…….'

녹는 건 암석만이 아니었을 것이다.

진우의 동요를 느꼈는지 거미가 빠르게 접근했다.

사사사사삭.

진우가 고개를 들었다.

거미는 바로 눈앞에 있었다.

쉬익!

진우는 제자리에서 점프해 거미 다리를 피했다.
쾅!
놈의 공격이 다시 시작되었다.
"젠장!"
몇 번이나 거미의 머리에 가까이 다가갔지만, 소화액을 피해 다시 뒤로 물러서야 했다.
거미의 공격 패턴이 두 가지로 늘어나자 상대하기가 엄청나게 까다로워졌다.
다리들을 피해 접근하면 소화액이 쏟아졌다.
소화액 때문에 멀어지면 다리로 공격해 왔다.
"제길!"
답답한 마음에 단검으로 다리를 공격해 보기도 했다.
하지만 두꺼운 표피로 덮인 다리는 아무리 베어도 흠집 하나 생기지 않았다.
진우가 아랫입술을 깨물었다.
'이대론 안 돼.'
거미는 공격에 앞다리 두 개만 쓰는 반면, 자신은 공격을 피하기 위해 온몸을 쓰고 있었다.
누가 먼저 지칠지는 뻔했다.
'피로도.'

[피로도 : 57]

아니나 다를까, 피로도가 급격하게 올라가고 있었다.

피로도가 70이 되면 속도가 느려지고, 90을 넘으면 숨이 차서 움직이기 힘들다.

시간이 촉박했다.

'좀 더 빠르게 접근할 수만 있다면…….'

속도.

속도가 문제였다.

쾅! 쾅! 쾅! 쾅!

'잠깐, 속도라면?'

쏟아지는 다리들을 아슬아슬하게 피해 다니던 진우의 뇌리를 뭔가가 스치고 지나갔다.

'그게 있었지!'

사용할 수 있는 유일한 스킬 하나.

아직 쓸 일이 없었기에 깜박 잊고 있었다.

'질주!'

['스킬 : 질주'를 사용합니다.]

[이동 속도가 30% 증가합니다. 시전 중 1분당 마나가 1씩 감소합니다.]

메시지와 함께 진우의 몸이 마치 부스터를 단 것처럼 빨라졌다.

거미 다리를 피하기도 한결 쉬워졌다.

쉭! 쉭! 쉭!

쾅! 쾅! 쾅!

번개처럼 내리찍는 거미 다리 사이를 빠르게 지나쳐 순식간에 거미 앞에 도착했다.

당황한 거미가 급하게 소화액을 뿌렸다.

쏴아아아—!

하지만 속도가 빨라진 만큼 진우의 행동에도 여유가 생겼다.

소화액을 가볍게 피한 진우가 거미 머리를 향해 뛰어올랐다.

스걱!

단검이 거미의 눈을 사선으로 그었다.

['효과 : 마비'가 발동합니다.]

[대상의 저항력이 높아 효과가 취소되었습니다.]

['효과 : 출혈'이 발동합니다.]

[대상의 체력이 1초에 1%씩 소모됩니다.]

"좋았어!"

단검 '카사카의 독니'의 특수 효과 출혈이 성공적으로 들어갔다.

"꾸롸롸롹!"

거미가 괴성을 지르며 비틀거렸다.

진우는 그 틈을 놓치지 않았다.

바닥에 착지하자마자 다시 점프해 거미의 몸을 타고 머리 위로 올라갔다.

거미가 몸부림치며 다리를 휘둘러 댔으나 눈먼 공격에 당할 진우가 아니었다.

쾅! 쾅! 쾅!

애꿎은 땅에 구멍만 늘어 갔다.

거미의 머리 위에 올라탄 진우는 단검으로 거미 눈을 연속으로 찍었다.

푹! 푹! 푹!

"꾸롸롸롸롹!"

푹! 푹!

"끄롸로롯!"

거미가 이리저리 발광해 댔지만 진우는 떨어지지 않고 끝까지 버티며 거미의 머리를 쑤셨다.

"끄루룩!"

거미가 비틀거리기 시작했다. 데미지는 먹히고 있었다. 진우의 손이 점점 빨라졌다.

그 커다란 거미의 몸뚱이가 드디어 기울어졌다.

쿵!

그러나 진우는 손을 멈추지 않았다. 거미의 숨통이 끊어질 때까지.

푹! 푹! 푹!

"크룩, 크르르"

거미의 단말마와 함께 메시지가 떴다.

[던전의 주인을 처치했습니다.]

[레벨이 올랐습니다!]

[레벨이 올랐습니다!]

[레벨이 올랐습니다!]

"됐다!"

거미의 피를 뒤집어쓴 진우가 양손을 번쩍 들었다.
보스라 그런지 레벨이 세 개나 올랐다.
"상태 창."

[이름 : 성진우] [레벨 : 21]
[직업 : 없음] [칭호 : 늑대 학살자]
[HP : 2,600] [MP : 391]
[피로도 : 0]

[스탯]
근력 : 53 체력 : 30 민첩 : 38 지능 : 30 감각 : 32
(분배 가능 능력치 포인트 : 0)

[스킬]
패시브 스킬 : (알 수 없음) Lv.Max, 근성 Lv.1
액티브 스킬 : 질주 Lv.1

18레벨에서 단숨에 21레벨으로 올라섰다.
그런데 그게 끝이 아니었다.
레벨 업 메시지 말고도 또 다른 메시지가 떴다.
띠링.

[레벨이 20을 초과하였으므로 '상점 : 구매' 이용이 가능해집니다.]

'드디어 골드를 쓸 수 있는 건가?'

좋은 소식이었다.

하지만 여기서 한가롭게 상점이나 뒤지고 있을 시간은 없었다.

쿠르릉.

동굴이 약간 흔들렸다.

[던전의 주인이 처치되었으므로 1시간 후 던전의 입구가 소멸됩니다.]

[남은 시간 : 59분 58초]

게이트가 닫히기 전에 나가야 하니까.

상점 구경은 나가서 해도 충분하다.

바닥으로 내려가려던 진우는 거미 머리의 중간쯤 되는 지점에서 반짝이는 빛을 발견했다.

'아이템?'

하지만 몬스터의 경우와는 달리 아이템 발견 메시지가 뜨거나 자동으로 획득되지는 않았다.

뭘까?

잠깐 고민했던 진우가 곧바로 이유를 깨달았다.

'아, 마정석이 있었지.'

아무리 바빠도 챙길 건 챙겨야지.

진우는 거미 머리 안쪽에 숨어 있던 마정석을 뜯어냈다. 보스 머리에서 나온 C등급 마정석이니 천만 원은 족히 되리라.

멋진 승리의 전리품치곤 부족하지 않았다.

진우가 거미 머리 위에서 폴짝 뛰어내렸다.

척.

가볍게 착지한 후 돌아섰는데, 이번엔 거미 배 쪽에서 반짝이는 빛이 보였다.

그것도 여러 개나!

진우는 의아했다.

마수 하나가 가끔 두세 개의 마정석을 지니고 있다는 이야기는 들어 봤지만 저 빛들은 마정석이라 하기엔 개수가 너무 많았다.

'대체 뭐지?'

단검으로 배를 슥슥 가르고 위장을 찢었더니 녹다 만 벌레 마수들의 찌꺼기가 쏟아졌다.

빛은 그 벌레들 안에서 반짝이고 있었다.

"설마?"

진우는 벌레들을 하나하나 뒤졌다.

역시나 전부 마정석이 들어 있었다.

몇 개는 소화되다 말아서 작았으나, 개중에는 아주 멀쩡한 것도 많았다.

다 합치니 10개가 넘어갔다.

"대박이네!"

월세 벌러 왔다가 전셋값을 가져가게 생겼다.

"형님."

돌아봤더니 유진호가 서 있었다.

"여기 담으시지요."

유진호는 자신의 장비 가방에 진우의 마정석들을 차곡차곡 정성

스레 담았다.

그리고 장비 가방 구석에 있던 보온병을 꺼내 안에 든 내용물을 뚜껑에 따랐다.

"형님, 목마르시죠? 이거 좀 드세요. 물입니다."

뚜껑 겉면에 물이 맺힐 정도로 차가운 냉수였다.

'얘가 왜 시키지도 않은 짓을 하지?'

마침 목이 말랐던 진우가 고개를 갸웃거리면서도 보온병 뚜껑을 받았다.

벌컥벌컥.

목을 타고 시원하게 넘어갔다.

"형님, 어떠십니까?"

그러고 보니 호칭도 어느새 '형님'으로 바뀌어 있었다.

"음- 시원하네."

진우는 소감을 말하며 뚜껑을 건넸다.

"그리고 너 여기서 본 건."

진우가 말을 꺼내기도 전에 유진호가 먼저 걱정하지 말라는 투로 딱 잘라 말했다.

"그럼요! 절대 말 안 하고 무덤까지 가져가겠습니다."

"아니, 딱히 무덤까지는."

"그럴 수가 있나요. 형님과의 약속인데."

"뭐…… 알겠다. 그러겠다면야."

"염려 마십시오, 형님."

어차피 E급 헌터가 C급 게이트의 보스를 잡았다고 해도 믿을 사람은 없겠지만 말이다.

그래도 알아서 입을 다물겠다고 하니 편하긴 했다.

'눈치가 없는 줄 알았더니 이런 건 또 알아서 척척이네.'

"또 하실 말씀 있으십니까, 형님?"

"……없어."

아무래도 이상한데.

진우는 지나치게 깍듯한 유진호의 태도를 보면서 의아해 하다가 나름대로 결론을 도출해 냈다.

'하긴 유진호 입장에선 내가 생명의 은인이니까.'

목숨을 구해 준 사람에게 공손해지는 건 당연한 일이 아닌가.

그렇게 생각하면 이해가 갔다.

실상은 조금 달랐지만 말이다.

쿠구궁-

던전이 또다시 조금 흔들리다 멈췄다.

이 진동은 잠시 뒤에 게이트가 닫힌다는 신호다.

흔들림은 시간이 갈수록 심해지다가 게이트가 닫히기 일보 직전에는 거의 지진처럼 변한다.

"나가자."

"예, 형님."

진우는 입구 쪽으로 걸음을 옮겼다.

그런데 그때 입구 쪽에서 빛이 번쩍이며 돌무더기가 무너졌다.

퍼어엉-

황동석과 일행들이 안으로 들이닥쳤다.

그들은 진우 뒤에 쓰러져 있는 거미를 보고 어이없다는 표정을 지었다.

"뭐야, 진짜 죽었네?"

"둘이서 저걸 죽인 거?"

"저 거미 새끼 덩치만 크지 별거 아니었나?"

"D급 E급 둘이서 잡았으면 말 다했지."

"황 형, 이제 어쩌죠?"

황동석은 진우와 유진호를 보며 턱을 긁적거렸다.

거미가 죽었으니 게이트는 곧 닫힌다.

지금부터 마나석을 캐기엔 늦은 감이 있었다. 준비도 제대로 다 안 끝났는데, 남은 건 이제 1시간이 채 안 될 테니.

계획을 바꿔야 할 때였다.

그래서 큰 소리로 유진호를 불렀다.

"유진호!"

유진호가 움찔하며 한 걸음 물러섰다. 그런 그의 얼굴엔 긴장감이 가득했다.

황동석은 비릿한 미소를 지었다.

"네 장비가 좀 튀어서 검색해 봤더니 아주 대단한 사람 아들이더만? 유진건설 회장 유명한."

"그, 그래서?"

"너는 우리가 기회를 줄게. 네 아버지와 하고 싶은 이야기가 있으니까. 그런데 여기서 있었던 일이 새어 나가면 우리 입장이 좀 곤란해지거든. 그러니 살고 싶으면 너도 공범이 되라."

"공범?"

황동석이 턱으로 진우를 가리켰다.

그 불쾌한 시선에 진우의 미간이 일순간 꿈틀거렸다.

"성진우를 죽여."
"뭐?"
유진호가 경악했다.
황동석이 그 표정을 보고 재밌다는 듯 웃었다.
원래는 유진호도 성진우와 같이 죽일 생각이었다.
하지만 밖에서 폰으로 검색해 봤더니 유진호의 아버지는 국내 굴지의 건설 회사 오너였다.
그걸 보고 나자 한 가지 묘안이 머릿속에 떠올랐다.
유진호가 성진우를 죽이는 장면을 촬영하고, 그걸 비밀로 하는 조건으로 유명한에게 돈을 요구하면?
'유명한의 재산이 알려진 것만 10조라지.'
어쩌면 마나석을 캐서 얻었을 돈의 몇 배를 건질 수 있을지도 몰랐다.
"네가 살 방법은 그것뿐이다. 네 손으로 직접 성진우를 죽이면 너는 살려 준다. 그게 아니면 너희 둘 다 우리 손에 죽는다."
황동석의 눈빛이 살벌해졌다.
"뭘 망설여? 어차피 던전에서 일어난 일은 아무도 모르는데. 설마 D급이 E급 따위한테 겁먹은 거냐?"
유진호는 옆을 돌아보았다.
진우는 어깨를 한 번 으쓱하는 걸로 대답을 대신했다. 하고 싶은 대로 하라는 뜻이었다.
유진호는 비장한 얼굴로 옆구리에 찬 칼을 뽑았다.
'드디어 결심이 섰나 보군.'
황동석의 입가에 미소가 번져 갔다.

하지만 결과는 예상과 달랐다.

유진호는 검을 들고서 진우 옆에 나란히 섰다.

“호오, 그쪽이랑 편먹고 우리하고 싸우시겠다고?”

황동석은 속으로 중얼거렸다.

부잣집 도련님이 운 좋게 C급 보스를 한 번 잡더니 아주 간이 배 밖으로 나왔구먼.

옆에서 조규환이 속삭였다.

“형, 어쩔까요?”

황동석은 진우와 유진호가 듣지 못하도록 나직이 말했다.

“일단 성진우부터 처리해. 돈줄은 좀 쥐고 있자. 오늘 손해가 막심하니까.”

“그러죠, 뭐.”

조규환의 양손에 눈부신 빛이 생겨났다.

진우는 눈매가 가늘어졌다.

‘결국 해보자는 거네.’

헌터와 싸우는 건 이번이 처음이었다.

하지만 몇 번이나 목숨을 노려 오는 상대를 봐줄 생각은 눈곱만큼도 없었다.

그런데, 그때!

띠링.

기계음이 울렸다.

[긴급 퀘스트가 발생했습니다.]

'긴급 퀘스트?'

진우가 고개를 들었다.

내용을 본다는 말도 하지 않았는데 멋대로 눈앞에 퀘스트 창이 펼쳐졌다.

처음 있는 일이었다.

[긴급 퀘스트 : 적들을 처치하라!]

'플레이어'에게 살의를 가진 이들이 주위에 있습니다. 이들을 모두 처치하여 안전을 확보하십시오. 지시에 따르지 않으면 그에 해당하는 페널티가 주어집니다.

처치해야 할 적의 숫자 : 8명

처치한 적의 숫자 : 0명

진우의 눈이 커졌다.

'퀘스트 완료 조건이 황동석 일행 전원의 죽음이라고?'

그 순간!

갑자기 눈앞에 빛이 번쩍였다.

조규환의 손을 떠난 빛의 화살이 진우에게 작렬한 것이다.

퍼어엉-

폭발에 떠밀린 진우는 엄청난 속도로 벽에 처박혔다.

쾅!

벽 일부가 무너지며 진우 위를 덮쳤다.

우르르.

"형님!"

유진호가 황급히 진우에게 달려가려고 했으나, 그전에 황동석이 먼저 유진호를 불러 세웠다.

"유진호!"

유진호가 깜짝 놀라며 멈춰 섰다.

"이미 죽은 놈은 신경 쓰지 말고 이리 오시지."

황동석이 손끝을 까닥거렸다.

유진호는 진우가 있는 곳을 돌아보았다.

황동석의 말처럼 진우는 돌들에 파묻힌 채로 꼼짝도 하지 않았다.

"이…… 이, 살인자들……."

유진호의 눈가에 눈물이 맺혀 갔다.

황동석과 동생들은 살인자라는 원색적인 비난에도 히죽히죽 웃음을 보였다.

그게 사실이니까.

지금까지 던전에서 자신들 손에 죽어 간 목숨만 몇인지.

그들이 유진호를 보며 웃고 있을 때, 진우는 돌 더미에 눌려 눈을 의심하고 있었다.

틈 사이로 보이는 퀘스트의 내용이 변하고 있었기 때문이다.

[긴급 퀘스트 : 적들을 처치하라!]

'&*@##'에게 살의를 가진 이들이 주위에 있습니다. 이들을 모두 처치하여 안전을 확보하십시오. 지시에 따르지 않으면 #$%^%@$ #$%#^ !&*#$%^$.

처치해야 할 적의 숫자 : 8명

처치한 적의 숫자 : 0명

몇 개의 단어가 깨지더니 스르륵 형태를 바꾸었다.

[긴급 퀘스트 : 적들을 처치하라!]

당신에게 살의를 가진 이들이 주위에 있습니다. 이들을 모두 처치하여 안전을 확보하십시오. 지시에 따르지 않으면 당신의 심장은 정지하게 됩니다.

처치해야 할 적의 숫자 : 8명

처치한 적의 숫자 : 0명

명백한 협박이었다.

퀘스트를 하지 않으면 죽이겠다는.

'죽기 싫으면 죽여라?'

경악할 만한 내용이었지만 진우의 당혹감은 오래가지 않았다.

당혹감은 빠르게 안도감으로 변해 갔다.

스스로도 믿기 힘들었지만 사실이었다.

퀘스트가 날아오고 능력치가 보이기 시작한 이후로 단 한 번도 머릿속을 떠나지 않았던 걱정.

—이 기현상이 갑자기 끝나 버리면 어쩌지?

이 모든 게 만약 우연히 일어난 일이라면 언제든지 갑작스럽게 끝날 수도 있지 않을까?

그런 불안감이 늘 따라다녔다.

하지만 이번 긴급 퀘스트로 명백해졌다.

이것은 우연도, 호의도 아니다.

호의로 발생한 퀘스트였다면 위기를 모면하라고만 하지, 페널티로 목숨을 빼앗아 가겠다고는 하지 않았을 터였다.

시스템에는 목적이 있는 거다.

'성진우를 강하게 만들겠다'가 아니라 '강한 성진우가 필요하다'라는 목적이.

'상황에 따라선 같은 헌터들조차도 가차 없이 죽일 수 있는…….'

그러한 의도가 퀘스트 속에서 엿보였다.

진우는 다시금 안도했다.

'다행이다.'

우연이 아니어서.

의도가 분명해서.

위기를 겪을 때마다 항상 강해지고 싶었다. 낭떠러지 끝에 간신히 매달린 것 같은 아슬아슬한 삶을 늘 벗어나고 싶었다.

그런데 그날, 가장 위험했던 순간에 기회가 찾아왔다.

시스템의 목적은 진우의 바람과 정확히 일치했다.

'시스템은 나를 이용하고, 나는 시스템을 이용하고.'

그러면 되는 거다.

목적이 존재하는 한 이 기현상이 갑자기 사라지는 일은 없을 테니까.

진우가 돌무더기 속에서 일어났다.

[HP : 1,360 / 2,600]

역시 C급 헌터의 마법이었다.

한 방을 맞았을 뿐인데 체력이 반이나 줄어 있었다.

이제 여유를 부릴 수 있는 여력은 없었다.

진우의 눈빛에 독기가 서렸다.

진우는 황동석을 향해 걸음을 뗐다.

“어라?”

겁에 질린 유진호를 둘러싸던 황동석 일행도 뒤늦게 다가오는 진우를 발견했다.

“뭐야, 재 살았네?”

“규환이 형도 많이 죽었는데?”

“무슨 망신이야, E급한테.”

황동석이 또다시 턱을 긁적거렸다.

“규환아, 제대로 좀 하지 그랬냐?”

조규환의 얼굴이 벌게졌다.

“그…… 그러게요.”

아닌데.

분명 전력을 다한 마법이었는데.

마력의 1/3을 쏟아부었는데 어떻게 일어난 거지? 혹시 빗맞았나? 아냐, 빗맞았다면 소리가 그렇게 클 수가 없잖아?

많은 의문이 떠올랐지만 물어볼 틈은 없었다.

진우가 먼저 입을 열었기 때문이다.

“사람 목숨 가지고 장난을 쳤으니.”

황동석 일행의 시선이 진우에게 고정되었다. 진우는 황동석 일행 앞에 걸음을 멈췄다.

유진호는 흠칫 놀랐으나, 다른 헌터들의 반응은 미미했다. 몇몇은 표정에 조소를 보이기도 했다.

진우는 건조한 목소리로 말을 이었다.

"그만한 각오는 되어 있겠지?"

그 말에 황동석이 허- 하며 코웃음 쳤다.

"이 자식이 지금 뭐라는 거야?"

"형님, 제가 처리할게요."

뱁새눈 헌터 하나가 다가와 진우의 목에 팔을 척 걸쳤다.

"형씨가 지금 상황 파악이 잘 안 되나 본데."

팔에 힘을 주던 뱁새눈의 표정이 점점 이상해졌다.

'……뭐지? 왜 안 꺾이는 거냐?'

완력으로 헤드락을 걸려고 했지만 암만 힘을 줘도 진우의 상체가 꺾이지 않았다.

이 자식, E급이라고 하지 않았나?

뱁새눈의 이마에 식은땀이 맺혀 갔다.

'무슨 힘이 이렇게…….'

그때였다.

스걱.

뱁새눈의 머리가 땅에 떨어졌다.

툭.

"주, 준태야!"

황동석의 동공에 지진이 일었다.

"뭐, 뭐야?"

"저 새끼 언제 칼을!"

"어디서 난 거야!"

황동석 일당은 급히 무기를 꺼내며 몇 걸음 뒤로 물러섰다. 진우의 손에는 어느새 소환된 '카사카의 독니'가 들려 있었다.

단검 끝에서 피가 뚝뚝 떨어졌다.

띠링.

[처치해야 할 적의 숫자 : 7명]

[처치한 적의 숫자 : 1명]

'일곱 남았다.'

진우는 먹이를 노리는 맹수처럼 황동석 일행을 하나씩 훑어보았다.

황동석은 침을 꿀꺽 삼켰다.

갑자기 놈의 손에 나타난 단검도 놀라웠지만, 그보다 박준태의 죽음이 더 충격적이었다.

'E급 헌터가 어떻게 D급 헌터를 한 번에?'

무슨 수작을 부렸는지는 몰라도 더 이상 방심은 금물이었다.

신중해야 했다.

황동석은 옆으로 눈빛을 보냈다.

'규환아, 한 방 더 먹여 줘라.'

조규환이 고개를 살짝 끄덕였다.

이번엔 실수하지 않는다!

속으로 다짐한 조규환의 손끝에 빛이 모여들기 시작했다.

그러나 빛의 화살이 손끝을 떠나기 전에, 진우가 먼저 조규환의 코앞에 나타났다.

"어, 어?"

조규환이 입을 쩍 벌렸다.

진우의 눈빛이 번뜩였다.

'화력이 강하고 체력이 약한 마법 계열 헌터부터.'

이미 머릿속에서 모든 계산이 끝난 뒤였다.

단검이 조규환의 목에 박혔다.

푹!

"커헉!"

조규환은 구멍 난 목을 붙잡고 쓰러졌다.

털썩.

"죽여!"

"으아아아!"

그것을 신호로 주위에 있던 헌터들이 전부 진우에게 달려들었다.

진우는 촉각을 곤두세우고 침착하게 적들의 움직임에 집중했다.

소리가 사라지고, 시간이 느려진다.

38포인트까지 올라간 민첩 스탯의 힘이 발휘되기 시작했다.

지척에서 빈틈없이 쏟아지는 검, 창, 화살을 차례대로 막거나 피해 냈다.

헌터들의 눈이 휘둥그레졌다.

'어, 어떻게 E급이 이런 움직임을?'

'너무 빨라!'

'공격을 맞힐 수가 없다!'

헌터들의 얼굴이 사색으로 변해 갔다.

속도는 상대적인 것.

그들의 눈에는 진우의 움직임이 가공할 만큼 빠르게 느껴졌다.

진우는 헌터들 사이를 누비며 그들의 급소를 하나씩 베어 갔다.

['효과 : 마비'가 발동합니다.]

['효과 : 출혈'이 발동합니다.]

['효과 : 마비'가 발동합니다.]

단검 '카사카의 독니'의 특수 효과가 연달아 터지며 헌터들을 혼란에 빠트렸다.

"모, 몸이 안 움직여! 으악!"

"마법? 마법이야?"

"이 개새끼가!"

['효과 : 출혈'이 발동합니다.]

['효과 : 마비'가 발동합니다.]

['효과 : 마비'가 발동합니다.]

"컥!"

"대, 대체 저 새끼 정체가 뭐야!"

"으아아악!"

여기저기서 비명들이 쉴 새 없이 터져 나왔다. 진우를 에워쌌던 다섯이 순식간에 쓰러졌다.

털썩.

털썩.
띠링.

[처치해야 할 적의 숫자 : 1명]
[처치한 적의 숫자 : 7명]

진우는 마지막 남은 한 명을 돌아보았다.
거구의 털보, 황동석.
황동석은 비장한 얼굴로 방패를 바닥에 내던졌다.
그리고 기합을 넣었다.
"우워어어어어어!"
황동석이 이내 바닥을 박차며 돌진했다.
쿵, 쿵, 쿵, 쿵!
그는 달리면서 생각했다.
이쪽은 탱커, C급에서도 상위에 속했다.
저쪽은 아마도 딜러.
움직임을 보아 제법 민첩하긴 하다만 '강화' 스킬을 뚫을 만한 파워는 없을 터.
'겨우 단검 따위로는 내게 치명상을 줄 수 없다!'
부딪치는 순간 박살 나는 쪽은 성진우다!
거리는 순식간에 좁혀졌고, 황동석은 어깨를 들이밀었다.
"강화!"
그때 시야가 빙그르르 회전하더니 어느새 던전의 천장이 보였다.
쿵!

머리가 흔들리며 목과 등에 강한 충격이 전해졌다.

일어나려고 했지만 몸이 말을 듣지 않았다. 애를 쓰던 황동석은 다시 바닥에 드러누웠다.

"쿨럭!"

입에서 피가 튀어나왔다.

'나를…… 나를 집어던진 건가?'

이 황동석이가 힘에서 졌다고?

힘 싸움에서?

"E급 따위가 어떻게……."

뭔가 착오가 있는 게 분명했다.

C급 다섯에 D급 셋이 순식간에 당했다. 놈은 절대 E급 수준이 아니었다.

진우가 황동석 옆에 섰다.

몸도 제대로 가누지 못하는 황동석.

이미 승부는 났다.

이것이 스포츠나 대련이었다면 여기서 끝났을 것이다.

하지만 여기서 그만둘 생각은 없었다.

"자, 잠깐."

황동석이 손을 들어 올렸다.

"사, 살려다오! 돈, 돈이라면 주마. 얼마든지 주마. 목숨만 살려 준다면……."

"세 번."

진우가 차갑게 말했다.

"세 번이나 죽이려 한 상대에게 목숨을 살려 달라니 좀 뻔뻔하지 않나?”

보스 방 입구를 막아서 한 번.

유진호를 시켜서 한 번.

그리고 조규환의 마법으로 또 한 번.

황동석은 모두 세 차례 진우를 죽이려 했다.

방금 싸움은 뺀다고 해도 말이다.

기브 앤 테이크.

지하 신전에서 살아 돌아왔을 때 진우는 받은 만큼 돌려주기로 마음먹었다.

그게 좋은 것이든, 나쁜 것이든.

악의는 악의로 갚는다.

타협은 없었다.

목숨 구걸이 통하지 않는다는 걸 알게 된 황동석이 눈을 부릅뜨며 입에 거품을 물었다.

“너, 너 이런 짓을 하고도 무사할 것 같으냐! 내 동생이 누군 줄 알고 너 따위가.”

두둑!

목뼈가 부러진 황동석은 말을 잇지 못했다.

“컥.”

황동석의 눈에 흰자위가 드러났다.

띠링.

[처치해야 할 적의 숫자 : 0명]

[처치한 적의 숫자 : 8명]

드디어 퀘스트가 끝났다.

"후우-."

진우는 여러 의미가 담긴 한숨을 길게 내쉬며 황동석의 머리에서 손을 뗐다.

문득 자신의 손으로 시선이 옮겨 갔다.

비록 일방적으로 이기긴 했다지만 방금 전 여덟 명과 생사를 건 사투를 펼쳤음에도 불구하고 손은 전혀 떨리지 않고 있었다.

'이래도 되는 건가?'

진우는 가슴 부근에 손을 대고 가만히 심장박동을 느껴 보았다.

두근, 두근, 두근.

심장은 평상시처럼 차분하게 뛰고 있었다.

'어쩌면…….'

지하 신전에서 돌아온 뒤로 변한 것은, 시스템이 보이기 시작한 것뿐만은 아닐지도 모르겠다는 생각이 처음으로 들었다.

그러나 상념도 잠시.

곧 익숙한 전자음이 울렸다.

띠링.

['긴급 퀘스트 : 적들을 처치하라'를 완료하셨습니다.]

[완료 보상이 도착하였습니다.]

[보상을 확인하시겠습니까?] (Y/N)

어느 정도 짐작은 하고 있었지만 역시나 보상이 들어왔다.

진우는 망설이지 않고 확인을 선택했다.

'확인.'

띠링.

[아래와 같은 보상이 준비되어 있습니다.]

보상 1. 상태 회복

보상 2. 능력치 포인트 +10

보상 3. 스킬 : '살기'

'10포인트에다 스킬까지 준다고?'

엄청난 보상에 진우의 눈이 커졌다.

능력치 포인트도 포인트지만 특히 새로운 스킬이 눈길을 사로잡았다.

'만약 거미와 싸울 때 질주 스킬이 없었다면…….'

보스를 잡은 건 질주 덕분이었다.

실전에서 스킬의 중요성은 두말할 필요가 없었다. 괜히 스킬을 배울 수 있는 룬석이 억 소리 나게 비싼 게 아니었다.

진우는 곧바로 '스킬 : 살기'를 확인했다.

'보상3 확인.'

띠링.

[스킬 : 살기 Lv.1]

액티브 스킬.

필요 마나 100.

강력한 기운으로 지정한 대상을 1분간 공포 상태에 빠트립니다.

다수의 대상을 지정할 수 있습니다.

효과 '공포' : 모든 능력치 -50%

비록 일시적이긴 하지만 상대의 모든 능력치를 감소시킬 수 있는 희귀한 스킬이었다.

다른 효과들처럼 저항력이 높은 상대에겐 통하지 않겠지만, 일단 먹히기만 하면 어떤 상대든 손쉽게 제압할 수 있을 것으로 예상됐다.

거기다 다수를 대상으로 지정할 수 있다고 하니 활용 가능성이 무궁무진해 보였다.

'좋은데?'

페널티가 컸던 만큼 보상 또한 상당했다.

'잠깐…… 따지고 보면 그렇지도 않나?'

이쪽은 목숨이 걸려 있었는데.

어디 그것뿐인가?

진우는 주위를 둘러보았다.

처참한 광경에 눈살이 찌푸려졌다.

많은 헌터들의 죽음을 곁에서 지켜봐 왔지만, 역시 시체를 보는 건 쉽게 익숙해지지 않았다.

이게 퀘스트가 원하던 결과였다.

많은 목숨이 걸렸던 퀘스트치고는 보상이 부족한 것 같기도 했다.

퀘스트가 아니었더라도 황동석 일행과의 싸움은 피할 수 없었겠지만.

'사람 욕심은 끝이 없다고…….'

진우는 고개를 절레절레 저었다.

그때 또다시 동굴이 흔들렸다.

쿠르르르르릉-

흔들림이 이전보다 훨씬 더 심해졌다. 슬슬 던전을 빠져나가야 할 시간이었다.

그러기 위해서 약간의 뒷정리가 필요했다.

일단은 유진호.

진우의 시선이 유진호에게 향했다.

불쌍할 정도로 얼어 있던 유진호가 흠칫 놀라며 시선을 내리깔았다.

'저건 어떡한다…….'

물론 유진호까지 해칠 생각은 없었다.

그럴 필요도, 이유도 없고.

하지만 여기서 있었던 일이 밖으로 새어 나가면 여러모로 귀찮아질 가능성이 있었다.

'그러니 입단속 정도는 시키는 게.'

좋지 않을까, 라고 결론을 내렸을 때 유진호가 잽싸게 달려와 무릎을 꿇고 고개를 숙였다.

"형님, 살려 주십시오!"

"……."

생각보다 말이 잘 통하겠다는 예감이 들었다.

7. 정리

7. 정리

유진호는 벌벌 떨고 있었다.

안색도 창백했다.

눈앞에서 여덟 명이 순식간에 죽었으니 그럴 수밖에.

사람을 다루는 데 있어 가장 강력한 무기 중 하나가 바로 이 '두려움'이다.

그래서 진우는 상황을 조금 이용하기로 했다.

"내가 왜 그래야 하지?"

히익!

방금 유진호의 심장이 철렁 내려앉는 소리가 들린 것 같았다.

너무 심했나, 하는 죄책감도 잠시.

"돈, 돈이 필요하시면 제가 아버지께 말씀드려서……."

"나를 뭐로 보고!"

진우가 인상을 팍 썼다.

평생 없이 살았지만 죄 없는 사람의 목숨을 인질로 잡고 돈을 뜯어낼 만큼 타락하진 않았다.

그래서야 황동석과 다를 바가 없지 않은가.

"죄, 죄송합니다."

유진호가 잔뜩 겁먹은 상태만 아니었다면 뒤통수라도 한 대 후려쳤을 거다.

지금 그랬다가는 애가 심장마비로 쓰러질 것 같아서 최대한 참고 있지만.

진우의 얼굴이 굳어진 걸 보고, 유진호는 마른침을 꿀꺽 삼켰다.

'그러고 보니 방금 전 황동석이 돈을 주겠다고 했을 때도……. 혹시 물욕을 버리고 오직 피와 살육의 길만을 정진하시는 건가?'

유진호의 머릿속에서 진우의 이미지가 더욱더 이상한 쪽으로 굳어지고 있었다.

하지만 아직 단정 짓기는 일렀다.

'그렇다면 형님께선 아까 왜 마정석을?'

불과 조금 전 진우는 거미의 배 속까지 뒤져 가며 마정석을 꼼꼼히 챙겼다.

고도의 에너지 자원, 마법 도구의 제작 재료 등 여러 용도로 폭넓게 쓰이는 마정석이었지만, 헌터에게 마정석이란 단어는 결국 돈의 다른 말이나 마찬가지였다.

유진호의 머리가 빠르게 돌아갔다.

'그렇구나!'

그것은 피의 대가인 것이다.

손에 피를 묻힌 정당한 대가이기 때문에 배 속을 뒤지는 수고까지 마다치 않으셨던 거다.

자신을 건드린 적에겐 일말의 자비도 없지만, 땀 흘리지 않고 얻는 이득에는 관심 없는 피의 수도자.

'그런 형님의 자비를 돈으로 사려고 했으니 화를 내시는 게 당연하지.'

그렇다면 지금 필요한 것은 '아버지의 돈' 따위가 아니라 자신이 죽지 않음으로써 형님이 얻을 수 있는 '정당한 이득'이었다.

힐끔 눈치를 살피니 아직도 진우의 표정이 좋지 않았다.

유진호는 빠르게 말을 이었다.

"형님, 저를 살려 주신다면 이번 던전의 수익은 형님께 모두 드리겠습니다."

"음?"

역시 진우가 관심을 보였다.

"생각해 보세요, 형님. 10명이 있었던 팀에서 아홉 명이 죽고 형님이 파티의 수익을 독차지하면 누구나 형님을 이상하게 보지 않겠습니까?"

유진호가 보기에 진우는 부정 등록자가 확실했다. 그것도 살인을 즐기는 상위 랭크의 부정 등록자!

당연히 남의 시선이 신경 쓰일 수밖에 없을 처지였다.

"그래서?"

"반대로 저와 형님이 살아 나가면 계약대로 이 던전의 마정석은 모두 제 것이 됩니다. 팀원이 다 죽었다고 해도 형님께 지분이 없으니 아무도 형님 짓이라고 생각 못 할 겁니다."

물론 유진호가 의심받을 가능성도 전혀 없었다. 유진호는 국내 굴지 기업 회장님의 아들이니까.
마정석을 팔아 얻을 수익쯤은 푼돈인 것이다.
"형님께서 마땅히 가져가셔야 할 돈입니다. 황동석 일당을 죽이고 저를 구해 주신 게 형님이시니 정당한 대가 아닙니까?"
유진호는 '정당'이란 단어를 유난히 강조했다.
'확실히…….'
그게 가장 안전하게 마정석을 챙기는 방법이긴 했다.
마정석들은 지금 주인을 잃은 상태였다.
황동석이 아무리 욕심을 부렸어도 저승까지 마정석을 가져가지는 못했다. 딱 한 사람, 유진호만이 마정석의 소유권을 가지고 있었다.
그런데 그 유진호가 알아서 마정석을 바치겠단다.
강제로 뺏는 거라면 사양하겠지만…….
'굴러온 복을 걷어찰 필요는 없잖아?'
자신의 도움이 아니었다면 유진호는 벌써 죽었거나 인질로 끌려다니고 있었을 거다.
그렇게 생각하면 정당한 대가라는 말도 꽤 일리가 있었다.
진우의 표정이 풀어지는 것을 보고, 유진호는 추측이 맞았음을 확신했다.
'역시 마정석들은 황동석 일행을 사냥해서 얻은 정당한 피의 대가이기 때문에 거부하지 않으시는 거야.'
두 사람이 생각하는 '정당함'의 의미는 크게 어긋나 있었지만 당사자들은 전혀 깨닫지 못했다.
"좋다."

진우의 승낙에 유진호의 얼굴이 환해졌다.

철저히 자신의 신념을 지키는 진우에게 약간의 경외감마저 들기 시작한 유진호였다.

그런데 진우의 얼굴이 다시 무표정하게 변했다.

"하지만 널 어떻게 믿지?"

진우의 머릿속에 처음 목적이 떠올랐기 때문이었다.

애초에 이익을 얻으려고 공포감을 조성했던 게 아니었다. 귀찮은 일을 미연에 방지하고 싶어 시작한 일이었다.

"제 목숨을 몇 번이나 구해 주신 형님을 어떻게 배신하겠습니까?"

"약속한 건 무시하고 여기저기 떠들어 댈 수도 있잖아?"

사실 떠들고 다녀도 크게 문제될 건 없긴 했다.

황동석 일행을 죽인 건 100퍼센트 정당방위니까.

상대는 여덟 명에 모두 무장 상태.

강력한 마법으로 선공까지 가해 왔다.

헌터들의 등장으로 법이 달라진 지금, 이 정도면 확실히 무죄를 받을 수 있었다.

그래도 되도록 시끄러운 일 없이 조용하게 넘어가고 싶었다. 그러기 위해서는 유진호의 협조가 필요했다.

협조를 요구하는 방식에 문제가 있기는 해도 효과는 이게 확실했다.

"응?"

진우가 대답을 요구하듯 지그시 바라보았다.

유진호가 비장한 얼굴을 했다.

"그렇게 비겁한 짓은 하지 않습니다. 특히 목숨을 구해 준 은인께는 더더욱요."

'잠깐만…….'

저 눈빛, 어디선가 본 것 같다 싶었는데 아까 황동석 일행의 공범 제안을 거절할 때 유진호가 보여 줬던 것과 같았다.

'이 녀석…… 진심이구나.'

기브 앤 테이크.

유진호는 목숨이 걸린 기로에서 진우를 택했다. 진우를 믿고 여덟 명의 헌터들과 맞서려고 했다.

그래서 진우도 유진호를 한번 믿어 주기로 했다.

물론 지금 바로는 좀 그렇고…… 약간의 경각심을 심어 준 뒤에.

진우는 바닥에 내팽개쳐져 있던 황동석의 방패를 집어 들었다.

"황동석한테 맞은 뒤통수가 아직도 얼얼한데."

방패를 이리저리 살펴보던 진우가 동굴 벽을 향해 있는 힘껏 던졌다.

쾅!

방패의 절반 이상이 벽 깊숙이 박혔다.

유진호는 식은땀을 흘리며 침을 꼴깍 삼켰다.

"우리 동생까지 날 실망시키지 않겠지?"

"무, 물론입니다, 형님."

그때였다.

또다시 던전이 세차게 흔들렸다.

쿠구구구구구구구구궁.

이제 시간이 없었다.

어차피 처음부터 유진호를 해칠 생각이 없었던 진우는 이만하면 충분하다고 판단을 내렸다.

진우가 유진호에게 명령했다.

"마정석 전부 챙겨. 던전에서 나간다."

"감사합니다, 형님!"

유진호가 일어나 기역 자로 반듯하게 고개를 숙였다.

유진호의 얼굴에 웃음이 돌아왔다.

진우는 유진호가 가방을 챙기러 간 사이 황동석의 주머니를 뒤졌다.

'나도 받을 건 받아야지.'

오늘 받기로 한 일당 2백.

한 푼도 놓칠 수 없었다.

황동석의 지갑 안에는 5만 원짜리가 수십 장 들어 있었다.

세어 보니 모두 45장.

2백만 원이 조금 넘었다.

끝나는 즉시 현찰로 준다더니 미리 준비해 뒀던 모양이었다.

매번 꼬리 자르기를 쓸 수는 없으니 말이다.

"일당은 잘 받아 간다."

진우는 듣는 사람 없는 인사를 하고서 먼저 자리를 떠났다.

뒤늦게 마정석이 담긴 가방을 챙겨 온 유진호가 이미 사라진 진우를 찾아 주위를 두리번거렸다.

"형님?"

주변엔 진우에게 당한 헌터들 시체들뿐이었다.

"히익!"

얼굴이 파랗게 질린 유진호가 혹시나 놓칠세라 헐레벌떡 진우의 뒤를 쫓아갔다.

* * *

현장에 협회 조사과 직원이 도착했다.

레이드 중 사망자가 생겼을 때의 절차는 간단했다. 협회에 상황을 알리고 조사를 받기만 하면 끝난다.

이번 조사원은 깐깐하게 생긴 아줌마였다.

"두 분은 성함이?"

"성진우."

"저는 유진호입니다."

헌터가 던전에서 죽는 사고야 비일비재하기 때문에 형식적인 절차에 가까웠다.

그냥 기록으로만 남겨 두는 거다.

뭔가 의심스러운 점이 없다면 말이다.

"……그런데 C급 헌터분들이 전멸하고 D급 한 분, E급 한 분만 빠져나오셨네요?"

조사원이 안경을 만지작거리며 물었다.

그녀의 눈매가 가늘어졌다.

'보통 레이드의 희생자는 팀에서 가장 약한 헌터인 경우가 대부분인데…….'

두 사람을 꼼꼼히 살펴보던 그녀는 무언가를 발견하고 목소리를 높였다.

"어머나!"

그녀가 눈을 반짝이며 다가왔다.

"이거 마야사에서 이번에 새로 출시한 장검 '칼리온' 아닌가요? 어멋, 이건 장인 그레도스 씨가 제작한 로열 시리즈 방패네요?"

유진호의 얼굴이 환해졌다.

"무기를 좀 아시는군요!"

"에이, 알긴요. 그저 신상 목록이나 훑어보는 수준이죠. 호호호 호홋!"

장검의 가격은 7억. 방패의 가격은 5억.

억대를 넘는 마정석과 값비싼 소재들을 이용해 만든 고가의 무구들로, D급 헌터를 C급 이상으로도 만들어 줄 수 있는 강력한 장비들이었다.

그녀의 머릿속에서 던전 안 상황이 자동적으로 그려졌다.

'이 정도 장비들이라면…….'

C급 헌터들이 전멸하는 상황에서 D급 헌터가 혼자 보스를 잡는 것도 가능할 듯했다.

'E급 헌터는 어디 구석에 숨어 있다가 목숨을 건졌을 테고.'

사실은 정확히 그 반대였지만.

어쨌든 그녀는 결론을 내렸다.

이런 장비를 구매할 수 있는 재력을 가진 사람이 고작 마정석 몇 개 때문에 동료들을 배신했을 가능성은 희박했다.

거기다 E급 헌터 혼자서 C급 헌터 여럿을 어찌할 순 없었을 테니 황동석 외 일곱 명의 죽음은 사고로 볼 수밖에 없다고 말이다.

"알겠습니다."

조사원은 만족스러운 표정으로 기록지를 덮었다.

"조사는 이걸로 끝났으니 이제 가셔도 됩니다. 오늘 많이 힘드셨을 텐데 성실히 조사에 임해 주셔서 감사합니다.”

“수고하셨습니다.”

진우가 두 사람을 대표해 인사했다.

조사원이 탄 승용차가 왔을 때처럼 빠르게 현장을 떠나갔다.

“형님도 수고하셨습니다.”

유진호가 90도로 허리를 숙였다.

게이트를 나오고 나서도 그 깍듯한 태도에는 여전히 변화가 없었다.

무섭기는 많이 무서웠던 모양이었다.

진우는 속으로 혀를 끌끌 찼다.

“너도 수고했다.”

“제가 뭐 한 게 있나요. 형님이 다 하셨지. 여기, 형님 마정석입니다.”

진우는 유진호가 공손하게 두 손으로 건네는 가방을 받아 들었다.

가방 안은 마정석들로 가득 채워져 있었다.

C급 게이트에서 나오는 마정석의 최고가는 천만 원.

아무리 작은 것도 수백만 원을 호가한다.

진우는 눈대중으로 마정석의 숫자를 세다가 속으로 탄성을 내질렀다.

‘이게 다 얼마야……?’

자꾸만 웃음이 새어 나오려는 걸 참느라 애를 써야 했다.

그런데 갑자기 가방 안에 물방울들이 하나둘 떨어졌다.

톡.

톡.

진우가 고개를 들었다.

오후부터 차츰 흐려지던 하늘에서 내리기 시작한 빗방울이었다.

'우산…… 챙겨 보내기 잘했네.'

진우는 문득 떠오른 동생 생각에 옅게 미소를 지었다.

* * *

밤이 깊어 가는 시간.

진우는 집에 도착하자마자 상태 창을 불러냈다.

"스탯!"

[스탯]

근력 : 53 체력 : 30 민첩 : 38 지능 : 30 감각 : 32

(분배 가능 능력치 포인트 : 10)

긴급 퀘스트 보상으로 받은 10포인트가 여전히 남아 있었다.

이걸 쓰고 싶어서 몸이 근질근질했었다.

일일 퀘로 치면 3일하고도 1포인트를 더 모아야 하고, 레벨로 쳐도 2업을 해야 겨우 받을 수 있는 포인트였다.

'최우선은 민첩이다. 그다음은 감각.'

민첩에 7포인트를 주고 나머지 3포인트를 감각에 투자했다.

[스탯]

근력 : 53 체력 : 30 민첩 : 45 지능 : 30 감각 : 35

(분배 가능 능력치 포인트 : 0)

"오케이."

능력치가 고르게 상승했다.

민첩은 근력을 많이 따라잡았고, 감각도 어느새 35포인트나 됐다.

민첩이 근력과 비슷해지면 이제 체력에 포인트를 투자할 생각이었다.

아직 쓰임새를 모르는 지능 말고는 모든 스탯을 골고루 올리고 싶었다.

"오늘 성과를 한번 볼까?"

[이름 : 성진우] [레벨 : 21]

[직업 : 없음] [칭호 : 늑대 학살자]

[HP : 2,600] [MP : 390]

[피로도 : 0]

[스탯]

근력 : 53 체력 : 30 민첩 : 45 지능 : 30 감각 : 35

(분배 가능 능력치 포인트 : 0)

[스킬]

패시브 스킬 : (알 수 없음) Lv.Max, 근성 Lv.1

액티브 스킬 : 질주 Lv.1, 살기 Lv.1

3계단 뛰어오른 레벨과 새로 얻은 스킬 '살기'가 눈에 들어왔다. 10포인트가 더해진 덕분에 스탯도 대폭 올랐다.

이 정도만 해도 괄목할 만한 성과인데, 오늘 얻은 것은 이게 끝이 아니었다.

'일당으로 받은 2백만 원에.'

가방 가득 들어찬 마정석까지.

진우는 마정석의 개수를 세었다.

'거미에서 나온 마정석이 11개, 황동석 팀의 마정석이 38개.'

다 합치면 49개!

개당 5백만 받아도 2억이 넘는 돈이 생기는 것이다.

"하루 사냥으로 2억이라니."

10명, 아니 아홉 명이 나눠 먹어야 할 돈을 혼자 챙기니 액수가 엄청나게 커졌다.

생각지도 못했던 행운이 넝쿨째 굴러 들어온 셈이었다.

'이제 이걸 팔기만 하면 된다.'

마정석을 파는 건 어렵지 않았다.

사려는 이들이 워낙 많아서 매물로 내놓기만 하면 금방 사라지니까.

문제는 어디에 파느냐 하는 것이다.

개인 대 개인으로 거래하는 경우도 많았고, 길드나 기업 같은 단체가 사들이기도 했다.

이번 경우에는 양이 많아서 개인 거래나 온라인 거래보다는 전문 업체에 직접 가서 파는 게 좋을 듯싶었다.

'그냥 상점에 팔 수는 없나?'

잡템들처럼 상점에서 마정석을 제값에 사 주면 편할 텐데.

진우는 그런 생각들을 하며 마정석이 담긴 가방을 구석으로 밀어 넣었다.

그러다 문득 오늘의 성과 하나가 더 떠올랐다.

'이제부터 상점의 구매 기능을 사용할 수 있다고 했었지?'

진우는 곧바로 상점을 불러왔다.

많은 돈은 아니지만 합정역 인던을 돌 때 모아 두었던 골드가 아직 창고에 고스란히 남아 있었다.

"구매."

띠링.

익숙한 전자음과 함께 구매 가능한 아이템 목록이 끝도 없이 뜨기 시작했다.

싸구려 포션과 잡다한 장신구에서부터 값비싼 방어구와 화려한 무기들까지.

많은 물건이 골드로 판매되고 있었다.

당연한 이야기지만 비쌀수록 옵션이 좋았다. 최상위 아이템 중에는 100억 골드까지 하는 것도 있었다.

"워…… 100억이라."

현재 보유 골드는 고작 11만 2천.

쓸 만한 물건을 사기엔 턱없이 부족한 금액이었다.

하지만 서두를 필요는 없었다.

시간은 충분하니까.

'골드만 모으면 이걸 다 살 수 있단 말이지?'

진우는 콧노래를 부르며 고가의 아이템들을 계속해서 둘러보았다.

인던을 가야 할 이유가 하나 더 늘었다.

벌써부터 내일의 퀘스트와 보상으로 받을 랜덤 박스가 기다려지기 시작했다.

* * *

C급 게이트에 다녀온 지 3일이 지났다.

토요일이라 집에 일찍 온 진아가 코를 킁킁거리더니 빠르게 신발을 벗어던졌다.

“오빠 뭐야, 닭 시켰어?”

“안 그래도 너 올 시간 딱 맞춰 시켜 놨다.”

“우왕!”

식탁 옆에 앉은 진우가 손짓하자 진아가 눈을 동그랗게 뜨고 쪼르르 달려왔다.

“이야, 웬일이셔? 짠돌이 오빠가. 좋은 일이라도 있었어?”

“야야, 가방부터 좀 내려놓고 와라. 무슨 여자애가 그리 성격이 급하냐.”

“됐거든. 가방 하나도 안 무겁거든?”

얼마 전에는 가방 무겁다고 접이식 우산 하나 챙겨 가는 것도 싫어했던 녀석이.

진우는 혀를 끌끌 차면서도 자꾸 새어 나오는 미소를 숨기기 힘들었다.

‘좋은 일이 있었냐고?’

당연히 있었다.

오늘 통장의 잔고가 80만 원에서 1억8천30만 원으로 늘었다.

1억8천은 마정석을 팔고 받은 돈이었고, 50만 원은 집주인 아저씨에게 집세로 보내 드렸다.

1억8천!

레이드 한 번에 1억8천이란 거금을 손에 쥐게 된 것이다.

헌터 생활은 꾸준히 해 왔지만 이제야 진짜 헌터가 된 기분이었다. 헌터 하면 사람들이 돈부터 떠올리는 시대가 됐으니 말이다.

마정석을 들고 찾아갔을 때 마정석 거래소 직원이 지었던 표정이 아직도 생생했다.

"이, 이걸 혼자서 다 잡으신 겁니까?"

"어쩌다 보니 그렇게 됐습니다."

"세상에…… 대단하십니다."

C급 마정석 49개.

처음 감정 가격은 3억이 조금 넘었다.

하지만 세금이 그렇게 셀 줄이야.

"세금이 40퍼센트나 된다고요?"

"네. 개인이 판매할 때는 세금으로 40퍼센트가 나가고요, 길드가 판매할 때는 10퍼센트가 나갑니다."

"길드의 세금이 적은 이유가 있습니까?"

"길드들은 개인 공격대와 달리 동원령이 떨어지면 무조건 협조해야 하니까요."

하긴 기억을 더듬어 보면 이중 던전에서 사고가 있었을 때도 협회 감시과 직원들과 함께 '백호' 길드가 현장을 찾았다고 했다.

특혜를 받고 있기 때문에 길드도 그만큼 국가와 협회의 부탁에 협조하는 거다.

그래서 잠깐 고민을 했었다.

'차라리 마정석을 가지고 있다가 길드에 가입한 뒤에 처분할까?'

하지만 곧 단념했다.

길드에 들어 활동할 때쯤엔 주 공략 대상이 A, B급 게이트가 될 것이다.

거기서 나오는 마정석은 C급 게이트에서 나온 것과 가격을 비교할 수 없을 터.

한 푼이 아쉬운 건 지금이었다.

'세금 좀 줄이겠다고 당장 아무 길드 계약서에 함부로 도장을 찍을 수도 없는 노릇이고.'

"알겠습니다. 거래하죠."

1억8천은 그렇게 나온 금액이었다.

좋은 일 있냐는 진아의 말처럼 치킨과 맥주는 거금을 얻은 걸 기념하는 축하 파티였다.

"잘 먹겠습니다."

슬쩍 맥주 캔으로 손이 가는 진아의 이마를, 진우의 손가락이 강타했다.

딱!

"아야!"

"넌 이거."

진아 앞에 콜라 캔이 놓였다.
“히잉…… 장난 좀 친 건데…….”
빨갛게 변한 이마를 문지르는 진아를 두고, 진우는 시원한 맥주 캔을 따서 입안에 털어 넣었다.
그때였다.
띠링.
진우가 기계음에 민감하게 반응했다.
‘갑자기 웬 시스템 메시지?’

[해로운 성분이 감지되었습니다.]
[‘버프 : 해독’의 효과로 치료를 시작합니다.]
[3, 2, 1…… 해독이 완료되었습니다.]

‘해로운 성분을 해독했다고? 설마 알코올을 말하는 건가?’
진우는 남은 맥주를 다 마시고, 그 자리에서 한 캔을 더 뜯었다.
꿀꺽꿀꺽.

[해로운 성분이 감지되었습니다.]
[‘버프 : 해독’의 효과로 치료를 시작합니다.]
[3, 2, 1…… 해독이 완료되었습니다.]

역시나 같은 메시지가 떴다.
눈 깜짝할 사이에 맥주 두 캔을 비웠는데도 취기가 전혀 오르지 않았다.

버프인지 뭔지 효과 하나는 확실했다.

'뭐지?'

진우는 고개를 갸웃거렸다.

아직 버프를 걸어 주는 헌터는 한 번도 만나 본 적이 없었다. 그런 특별한 능력을 가진 헌터는 대부분 길드에서 일한다.

협회 소속으로는 만날 기회도 없는 것이다.

'만약 누군가 몰래 버프를 걸었다고 해도 시스템 메시지가 알려줬을 텐데.'

그렇다면 가능성은 두 가지.

의식이 없을 때 버프를 받았다거나, 시스템이 작동하기 전에 버프를 받았다는 것.

개인적으로 후자에 더 무게가 실렸다.

"오빠, 왜 그래? 체했어? 조심 좀 하지."

진우의 표정이 심각해지자 진아가 걱정스레 물었다.

"갑자기 급한 일이 떠올라서 그래. 너 먼저 먹고 있어."

진우는 방으로 들어갔다.

그리고 예전에 혹시 뭔가 놓친 것이 없는지 사소한 기억 하나도 꼼꼼하게 되짚어 보았다.

'아.'

번뜩 머리를 스쳐 지나가는 것이 있었다.

'모든 퀘스트에는 보상이 있었다. 심지어 페널티 퀘스트까지. 그런데 유일하게 보상을 확인하지 못한 퀘스트가 있었지.'

진우는 급히 메시지 함을 열었다.

당시는 시스템이 뭔지, 보상이 뭔지 몰라서 그냥 넘겼었지만 그때 분명 퀘스트 완료 조건을 충족했다는 메시지가 떴었다.
심장이 빨라지기 시작했다.
진우는 메시지 함 가장 아래에 있는 메시지를 찾았다.

['플레이어'가 되신 것을 환영합니다.] (확인 완료)

진우는 떨리는 목소리로 말했다.
"확인."
띠링.

[본 시스템은 '플레이어'의 성장을 지원합니다.]
[본 시스템의 지시에 불응할 경우 페널티가 있을 수 있습니다.]
[보상 지급이 완료되었습니다.]

역시나.
보상에 대한 언급이 있었다.
지하 신전에서 처음으로 들었던 목소리.
목소리는 이렇게 말했었다.

['시크릿 퀘스트 : 무력한 자의 용기'의 완료 조건을 모두 충족하셨습니다.]

시크릿 퀘스트도 엄연한 퀘스트.
그러나 아직 그 보상을 확인한 적이 없었다.

그때는 망상이라고 생각했었으니까.

[……불응할 경우 페널티가 있을 수 있습니다.]
[보상 지급이 완료되었습니다.]
[보상을 확인하시겠습니까?] (Y/N)

'예스.'
띠링.

['시크릿 퀘스트 : 무력한 자의 용기' 완료 보상]
대주술사 칸디아루의 축복.
당신의 용기에 탄복한 대주술사 칸디아루가 당신을 위해 특별한 주문을 선물했습니다. 칸디아루의 축복이 함께하는 한 당신은 늘 튼튼하고 건강한 삶을 누릴 수 있을 것입니다.
"도전자의 앞날에 광명이 있으라."
—일시 효과 '재활의 의지' : 손상된 신체의 모든 부위를 복구합니다.
—지속 효과 '무병장수' : 모든 질병과 독성 및 이상 효과에 면역 상태가 되며, 수면 시 재생 능력이 폭발적으로 증가합니다.

이제야 아귀가 맞아떨어졌다.
'그래서 다친 다리가…….'
잘렸던 다리가 원 상태로 돌아온 것은 퀘스트의 보상 때문이었다.
지금 맥주에 취하지 않는 것 역시.
'잠깐, 모든 독에 면역 상태가 된다고?'

진우의 눈이 번쩍 뜨였다.
그럼 설마 이것도……?
진우가 부랴부랴 창고에서 아이템 하나를 꺼냈다.

[아이템 : 카사카의 독샘]
입수 난이도 : A
종류 : 비약
정제된 카사카의 독액이 담겨 있는 주머니입니다. 카사카를 잡으면 극히 희박한 확률로 얻을 수 있습니다. 독액을 마시면 단단한 피부를 얻게 되지만 독성으로 인해 근육이 영구적으로 손상됩니다.
효과 '카사카의 철갑 비늘' : 물리 데미지 20% 감소
부작용 '손상된 근육' : 근력 -35

'독성으로 인해 근육이 손상되는 거라면 해독 버프로 막을 수 있지 않을까?'
알아보는 방법은 한 가지뿐.
진우는 눈을 질끈 감고 주머니 안에 든 액체를 마셨다.
꿀깍꿀깍.
끈적끈적한 액체가 목을 타고 넘어갔다.
맛은 역하고 비렸지만 꾹 참고 먹었다.
'몸에 좋은 건 입에 쓰다더니…….'
독액을 모두 삼키자 메시지가 떴다.

[해로운 성분이 감지되었습니다.]

['버프 : 해독'의 효과로 치료를 시작합니다.]
[3, 2, 1…… 해독이 완료되었습니다.]
['부작용 : 손상된 근육'이 사라집니다.]

"역시!"
진우는 주먹을 불끈 쥐었다.
그래도 혹시 몰라 스탯 창을 불러왔다.
'스탯.'

[스탯]
근력 : 53 체력 : 30 민첩 : 53 지능 : 30 감각 : 36
(분배 가능 능력치 포인트 : 0)
물리 데미지 감소 : 20%

예상대로 근력의 감소는 없었다.
근력은 53포인트 그대로였고, 물리 데미지 감소라는 새로운 능력치가 생겼다.
물리 데미지 한정이지만 피해를 20퍼센트나 격감시켜 주는 경이로운 능력치였다.
"좋았어!"
진우가 새 스탯에 기뻐하고 있을 때, 거실에서 진아의 목소리가 들려왔다.
"오빠, 유진우라는 사람 알아? 유진우라는 사람이 오빠 찾는데?"
"그거 아마 유진우가 아닐걸……."

진우는 거실로 나가 동생이 들고 있는 수화기를 뺏어 들었다.

"전화 바꿨습니다."

—형님, 접니다. 유진호.

역시나.

수화기 너머 목소리는 낯익었다.

"……번호는 어떻게 알았냐?"

—협회에 아는 분이 있어서요. 폰은 안 받으셔서 부득이하게 유선으로.

"용건만."

—아! 죄송합니다, 형님. 그런데 전화로는 말씀드리기가 좀…… 혹시 만나 뵙고 이야기드릴 수 있을까요?

진우는 고개를 갸웃거렸다.

'얘는 그런 일을 겪고도 나를 만나고 싶나?'

—꼭 좀 부탁드릴게요, 형님.

하여튼 별난 녀석이었다.

* * *

유진호의 간청에 진우는 딱 1시간을 허락해 주었다.

약속 장소는 집 앞의 프랜차이즈 카페.

[카페X네]

평일에도 불구하고 점심시간 직후의 약속이라 카페 안엔 사람들이 꽤 있었다.

"형님, 여깁니다!"

유진호가 반갑게 인사했다.

카페에 들어오기 전 감각을 극대화시켰지만 다른 헌터의 기척은 느껴지지 않았다.

적어도 보복이 목적은 아닌 듯했다.

보복이고 자시고 딱히 앙금이 남을 만한 짓을 한 기억도 없지만.

진우는 유진호의 맞은편에 앉았다.

"또 보게 될 줄은 몰랐네."

테이블 위에는 유진호가 먹다 만 아이스크림이 놓여 있었다.

유진호가 일어서며 물었다.

"주문은 하셨습니까? 제가 커피 가져올까요?"

"아니, 괜찮아."

유진호는 왠지 시무룩한 표정으로 다시 앉았다.

진우가 먼저 입을 뗐다.

"근데 뭐 때문에……."

그때였다.

"진짜 쟤가 그랬다니까? 완전 장난 아니었지 그때."

진우가 옆을 돌아보았다.

옆 테이블에 덩치가 크고 인상이 험악한 운동부 학생 세 명이 여자 셋과 수다를 떨고 있었다.

진우는 다시 대화에 집중하려고 노력했다.

"뭐 때문에 보자고……."

"내가 언제 그랬냐! 이 새끼 또 여자들 앞이라고 지어내는 거 좀 봐라!"
"……보자고."
"네가 그랬잖아! 와— 내가 사진 보여 줄까? 증거 한번 쫙 까발려 봐?"
남학생들 목소리도 컸지만 여자들이 깔깔거리는 소리도 만만치 않았다.
"……."
소음에 대화를 이어 나가기가 힘들 정도가 되자 진우는 하는 수 없이 일어서서 조용히 옆 테이블로 걸어갔다.
남학생들의 시선이 일제히 진우에게 향했다.
"좀 조용해 주시겠습니까? 여기 다른 사람도 많으니."
남학생 하나가 뒷머리에 손을 얹고는 꾸벅꾸벅 고개를 숙이는 시늉을 했다.
"예, 예. 조용히 할게요. 미안하게 됐습다."
그 모습에 여자들이 킥킥거렸다.
"……."
진우는 그들을 가만히 내려다보다가 돌아섰다.
그런데 돌아서자마자 뒤통수에 뭔가가 톡 부딪혔다. 바닥에 떨어진 건 동그랗게 말린 종이 냅킨이었다.
"푸하하하하핫."
"낄낄낄."
"야, 그러지 마."
남학생들은 대놓고 배를 잡고 웃었고, 여자들은 말리는 척하며 조소를 흘렸다.
그 광경을 지켜보는 유진호의 얼굴은 서서히 얼어 갔다.

"혀…… 형님."

진우가 유진호의 아이스크림 옆에 있던 안 쓴 스푼 하나를 집어서 카운터로 갔다.

"저거 봐봐. 이제 고자질하러 가네."

"엄마, 저기 떠들어요, 말려 주세요. 푸흡."

그 와중에도 뒷담화는 계속해서 이어지고 있었다.

진우는 조마조마한 표정의 여점원에게 물었다.

"이 스푼 얼마죠?"

"죄송합니다, 손님. 저희 매장에서는 따로 스푼을 팔고 있지 않아서요."

"만 원보다 비싸지는 않죠?"

"예? 아, 예. 아마도……."

진우는 계산대 위에 만 원을 올려놓고 돌아섰다.

"손님? 저기, 손님?"

진우가 여점원의 목소리를 무시하고 곧장 운동부 남학생들이 있는 테이블로 향했다.

진우의 눈빛이 심상치 않자 남학생들이 자리에서 스윽 일어섰다.

"뭐? 왜?"

카페 안의 모든 시선이 그 테이블에 집중되었다.

진우는 남학생들에게 들고 있던 스푼을 보여 주었다.

'……?'

'……?'

남학생들의 얼굴에 물음표가 떠올랐을 때, 진우는 손에 쥔 스푼을 있는 힘껏 구기기 시작했다

진우의 손안에서 무참히 형태를 잃어 가는 스푼.

남학생들의 얼굴색이 점점 퍼렇게 변하기 시작했다.

톡.

데굴데굴.

테이블 위에 놓인 건 더 이상 스푼이 아니었다.

공처럼 구겨진 쇳조각이었다.

"헉!"

남학생들은 침을 꿀꺽 삼켰다.

'사람의 힘이 아니야.'

'헌, 헌터다.'

서로 눈치를 살피던 남학생들 중 종이 냅킨을 던진 녀석이 먼저 진우에게 고개를 숙였다.

"죄, 죄송합니다."

다른 부원들도 연달아 고개를 숙였다.

"죄송합니다."

"저희가 실수했습니다. 죄송합니다."

남학생들은 새파랗게 질린 얼굴로 몇 번이나 고개를 숙이다가 여자들을 데리고 도망치듯 카페를 빠져나갔다.

우와—

테이블의 소음을 신경 쓰고 있던 주위 손님들이 진우에게 감사의 눈빛을 보냈다.

진우는 다시 제자리로 돌아와 앉았다.

유진호가 눈을 반짝이며 말했다.

"역시 형님다우십니다!"

"됐고."

진우는 다시 본론으로 들어갔다.

"뭐 때문에 보자고 한 거야?"

"저기…… 형님. 제가 많이 생각해 봤는데요. 정말 거듭 생각해 봤는데요. 아무래도 형님께 꼭 말씀드려야겠습니다."

진우가 고개를 갸웃거렸다.

"뭔데 그래?"

"형님, 사실은……."

유진호가 쑥스러운 듯 얼굴을 붉히다가 용기를 내어 말했다.

"실은 제가 개인 공대 팀을 만들려고 하는……."

진우는 단 1초의 망설임도 없이 말했다.

"거절한다."

유진호가 얼빠진 얼굴을 했다.

"형님, 벌써요?"

"뒷말은 안 들어도 알겠다."

진우는 단호하게 말했다.

딱히 유진호가 싫은 것은 아니었다.

조금 이상한 놈 같긴 해도 태도가 싹싹하고 의리도 있어 보였다. 미디어에서 보던 재벌들과는 달랐다.

하지만 부잣집 도련님의 헌터 놀이에 어울려 주고 싶은 생각은 없었다.

"더 할 말 없으면 간다?"

"혀, 형님!"

일어서려는 진우를 유진호가 황급히 붙잡았다.

"형님, 딱 20번! 아니, 19번만 같이 가 주세요!"
"어디를? 던전을?"
"네! 보수는 톡톡히 드리겠습니다."
유진호의 목소리가 간절했다.
진우는 고개를 갸웃거렸다.
헌터 일을 하는 이유는 크게 두 가지로 나뉜다.
돈과 사명감.
유진호는 둘 중 어느 쪽에도 포함되지 않았다. 아마도 헌터 일을 조금 더 위험한 익스트림 스포츠 정도로 여기는 게 아닐까.
여태까지 진우는 그리 짐작하고 있었다.
얼마 전 던전에서 그런 사고를 겪고도 공격대를 만들겠다고 나선 건 꽤 의외였지만.
'세상엔 별별 인간이 다 있는 법이니.'
안전 불감증에 걸린 부잣집 도련님이 하나쯤 있는 것도 이상하지는 않았다.
그런데 그렇게 단순하게 생각하기에는 유진호의 눈빛이 묘하게 비장했다.
'뭔가 다른 의도가 있나?'
톡톡히 드리겠다는 '보수'보다 같이 가 달라는 레이드 '19번' 쪽이 더 흥미를 끌었다.
진우의 머리가 빠르게 회전을 시작했다.
'가만…… 저번이 첫 레이드라고 치고, 앞으로 19번의 레이드를 더 해야 한다는 거면…….'
설마 이 자식.

결론에 도달하는 데는 많은 시간이 걸리지 않았다.

진우는 어이없다는 표정을 지었다.

"너 혹시 길드 마스터 면허라도 딸 생각이냐?"

"네, 형님!"

커피를 안 시킨 게 다행이었다.

마시고 있었다면 지금 이 자리에서 다 뿜어 버렸을 테니까.

"네가 길드 마스터가 되겠다고?"

"그게 이야기가 좀 복잡합니다, 형님."

유진호는 얼굴을 아까보다 더 심하게 붉히며 말했다.

"제발 이야기라도 좀 들어 주십시오, 형님."

"……."

어떡할지 고민하던 진우가 호기심을 이기지 못하고 다시 앉았다.

"그래, 한번 들어나 보자."

아직 약속한 1시간이 다 안 지났으니까.

이야기 정도는 들어 줄 수 있다.

유진호도 잽싸게 맞은편 의자에 엉덩이를 붙였다.

"형님 말씀대로 전 길드 마스터 면허를 따고 싶습니다."

헌터가 길드 마스터 면허를 따는 건 어렵지 않았다.

레이드 경험 20회 이상의 헌터일 것.

이 최저 조건만 갖춰지면 간단한 필기시험을 통해 면허를 획득할 수 있다.

물론 실력 없는 헌터가 만든 길드에는 아무도 들어가지 않을 테고, 최소 길드원 숫자를 유지하지 못하면 길드 자체가 사라지지만 말이다.

유진호가 말을 이어 나갔다.

"아직 대외에 알려지지 않은 이야기지만, 실은 아버지께서 길드를 만들려고 하시거든요."

"유진건설에서 길드를?"

"네."

유진건설이라면 대한민국에서 손꼽히는 건설 회사였다.

건설 말고도 많은 분야로 사업을 확장해 승승장구하고 있는 기업이었는데, 최근에는 헌터 관련 사업으로 큰돈을 벌었다는 이야기를 들은 적이 있었다.

'그런 곳에서 직접 길드를 만든다?'

진우가 관심을 보이자 유진호도 신나서 설명을 덧붙였다.

"강한 헌터들을 영입해 대형 길드로 키우고, 헌터 관련 사업들을 그 밑에 넣으려고 하십니다."

기업이 헌터 쪽 사업을 하려면 길드와의 공조가 필수였다.

A, B급 게이트에서 나오는 마수들의 마정석이나 사체, 마나석 같은 보물들을 수거하려면 대형 길드들의 힘이 반드시 필요하니까.

"그걸 이제부터는 자급자족하겠다, 이거군."

"정확하십니다, 형님!"

유진건설의 자금력 정도면 길드를 만드는 것은 문제가 아니다.

문제는 누가 길드를 운영하느냐 하는 것.

"아버지께서는 S급 헌터를 고용해 마스터로 세우고 제 형을 부마스터로 넣어서 길드를 기업처럼 운영하실 생각이십니다만……."

진우는 유진호가 하고 싶은 말을 눈치챘다.

그렇게 하면 불안 요소가 생긴다는 거다.

길드에서 마스터가 가지는 권한이 너무 막강하기 때문이었다.

부마스터 측에서 마스터를 고용한 상태라도 후에 둘 사이에 마찰이 생긴다면 마스터가 길드 자체를 장악해 버릴 가능성이 있었다.

그렇다면 방법은 하나.

절대로 고용주를 배신하지 않을 마스터에게 길드를 맡기면 된다.

이를테면 형제라든가, 아니면 아들이라든가.

회장 유명한에겐 아들 유진호가 있었다.

"하지만 제가 마스터 자리를 얻기엔 형의 경력이 만만치가 않습니다. 헌터 관련 사업에 손을 대서 막대한 이익을 얻은 것도 다 형의 아이디어고요."

형은 31세에 이미 유능한 기업가가 됐다.

그에 비하면 동생은 22살의 대학생에 불과했다. D급 각성자라는 특이한 이력이 있기는 해도.

회장은 장남에게 길드를 맡길 생각이었다.

장남은 헌터가 아니라 마스터가 될 수 없지만, 헌터 사업에 대해 잘 알고 큰 실적을 거뒀으니까.

리스크가 있더라도 감수하겠다는 거다.

"너는 아버지를 설득시켜 마스터 자리에 앉고 싶은 거고?"

"네. 그렇습니다, 형님."

진우는 유진호가 필사적으로 자신을 끌어들이려 하는 이유를 알아챘다.

상급 헌터를 고용해 길드장 면허를 따 봤자 그건 돈으로 산 면허에 불과하다.

하지만 자신 같은 하급 헌터들을 데리고 20번의 레이드를 성공해 면허를 딴다면?

아버지의 마음을 움직일 수 있다.

헌터들을 이끌 수 있다는 걸 인정받기만 하면 되는 것이다.

그게 유진호의 계산이었다.

유진호가 길드 마스터가 되면 부마스터에 S급 헌터를 앉히고 유능한 헌터들을 긁어모으면 된다.

마스터와 부마스터 두 자리 중 하나는 실력 있는 헌터로 채워 놔야 다른 헌터도 안심하고 오니까.

그러려면 20번의 레이드가 꼭 필요했다.

"형님, 도와주세요! 형님밖에 없습니다!"

유진호는 고개를 숙였다.

진우가 아니었다면 자신은 첫 번째 레이드에서 목숨을 잃었을 것이다.

거미에게 한 번, 황동석에게 한 번.

도합 두 번이나.

믿을 수 있는 든든한 아군이 필요했다.

'형님은 믿을 수 있다.'

눈 하나 깜짝하지 않고 적을 죽일 수 있는 냉혈한이지만, 약자의 목숨을 함부로 하지 않고 부당한 이득은 거들떠보지도 않는 공정한 사나이.

진우야말로 적격이었다.

하지만 진우에게는 유진호가 필요하지 않았다.

그래서 진우는 물었다.

"나한테 돌아오는 대가는?"

고개를 든 유진호가 환한 얼굴로 준비해 두었던 서류 봉투를 꺼냈다.

안에서 나온 것은 건물 조감도였다.

진우가 그걸 받아 들었다.

“길드 사무실로 쓰려고 짓고 있는 건물입니다. 예상 시가는 3백억 정도지만 더 올라갈 겁니다.”

협회에서 관리하고는 있지만 던전에서 몬스터들이 튀어나올 가능성은 항상 존재하기 마련이다.

그래서 협회 지부나 대형 길드가 있는 곳 주변의 땅값은 뛰기 마련이었다.

목숨보다 더 귀한 재산은 없으니까.

작은 길드라도 근처에 있으면 안전은 보장된다. 하물며 대형 길드가 입주해 있는 건물이라면?

말할 필요도 없었다.

“제가 마스터가 된다면 딱 1년, 길드가 자리 잡을 때까지만 쓰고 형님 명의로 변경해 드리겠습니다. 물론 공증도 깔끔하게 해서 뒷말 나오지 않게끔 만들겠습니다.”

C급 레이드 19번에 3백억짜리 건물이라…….

진우가 씩 웃었다.

“마스터만 될 수 있다면 그래도 남는 장사라 이거냐?”

“그렇습니다, 형님.”

유진호는 그날, 던전 안에선 무슨 일이 일어나도 이상하지 않다는 걸 배웠다.

어설픈 헌터를 쓰면 목숨을 잃을 수 있다.

그렇다고 유명한 헌터를 쓰면 아버지를 설득시킬 명분이 없어진다.

그러나 진우는 다르다.

E급 헌터면서 C급 보스와 C급 헌터 여럿을 혼자서 상처 없이 처리했다.

'형님은 최소한 B급…… 아니면 그 이상의 실력자.'

진우와 손잡으면 C급 레이드 19회쯤은 아무 문제도 없으리라.

마스터가 될 수 있다면 3백억도 아깝지 않았다.

남은 건 진우의 승낙뿐.

'설마 이런 제안을 걷어차진 않으시겠지?'

유진호는 초조하게 진우의 눈치를 살폈다.

어떻게 할까?

진우는 고민에 잠겼다.

3백억.

어마어마한 금액이다.

로또 복권 1등 당첨금을 15억이라고 치면 20번을 연달아 당첨돼야 손에 쥘 수 있는 돈이었다.

심지어 그 가치가 오르기까지 한단다.

평범한 헌터에게는 당장 도장부터 꺼내 들 만큼 솔깃한 이야기였다.

하지만 진우는 평범함과는 거리가 멀었다.

유일무이(唯一無二).

성장이 가능한 유일한 헌터인 것이다.

이대로 퀘스트와 레벨 업을 반복한다면 언젠가는 S급까지, 아니 그 이상으로 클 수도 있었다.

'S급 이상이 될 수 있다면 3백억은 아무것도 아니다.'

S급 헌터들은 계약금만 수백억이 넘어간다.

그 어떤 연예인이나 스포츠 스타도 S급 헌터들과 몸값을 비교할 수 없었다.

상급 헌터들의 숫자가 곧 국력을 의미하는 시대.

S등급의 대우는 상상을 초월했다.

그러니 지금 진우에게 최우선 과제는 돈이 아니라 성장이었다.

성장을 하기에는 혼자가 편하다.

'변수는 줄이는 게 좋지.'

같이 사냥하면 경험치가 줄어들 수도 있고, 보는 눈 때문에 움직이기 불편해질 수도 있다.

이번 던전에서도 귀찮은 일이 생길까 봐 유진호에게 원치 않은 협박까지 해야 했다.

스케줄을 팀에 맞춰야 하는 것도 문제였다.

이래저래 효율이 떨어질 수밖에 없는 것이다.

'돈이야 다음에 벌어도 되니까.'

아쉽지만 거절해야겠다고 마음먹은 순간.

'잠깐.'

돈과 성장이라는 두 마리 토끼를 동시에 잡을 수 있는 묘안이 하나 떠올랐다.

'이 방법이라면…….'

고개를 들자 긴장한 눈빛의 유진호가 보였다.

진우는 천천히 입을 열었다.

"한 가지 조건이 있다."

유진호의 얼굴이 급 밝아졌다.

"뭐든지 말씀하세요, 형님!"
하지만 조건을 듣고도 웃을 수 있을까?
진우는 속으로 웃음을 삼키며 말했다.
"너와 나, 둘만 가는 거다."
"예?"
유진호가 화들짝 놀랐다.
"혀…… 형님, 실례지만 제가 잘못 이해한 게 아니라면…… 형님과 저 둘이서만 C급 던전을 클리어해야 한다, 뭐 이런 말씀이십니까?"
"정확하게 이해했네."
유진호의 얼굴은 사색이 됐다.
보스였던 거미야 진우 혼자서 잡았으니 다른 보스들도 그렇게 처리하면 된다.
하지만 입구로 몰려왔던 벌레 떼 속에서 두 사람만 있다고 가정하면 숨이 콱 막혀 왔다.
"……."
할 말을 잃어버린 유진호 앞에서 진우는 그럴 줄 알았다는 표정을 지었다.
'그래도 이 방법이 최고다.'
두 마리 토끼를 잡기에는.
E급 헌터의 몸으로 개인 공격대에 들어가기는 매우 힘들었다.
돈을 벌어야겠다고 결심한 첫날부터 그 사실을 뼈저리게 느꼈다.
던전에 개인 자격으로 가는 걸 포기하거나, 스스로 자기 공격대를 만드는 수밖에 없었다. 그런데 고맙게도 알아서 공격대를 만들어 주겠단다.

이건 기회가 아닌가?

"하, 하지만 형님! C급 게이트에 들어가려면 멤버가 최소 열 명은 되어야."

"머릿수만 채워도 일당을 주겠다고 하면 지원자가 아주 줄을 설걸?"

황동석에게 배운 방법을 응용하는 거다.

목숨 걸고 싸우기는 싫고, 돈이 급한 헌터가 있다면 눈에 불을 켜고 달려들 터였다.

유진호는 질렸다는 표정을 지었다.

"설마…… 던전의 몬스터들부터 보스까지 저희 둘이 다 잡아야 한다는 뜻은 아니겠죠?"

정확히는 혼자서 다 잡을 생각이지만.

"잘 아네."

그렇게 하면 만에 하나 있을지도 모르는 경험치 손실을 막을 수 있고, 옆에 있는 놈이라곤 유진호 하나가 다일 테니 시선을 의식할 필요도 없어진다.

'그러면 폭렙을 할 수 있다.'

거기에 모든 레이드가 끝나면 보너스로 훌륭한 건물까지 한 채 굴러떨어지니 그야말로 일석이조.

이제 유진호를 설득시키는 일만 남았다.

예상대로 유진호는 잔뜩 겁을 먹었다.

"그, 그래도 너무 위험하지 않습니까, 형님?"

"하나만 알고 둘을 모르네."

"예?"

진우가 가까이 오라고 손짓하자 유진호가 몸을 기울였다.

"우리 말고 아무도 사냥하지 않아도 된다는 말은, 바꿔 말하면 우리만 멀쩡하면 아무도 안 다친다는 거지?"

"그, 그렇겠죠."

"첫 번째 레이드는 너도 꼽사리 끼어서 간 거니까 어쩔 수 없이 사고가 터졌다고 해도, 네가 만든 공대 팀이 아무도 다치지 않고 19번의 레이드를 무사히 끝낸다고 생각해 봐."

유진호의 눈이 번쩍 뜨였다.

과연……!

그렇게만 된다면 아버지를 설득하기가 한결 더 쉬워질 수 있었다.

D급 헌터라는 이력에 19번 무사고 공대장이라는 경력이 더해지는 거다.

길드 마스터로서의 자질이 입증되는 것이다.

최고의 광고 효과가 아닐 수 없다.

진우는 유진호의 표정을 보면서 흡족한 미소를 지었다.

'이 녀석…… 넘어왔다.'

어디까지나 간절한 사람은 유진호였다.

진우야 굳이 유진호와 레이드를 하지 않아도 협회의 연락이나 랜덤 박스 보상을 통해 던전에 갈 수 있었다.

한편 유진호는 생각했다.

조금 무섭기는 해도 진우 말대로 성공만 하면 얻을 수 있는 것이 많다고.

저번 레이드에서 압도적인 전투력을 보여 줬던 진우의 모습을 떠올리면 크게 불안할 것도 없었다.

유진호가 간신히 결단을 내렸다.

"그렇게 하시죠, 형님. 팀원들은 제가 모아 보겠습니다."

"좋다."

진우는 고개를 끄덕였다.

서로의 이해가 일치했다.

진우 앞이라 줄곧 가슴을 졸이고 있던 유진호가 그제야 환한 표정으로 웃음을 지어 보였다.

'겨우 형님의 도움을 받을 수 있게 됐다.'

이제 남은 레이드가 무섭지 않았다.

진우라는 든든한 아군이 합류했고, 공격대를 만들기도 훨씬 쉬워졌다.

진우가 내건 조건이면 공격대에 들어오겠다는 사람이 줄을 설 테니.

'이걸로 마스터에 한 걸음 다가선 거다.'

진우도 미소를 지었다.

'혼자 C급 던전을 싹쓸이하고 빠르게 레벨을 올린다.'

두 사람 다 만족한 얼굴로 카페를 나왔다.

* * *

진우는 유진호를 보낸 뒤 집까지 뛰어서 왔다.

협회에서 언제 연락이 올지 모르니까.

병원을 나온 지 10일이 넘었으니 근처에서 언제 게이트가 열려도 이상하지 않다.

보통 한 달에 2, 3번은 주변 게이트 정리를 위해 헌터들을 소집했던 협회다.

유진호에게 딱 1시간만 내주겠다고 했던 이유도 언제 올지 모르는 협회의 전화 때문이었다.

'지금은 E급 던전 하나도 아쉬우니…….'

마수를 잡아서 얼른 레벨을 올리고 싶었다.

폰이 없는 게 이렇게 불편할 줄이야.

다행히 며칠 뒤에는 헌터 폰이 도착한다고 하지만.

진우는 문을 열고 안으로 들어갔다.

'…….'

집은 조용했다.

그사이 동생은 어디 나갔는지, 먹다 만 치킨만 식탁에 남겨져 있었다.

집에 아무도 없는 것을 확인한 진우는 곧장 일일 퀘스트 창을 열었다.

'오늘 보상을 받아야지.'

유진호를 만나기 전에 벌써 일일 퀘스트를 끝냈었다. 그런데 보는 눈이 많아 일단 보상을 미루어 뒀다.

갑자기 푸른빛이 몸을 휘감고, 선물 상자가 튀어나오는 장면을 길가에서 보여 줄 순 없는 노릇 아닌가.

띠링!

[팔굽혀펴기 100회 : 완료(100/100)]

[윗몸일으키기 100회 : 완료(100/100)]

[스쿼트 100회 : 완료(100/100)]
[달리기 10㎞ : 완료(11/10)]
['일일 퀘스트 : 강자가 되기 위한 준비'를 완료하셨습니다.]
[완료 보상이 도착하였습니다.]
[보상을 확인하시겠습니까?] (Y/N)

"예…… 아니, 아니."

습관적으로 보상을 받으려던 진우가 뭔가를 발견하고 급하게 말을 멈추었다.

진우의 시선이 달리기 항목에 고정됐다.

[달리기 10㎞ : 완료(11/10)]

처음엔 단순히 1킬로가 더 오버됐구나, 하는 생각이었다.

하지만 생각할수록 이상했다.

'왜 목표치를 다 채웠는데도 오버해서 기록이 남는 거지?'

진우의 시선이 예리해졌다.

이게 과연 우연일까?

바닥에 엎드린 후 팔을 직선으로 뻗었다. 진우의 상체가 쉴 새 없이 내려갔다 올라왔다.

하지만 시선은 허공에 고정되어 있었다.

띠링!

[팔굽혀펴기 1회를 성공하셨습니다.]

[팔굽혀펴기 100회 : 완료(111/100)]

띠링!

[팔굽혀펴기 1회를 성공하셨습니다.]
[팔굽혀펴기 100회 : 완료(112/100)]

'역시…….'

달리기만 오버 수치가 기록되는 것이 아니었다. 팔굽혀펴기 또한 계속해서 숫자가 올라갔다.

문득 숫자가 어디까지 올라갈 수 있을지 궁금해졌다.

진우의 팔에 힘줄이 솟아났다.

올라간 능력치 덕분에 체중은 느껴지지 않았다. 몸이 솜털처럼 가벼웠다.

백 근처였던 숫자가 순식간에 2백으로 변했다.

띠링!

[팔굽혀펴기 1회를 성공하셨습니다.]
[팔굽혀펴기 100회 : 완료(200/100)]

띠링!

[팔굽혀펴기 1회를 성공하셨습니다.]
[팔굽혀펴기 100회 : 완료(200/100)

숫자는 정확히 2백에서 멈추었다. 몇 번을 더 시도해 봤으나 그 이상은 올라가지 않았다.

윗몸일으키기도, 스쿼트도 모두 2백 개가 한계였다.

[팔굽혀펴기 100회 : 완료(200/100)]

[윗몸일으키기 100회 : 완료(200/100)]

[스쿼트 100회 : 완료(200/100)]

[달리기 10km : 완료(11/10)]

더도 덜도 아닌 2백.

무한정 올라가는 것도 아니고, 아예 백에서 안 올라가는 것도 아니다.

이건 뭔가가 있다.

감이 그렇게 말하고 있었다.

어쩌면 오버 수치를 다 채웠을 때 뭔가 다른 결과가 기다리고 있는 건 아닐까?

'확인해 보자.'

진우는 어느 때보다 빠른 걸음으로 집을 빠져나갔다.

달리기 9킬로는 금방 채워졌다.

진우가 다시 집 앞에 섰을 때 메시지가 떴다.

띠링!

['히든 퀘스트 : 강자가 되기 위한 준비'를 완료하셨습니다.]

[완료 보상이 도착하였습니다.]

[보상을 확인하시겠습니까?] (Y/N)

퀘스트의 제목은 달라지지 않았지만 퀘스트 종류가 히든 퀘스트로 바뀌어 있었다.

짐작은 맞았다.

진우는 침을 꿀꺽 삼켰다.

'……확인.'

띠링!

[아래와 같은 보상이 준비되어 있습니다.]

보상 1. 상태 회복

보상 2. 모든 스탯 포인트 +3

보상 3.

1)축복받은 랜덤 박스 (선택)

2)저주받은 랜덤 박스 (선택)

[전부 수락하시겠습니까?]

'모든 스탯 3포인트 증가!'

눈이 번쩍 뜨였다.

히든 퀘스트답게 보상이 아주 화끈했다.

모든 스탯에 3포인트 추가라면 3레벨을 올린 것과 마찬가지였다.

아니, 능력치는 올랐는데 레벨이 오르지 않았으니 오히려 더 이득이었다.
올라간 능력치만큼 레벨을 올리기가 더 쉬워질 테니 말이다.
동시에 아쉬운 마음도 들었다.
어쩌면 앞으로 받는 일일 퀘스트를 전부 히든 퀘스트로 바꿀 수 있지 않을까, 하는 막연한 기대감이 있었다.
'하지만 이렇게 보상이 크다면…….'
당연히 일회성 이벤트로 끝날 가능성이 높았다.
그리고 만약 정말로 히든 퀘스트가 이번 딱 한 번뿐이라면 보상 3에서는 보다 신중해져야만 했다.

[보상 3.]
1)축복받은 랜덤 박스 (선택)
2)저주받은 랜덤 박스 (선택)

처음으로 나온 선택 보상이니까.
하나를 선택하면 하나를 잃는다.
'두 개 중 하나는 영원히 볼 수 없단 말이겠지?'
일단 이름만 보면 뭘 선택해야 할지 뻔하기는 한데.
의외로 그게 함정일지도 몰랐다.
"보상 3 수락."
띠링!

[두 개의 랜덤 박스 중 하나를 선택하셔야 합니다.]

[축복받은 랜덤 박스]
'플레이어'에게 원하는 아이템을 제공합니다.

[저주받은 랜덤 박스]
'플레이어'에게 필요한 아이템을 제공합니다.

[어느 것을 선택하시겠습니까?]

설명은 심플했다.

그래서 더 선택이 어려웠다.

아마 설명이 없었다면 고민할 필요도 없이 축복받은 쪽을 골랐을 거다.

하지만 설명을 읽고 나니 둘 중 어느 것을 골라도 다른 하나가 아쉬울 듯했다.

'원하는 것과 필요한 것이라…….'

얼핏 듣기엔 둘 다 좋은 것처럼 들린다.

'하지만 여기엔 함정이 있다.'

'원하는 것'은 분명 필요성을 인지하여 원하는 것이다.

하지만 '필요한 것'은 그렇지 않다. 필요하지만 원하지 않는 무언가가 나올 수도 있다.

예를 들면 강력한 무기가 필요한 상황에서 자신을 포함한 일대를 전부 날려 버릴 끔찍한 폭탄이 나온다든가.

'그래서 저주받은 랜덤 박스겠지.'

보다 적은 리스크를 택한다.

선택의 결과를 알 수 없을 때는 그편이 그나마 후회를 남기지 않는 법이었다.

냉철한 고민 끝에 진우가 결정을 내렸다.

"축복받은 랜덤 박스."

발아래 작은 상자가 스르르 나타났다.

진우는 상자를 주워 들었다.

'설마……?'

가슴이 빠르게 뛰기 시작했다. 상자의 크기가 낯익었기 때문이다.

상자를 뜯는 손길이 빨라졌다.

'역시!'

진우의 눈이 커졌다.

상자 안엔 황금빛 열쇠가 들어 있었다.

애타게 기다리던 인던의 열쇠였다.

곧 열쇠에 대한 정보가 떴다.

띠링!

[아이템 : 악마성의 열쇠]

입수 난이도 : S급

종류 : 열쇠

'던전 : 악마성'에 출입할 수 있는 열쇠입니다. 송파구 대성 타워에서 사용하실 수 있습니다.

"S급?"

진우의 목소리가 높아졌다.

물론 입수 난이도가 곧 던전 난이도를 뜻한다는 보장은 없었다.
하지만 전혀 별개로 보이지도 않았다.
E급 열쇠로 들어갔던 인던은 E급 게이트의 던전만큼이나 쉬웠으니까.
그런데 만일 던전의 난이도가 S급이라면?
S급 헌터들이 팀을 이뤄 공략해도 클리어할 수 있을지, 없을지 가늠이 불가능했다.
확률은 50 대 50?
B급 이상의 게이트부터는 난이도가 폭발적으로 증가하는 데다, 전 세계를 통틀어 S급 게이트가 열린 적이 거의 없기 때문이다.
'그중 하나가 제주도에 열렸었지.'
그 이후로 제주도는 더 이상 사람이 살지 못하는, 버려진 땅이 되고 말았다.
진우는 손에 들린 열쇠를 물끄러미 내려다보았다.
'이게 내가 원하던 거라고?'
한 가지 다행인 점은 '이동'이 가능하다고 적혀 있었던 저번 열쇠와는 달리 이번 열쇠는 '출입'이 가능하다고 적혀 있다는 점이었다.
언제든 도망칠 수 있다는 거다.
그리고 만약 열쇠가 갑자기 사라진다고 해도 아직 창고에 쓰지 않은 귀환석이 하나 남아 있었다.
전처럼 보이지 않는 벽에 갇히게 될 염려는 없었다.
즉 높아진 감각 스탯으로 던전 안의 위협을 살펴본 뒤에 공략할 것이냐 말 것이냐를 결정해도 늦지 않다는 뜻이었다.
'이게 정녕 내가 원하던 것이라면 한 단계 더 나를 성장시켜 주겠지.'

진우는 결정을 내렸다.

이 열쇠가 정말로 원하던 것이 맞는지 두 눈으로 직접 확인해 보고 싶었다.

8. 악마성

8. 악마성

대성 타워 앞.

무려 백 층이나 되는 초고층 빌딩이 하늘을 찌를 듯 높게 솟아 있었다.

그야말로 마천루.

올려다보는 것만으로도 정신이 아득해진다.

밤이라 그런지 행인은 적었다.

인적 없는 거리가 음산한 분위기를 풍겼다.

'그래도 혹시 모르니…….'

진우는 주변을 둘러보다 윗옷에 달린 후드를 푹 눌러썼다.

게이트가 열리지도 않았는데 사람이 사라지고 나타나면 소동이 벌어질 수 있다.

더욱이 주변 곳곳에 감시 카메라가 설치되어 있으니 눈에 띄지 않게 조심해서 나쁠 건 없었다.

마침 진우를 눈여겨보는 사람이 있었다.

'웬 놈이지?'

오밤중에 모자를 뒤집어쓰고 건물 주변을 서성거리는 놈이라니.

빌딩 안에서 지켜보던 경비원이 진우를 수상히 여기고 자리에서 일어났다.

그런데 문 쪽으로 걸어가던 경비가 우뚝 멈춰 서더니 눈을 동그랗게 떴다.

"아, 아니?"

경비가 놀라 뛰쳐나왔다.

분명 이쪽으로 걸어오던 남자가 어느 순간 사라진 것이다.

감쪽같이.

주변을 아무리 둘러봐도 개미 새끼 한 마리 없었다.

경비는 고개를 갸웃거리며 돌아섰다.

"거참…… 귀신이 곡할 노릇이네."

다시 건물 안으로 들어가려던 경비가 옆에서 뭔가 희끗희끗한 것을 발견하고 무심코 고개를 돌렸다.

"으, 으악!"

기겁한 그가 바닥에 엉덩방아를 찧었다.

"이, 이게 뭐시여!"

경비가 창백한 얼굴로 비명을 질렀다.

공중에 떠 있던 사람 손은 이내 허공으로 사라졌다.

진우는 뻗었던 손을 도로 빼냈다.

'바깥과 연결되어 있다.'

저번처럼 보이지 않는 벽으로 막혀 있지 않았다.

열쇠도 사라지지 않고 주머니 속에 그대로 있었다. 원한다면 언제라도 여기를 빠져나갈 수 있다는 뜻이었다.

'퇴로 확보는 끝났고…….'

열쇠의 입수 난이도가 난이도인지라 평소보다 훨씬 조심스러웠다.

진우는 후드를 벗고 뒤를 돌아보았다.

"……."

신음이 흘러나올 것 같은 광경이었다.

방금 전 대성 타워 방향으로 몇 걸음을 내디뎠을 때 눈앞의 세계가 순식간에 변했다.

이걸 던전이라고 할 수 있을까?

앞은 완전히 다른 세계였다.

사라진 대성 타워 대신 어마어마하게 거대한 탑이 있었다.

'탑이라고 해야 할지, 성이라고 해야 할지.'

하늘로 끝없이 뻗어 있는 탑은 검붉은 불꽃에 휩싸여 있었다.

불이 난 것이 아니라 탑이 불을 머금고 있는 것처럼 보였다.

"불타는 탑."

악마성이라는 이름보다는 이 명칭이 더 어울리는 곳이었다.

진우는 탑 쪽으로 걸음을 옮겼다.

화르르륵!

가까이 다가갈수록 불꽃이 요동치는 소리가 요란했다.

'안으로 들어갈 수는 있을까?'

들어가고 나서도 문제다.

지하철역을 베이스로 생성됐던 저번 던전처럼 이번 던전도 대성 타워가 기반이라면 백 층을 올라가야 클리어가 가능하다는 이야기다.
시간이 얼마나 걸릴지 계산할 엄두도 나지 않았다.
'음?'
진우는 걸음을 멈췄다. 문 근처에서 강력한 기운이 느껴졌다.
주변을 찬찬히 둘러보니 문 앞 구석에 황소만 한 검은 짐승이 몸을 동그랗게 웅크리고 잠들어 있었다.
진우는 조심스럽게 카사카의 독니를 불러왔다.
띠링!

[아이템 : 카사카의 독니]
입수 난이도 : C
종류 : 단검
공격력 +25
카사카의 독니로 만든 단검입니다. 카사카의 독이 남아 있어 공격 시 마비, 출혈 효과를 부여합니다. 인벤토리에 보관하시거나 상점에 파실 수 있습니다.
효과 '마비' : 공격받은 대상이 일정 확률로 움직일 수 없게 됩니다.
효과 '출혈' : 공격받은 대상의 체력이 일정 확률로 1초에 1%씩 소모됩니다.

자체 공격력이 그리 높은 편은 아니지만, 특수 효과의 힘은 실전을 통해 입증됐다.
'마비 효과로 쉽게 죽일 수 있었으면 좋겠는데.'
진우는 발소리를 최대한 죽였다. 그리고 천천히 놈을 향해 다가

갔다.

그러나 몬스터의 후각을 속일 수는 없었다. 곧 짐승이 코를 킁킁거리면서 몸을 일으켰다.

'쳇.'

진우가 혀를 찼다.

완전히 일어난 놈은 세 개의 머리를 일제히 진우 쪽으로 돌렸다.

[지옥의 수문장 켈베로스]

세 개의 머리를 가진 커다란 개.

개의 머리 위에 적힌 붉은 이름이 눈길을 끌었다.

몬스터의 레벨이 높다는 증거였다.

'붉은색이라면 페널티 존에서 봤었던 거대 지네와 같은 급인가?'

그때는 지네에게서 도망치느라 급급했다.

고작 1레벨에 불과했으니까.

'하지만 지금은 다르다.'

짧은 시간 동안 빠르게 성장했다.

놈은 분명 강하겠지만 그래도 압도적인 느낌은 없었다. 날 선 감각이 할 수 있다고 말해 주고 있었다.

감각 스탯을 괜히 높인 게 아니다.

싸워야 할 것인가, 피해야 할 것인가를 가리기 위해 꾸준히 투자해 왔었다.

"크르르르륵!"

켈베로스가 적을 인식하고 이빨을 드러내며 위협을 시작했다.

진우의 시선이 놈의 꼬리 쪽을 슬쩍 곁눈질했다. 채찍같이 기다란 꼬리 끝에서 불꽃이 타오르고 있었다.

진우의 눈이 예리하게 빛났다.

'이빨과 꼬리. 최소한 두 가지 이상의 공격 패턴이다.'

진우는 마른침을 꿀꺽 삼켰다.

천천히 거리를 좁혀 오던 켈베로스가 코앞에 멈춰 서더니 눈치를 살폈다.

'빈틈을…… 찾는 건가?'

그런 생각을 하고 있을 때.

놈이 덤벼들었다.

"컹!"

진우의 눈이 커졌다.

'빠르다!'

진우는 뛰어오른 켈베로스의 밑으로 슬라이딩하듯 미끄러지며 이빨을 피했다.

땅에 착지한 켈베로스가 곧바로 돌아서서 세 개의 주둥이를 들이댔다.

"컹, 컹컹!"

주둥이 사이로 날카로운 이빨들이 빛났다.

띠링!

['칭호 : 늑대 학살자' 버프 효과가 발동합니다.]

[칭호 : 늑대 학살자]

늑대를 잡는 데 능숙한 사냥꾼에게 주어지는 칭호입니다. 짐승형 몬스터를 상대할 때 모든 능력치가 40% 증가합니다.

몸이 가벼워지는 것이 느껴졌다.

'좋아!'

진우는 자꾸 엉겨 붙으려는 켈베로스를 피해 뒷걸음질 치며 단검을 휘둘렀다.

쉭, 쉭, 쉬익. 쉭!

캉! 캉캉! 캉!

단검과 이빨이 부딪치는 소리가 시끄럽게 울렸다.

단검은 보이지 않을 정도로 빠르게 움직이고 있었지만, 그저 켈베로스의 공격을 막아 내는 데 불과한 수준이었다.

'버프를 받고 있는데도 이 정도라니!'

켈베로스의 민첩함이 예상을 훨씬 웃돌고 있었다.

진우는 상황을 반전시키기 위해 살기 스킬을 사용했다.

['스킬 : 살기'를 시전합니다.]

[대상의 저항력이 높아 효과가 취소되었습니다.]

진우의 눈이 커졌다.

'통하지 않아?'

그때 켈베로스의 긴 꼬리가 채찍처럼 날아왔다.

쉬이이익.

진우는 반사적으로 고개를 숙여 꼬리를 피했다. 하지만 그 탓에 쉴 새 없이 움직이던 다리가 멈추고 말았다.
그리고 켈베로스는 그 틈을 놓치지 않았다.
켈베로스의 머리 하나가 진우의 왼쪽 어깨를 덥석 물었다.
"으아아악!"
진우는 있는 힘껏 놈의 미간을 단검으로 찍었다.
푹!

['효과 : 마비'가 발동합니다.]
[대상의 저항력이 높아 효과가 취소되었습니다.]
['효과 : 출혈'이 발동합니다.]
[대상의 저항력이 높아 효과가 취소되었습니다.]

"깨개갱!"
켈베로스가 비명을 지르며 떨어졌다.
다행히 다른 머리가 붙기 전에 떨쳐 내 피해를 최소화했지만 이미 왼쪽 어깨가 너덜너덜해진 상태였다.
무시무시한 치악력이었다.
왼팔에 힘을 줘 보았으나 움직이지 않았다.
진우의 미간이 구겨졌다.
켈베로스에게도 약간의 데미지를 남겼지만 피해의 정도로만 따지자면 이쪽이 훨씬 심각했다.
'마비나 출혈이 먹혔다면 양상이 달랐을 텐데…….'
진우가 켈베로스를 노려보며 혀끝을 찼다.
그때였다.

'어?'

켈베로스의 눈이 붉게 물들기 시작했다.

"크르르르륵."

갑자기 섬뜩한 느낌이 들었다.

'뭐지?'

[지옥의 수문장 켈베로스가 '스킬 : 분노'를 사용합니다.]

[3분간 분노 상태가 지속됩니다.]

[켈베로스의 모든 능력치가 2배 증가합니다.]

[켈베로스가 통증을 느끼지 않습니다.]

진우가 소리를 질렀다.

"뭐라고?"

마수, 아니 몬스터가 스킬이라니!

순간 켈베로스가 바닥을 박찼다.

'제길!'

미처 반응하기도 켈베로스가 눈앞에 나타났다. 급하게 단검을 휘둘렀으나 놈의 머리를 살짝 스쳤을 뿐이었다.

세 개의 주둥이가 동시에 진우를 물었다.

콰직!

"으으윽!"

진우는 이를 악물었다.

목과 옆구리, 허벅지를 동시에 당했다.

켈베로스는 전속력으로 달려가 진우를 성문에 처박았다.

쾅!
진우의 체력이 순식간에 바닥을 드러냈다.
"커헉!"

[HP : 411/3,602]

띠링!

[체력이 30% 이하가 되어 '스킬 : 근성'이 발동됩니다.]
[받는 피해가 50% 감소합니다.]

다행히 물리 데미지 감소와 근성 패시브 덕분에 즉사는 면할 수 있었다.
"크으……."
진우가 눈을 부릅떴다.
고통에 몸부림치는 건 쉬운 일이지만, 그렇게 놓친 기회는 다시 돌아오지 않는다.
정신을 잃으면 끝이다.
'……178, 179, 180!'
처음부터 3분을 기다리고 있었던 진우가 마침내 숨겨 뒀던 비장의 카드를 꺼냈다.
'보상 1 수락!'
일부러 받지 않고 아껴 두었던 일일 퀘스트 보상 1번을 수락했다.

[보상 1. 상태 회복이 적용됩니다.]

슈우욱!

온몸에 푸른빛이 감돌며 그 즉시 체력이 회복됐다.

[HP : 3,602/3,602]

다친 팔도 정상으로 돌아왔다.

'지금이 기회다!'

진우의 눈이 번뜩였다.

이렇게 밀착해 있는 상태라면 아무리 민첩한 놈이라도 피하지 못하리라.

진우는 잽싸게 왼팔을 켈베로스의 목에 두르고, '카사카의 독니'로 켈베로스의 목 가운데를 찔렀다.

푹! 푹! 푹!

분노 상태가 풀렸는지 켈베로스가 진우의 품에서 벗어나려고 몸부림치기 시작했다.

"깨개갱! 깨갱! 캥! 캥!"

하지만 진우는 강한 팔심으로 놈을 놓지 않았다. 켈베로스가 발버둥 칠수록 더 강하게 목을 조였다.

그동안에도 단검은 켈베로스의 목을 수도 없이 드나들었다.

푹, 푹, 푹!

"캐개갱, 캥! 끼잉! 끼이이잉!"

켈베로스가 마지막 발악으로 진우를 물어 댔으나 이미 승기는 기운 뒤였다.

푹! 푹!

"깨갱! 깽!"

카사카의 독니는 켈베로스의 목을 지나쳐 놈의 가슴까지 내려갔다.

푹! 푹! 푹!

켈베로스의 저항이 눈에 띄게 줄어들기 시작했다.

"끼잉……."

결국 켈베로스의 고개가 옆으로 젖혀졌다.

띠링!

[지옥의 수문장 켈베로스를 처치했습니다.]

[레벨이 올랐습니다!]

[레벨이 올랐습니다!]

[레벨이 올랐습니다!]

[레벨이 올랐습니다!]

순식간에 레벨이 네 개나 올랐다.

그 정도로 힘든 싸움이었다.

진우는 켈베로스의 사지가 축 늘어지는 것을 두 눈으로 직접 확인하고 나서야 놈의 목을 놓아주었다.

켈베로스의 몸뚱이가 힘없이 바닥에 널브러졌다.

철퍼덕.

진우는 양 무릎을 짚었다.

"하아."

간신히 안도의 한숨을 토해 냈다.

스킬을 쓸 수 있는 몬스터라니. 비장의 카드를 준비하지 않았다면 꼼짝없이 당하고 말았을 터였다.

지금 생각해도 등골이 오싹했다.

'참…… 아이템.'

애를 먹인 만큼 수확이 있을까?

한숨 돌린 진우가 켈베로스에게 손을 뻗었다.

띠링!

['아이템 : 파수꾼의 목걸이'를 발견했습니다. 획득하시겠습니까?]

['아이템 : 성문의 열쇠'를 발견했습니다. 획득하시겠습니까?]

['아이템 : 켈베로스의 어금니' 3개를 발견했습니다. 획득하시겠습니까?]

'모두 획득.'

바닥에 켈베로스 목에 채워져 있던 강철 목걸이 하나와 잿빛 열쇠, 짐승의 어금니 세 개가 나타났다.

[아이템 : 파수꾼의 목걸이]

입수 난이도 : A

종류 : 목걸이

민첩 +20, 감각 +20

[아이템 : 성문의 열쇠]

입수 난이도 : A

종류 : 열쇠

악마성의 성문을 열 수 있는 열쇠입니다. 문지기를 죽여야 얻을 수 있습니다.

[아이템 : 켈베로스의 어금니]

입수 난이도 : 없음

종류 : 잡동사니

"오."

진우의 눈이 휘둥그레졌다.

'민첩과 감각 스탯을 20포인트나 증가시켜 준다고?'

옵션이 눈 돌아가게 좋은 목걸이가 나왔다.

입수 난이도도 A등급이었다.

그동안 봤던 아이템 중 입수 난이도가 가장 높았다.

'하긴 그 고생을 해서 잡았는데…….'

입수 난이도가 낮을 리가 있나.

그런데 막상 목걸이를 목에 차자니 망설여졌다.

동그란 금속성 띠에 듬성듬성 가시가 박힌 외양이 어딜 봐도 완전한 개 목걸이였던 것이다.

"음……."

눈을 감고 고민하던 진우가 일단 써 보기라도 하자는 생각으로 목걸이를 목에 가져다 댔다.

그러자 메시지가 떠올랐다.

띠링!

['아이템 : 파수꾼의 목걸이'를 착용하시겠습니까?]

잠시 또 고민해 보던 진우가 마지못해 대답했다.

"……그래."

그러자 목걸이가 스르르 사라졌다.

['아이템 : 파수꾼의 목걸이'를 착용하였습니다.]

"어?"

진우는 급히 스탯 창을 불러왔다.

[스탯]

근력 : 60 체력 : 39 민첩 : 80 지능 : 37 감각 : 67

(분배 가능 능력치 포인트 : 0)

물리 데미지 감소 : 20%

"맙소사!"

정말로 민첩과 감각이 각각 20씩 올라가 있었다.

옵션이 그대로 적용된 것이다.

아이템을 착용해도 굳이 드러내고 다닐 필요는 없는 모양이었다.

개 목걸이를 하고 돌아다니지 않아도 된다는 사실에 안도감이 들었다.

'다음은 어금니.'

진우는 상점을 불러왔다.

잡템 켈베로스의 어금니를 판매로 넘겼더니 개당 15만씩이나 쳐주었다.

획득한 어금니는 세 개.

도합 45만 골드가 손에 들어왔다.

[보유한 금액 : 562,362골드]

'무슨 잡템이 이렇게 비싸?'

던전의 난이도를 짐작해 볼 수 있는 좋은 척도였다.

그만큼 악마성의 난이도가 높다는 뜻이다.

하지만 나쁜 소식은 아니었다.

몬스터 딱 한 마리를 잡았는데 합정역 인던에서 하루 종일 고생했던 돈의 네 배 이상을 벌었다.

이 추세로 골드를 모은다면 상점에서 파는 억대의 아이템을 사는 일도 먼 훗날의 이야기가 아니었다.

'여기를 클리어할 수 있다면 말이지…….'

진우는 불타는 탑을 올려다보았다.

화르르륵!

위쪽은 아예 뿌연 안개 같은 것에 가려져 있었다. 안에 뭐가 있는지는 들어가 봐야만 알 수 있을 듯했다.

진우는 고개를 가로저었다.

'아직은 때가 아니다.'

칭호 버프에 퀘스트 보상이라는 꼼수를 쓰고서도 간신히 입구를 지키는 보초 하나를 잡는 데 그친 곳이다.

문 너머에 어떤 위험이 도사리고 있을지 예상할 수 없었다.

지금은 물러서야 할 때였다.

그래도 한 가지는 확실했다.

설명처럼 '악마성의 열쇠'는 원하던 물건이 맞았다. 축복받은 상자는 틀리지 않았다.

렙업과 아이템, 그리고 골드까지. 이곳엔 모든 것이 다 갖추어져 있었다.

적절한 때가 되면 모든 걸 얻을 수 있으리라.

다만 오늘이 아닐 뿐.

아쉽지만 손에 쥐고 있던 잿빛 열쇠를 창고에 넣었다.

'돌아온다.'

조만간 반드시.

진우는 웃으며 돌아섰다.

* * *

며칠이 조용히 흘러갔다.

유진호는 하루에 한 번 꼴로 전화해 진행 상황을 보고했다. 마지막으로 본 다음 날부터 정확하게 세 통의 전화가 왔었다.

―형님! 접니다, 유진호.

"용건만."

―네, 형님.

사람은 순조롭게 모이고 있는 모양이었다.

곧 팀원이 다 갖춰진다고 조금만 기다려 달라는 말을 연거푸 반복했다.

'내가 빠지는 게 어지간히도 겁나나 보네.'

하지만 팀원들이 다 모일 때까지 마냥 손 놓고 기다리고 있을 수만은 없었다.

그래서 진우는 오늘도 헌터 사이트에 들어갔다.

그동안 계속 개인 공격대를 알아봤지만 역시 E급 헌터를 받아 주는 팀은 없었다.

첫날은 운이 좋았던 거였다.

비록 황동석에게 꿍꿍이가 있었다고는 해도 어쨌거나 개인 공격대에 들어가 보기는 했으니 말이다.

'덕분에 돈도 벌고 레벨도 올리고 새로운 스킬까지 얻었지.'

이거 황동석한테 감사라도 해야 하는 건가?

진우는 실소를 흘렸다.

아닌 게 아니라 지금은 도마뱀 같은 얍체 헌터들이라도 만나고 싶은 심정이었다.

개인 공대는 안 구해지고, 협회의 협조 요청은 없고, 인던 열쇠도 나오지 않고.

무료한 시간을 보내고 있었다.

꼬르륵.

'벌써 밥때가 됐나?'

구인 게시판을 들락거리던 진우가 허기를 느끼고 부엌으로 갔다.

덜컹.

냉장고 문을 열었더니 안이 휑했다.

'…….'

요새 여러 가지 일로 정신이 없어서 장보기를 며칠째 미루고 있었더니 그만.

오늘은 장이나 보러 갈까?

진우는 하품하며 냉장고 문을 닫았다.

지금 살고 있는 아파트의 몇 안 되는 장점 중 하나가 바로 대형마트에서 멀지 않다는 점이었다.

진우는 편한 복장으로 집을 나섰다.

걸어서 10분.

금방 도착했다.

마트 안으로 들어서자 넓은 정경이 한눈에 들어왔다.

세일 기간이 아닌지 마트 안은 생각했던 것보다 한적해 보였다.

바구니 하나를 챙겨 들고 천천히 걸었다.

어머니께서 입원하신 뒤론 줄곧 가장 역할을 하고 있었던 진우였기에 장보기를 비롯한 집안일에는 비교적 익숙한 편이었다.

'오늘은 딱히 살 만한 것들이 없네.'

저녁을 뭐로 할지 고민하며 진열된 상품들을 뚫어지게 쳐다보고 있을 때였다.

"자네, 이제 몸은 좀 괜찮은감?"

친근한 목소리에 진우가 뒤를 돌아보았다.

'누구지?'

높은 감각 스탯의 힘으로 근처에 헌터가 한 명 있다는 사실쯤은 진즉에 알았다.

하지만 여긴 많은 사람들이 오가는 곳이고, 헌터도 장은 보러 다닐 테니 신경 쓰지 않고 있었다.

그런데 그 헌터가 말을 걸어올지는 몰랐다.

심지어 아는 헌터일 줄은 더더욱.

"송 씨 아저씨?"

진우가 반가운 얼굴을 했다.

송 씨 아저씨, 송치열은 놀라움과 반가움이 섞인 눈빛으로 진우를 바라보았다.

"자네가 무사하다는 소문을 듣기는 했지만, 이렇게 직접 보고도 믿어지지가 않는구먼."

송치열이 감격스러운 표정을 지었다.

진우는 송치열의 뜨거운 눈빛이 쑥스러운지 검지로 관자놀이 주변을 긁적였다.

송치열은 말을 이었다.

"내가 진작 성 씨를 찾아갔어야 했는데, 협회 놈들이 무슨 생각인지 입을 다무는 바람에 성 씨 소식을 전혀 알 수가 없었구먼. 주희 양도 성 씨 소식을 애타게 기다리고 있다는 거 아는감?"

"주희 씨가요?"

"그려. 헌터 일을 그만둔다고 했으면서도 지난주에 자네를 만나러 레이드 장소까지 왔었구먼."

"지난주라면……?"

송 씨 아저씨의 이야기를 들어 보니 공교롭게도 황동석의 팀에 들어갔던 날 협회의 레이드가 있었던 모양이었다.

'그래서 요 며칠 협회가 조용했던 거군.'

협회의 연락이 없었던 것이 아니라, 연락이 왔을 때 받지 못한 것이었다.

작은 의문이 풀리는 순간이었다.

송치열은 여전히 신기하다는 눈빛으로 진우의 여기저기를 살폈다.

'그런데 성 씨가 원래 이렇게 컸던감? 지금은 다리도 성치 않을 터인디.'

송치열의 시선이 아래쪽으로 내려갔다.

순간 그의 눈이 커졌다.

"자네…… 다리가?"

진우는 차분히 대답했다.

"정신을 차려 보니 멀쩡해져 있더라고요. 어떻게 된 일인지는 저도 모르겠습니다."

송치열은 고개를 끄덕거렸다.

10여 년 전 게이트란 것이 나타난 이후로 세상에는 상식 밖의 일들이 계속해서 일어났다.

헌터라 불리는 각성자들이 좋은 예다.

S급의 치유 계열 헌터들은 레이드 중 온몸이 찢긴 환자도 숨만 붙어 있으면 원래대로 복구시킬 수 있다는 말이 있었다.

진우가 의식을 잃은 사이 높은 랭크의 치유 계열 헌터가 와서 진우의 상처를 치료했다면?

그러니 잘렸던 다리가 다시 붙는 일쯤이야 이변 측에도 끼지 못했다.

"젊은 사람이 불구가 되면 안 되지. 다행이구먼, 정말 다행이구먼."

송치열은 자기 일처럼 가슴을 쓸어내렸다.

문득 진우의 시선이 송치열의 왼쪽 팔로 옮겨 갔다. 소매의 끝이 휑하니 비어 있었다.

송치열은 허허 웃으며 왼팔 어깨 부근을 만지작거렸다.

"이건 신경 쓰지 말어. 헌터가 사냥을 하다 보면 다칠 때도 있고 그런 법이지. 여태까지 사고가 없었던 것이 운이 좋았던 것이여."

송치열은 대수롭지 않게 말했지만, 다른 사람들의 시선은 그렇지 않았다.

"어머, 저기……."

"불쌍하게도…… 마수한테 당한 거겠죠?"

지나가던 아줌마들이나 학생들이 송치열의 펄럭이는 소매를 보고 속닥거렸다.

신기한 듯 아예 대놓고 쳐다보는 아저씨도 있었다.

진우가 말했다.

"자리를 옮길까요?"

정육 코너 주변에는 지나다니는 사람이 너무 많았다.

시선이 부담스러웠던 송치열은 고개를 끄덕였다. 진우에게 하고 싶은 이야기는 아직 더 있었다.

"그게 좋겠구먼."

두 사람은 사람이 적은 곳을 찾아 걸음을 옮겼다.

걷는 동안 송치열은 뭔가 이질감을 느꼈다.

'성 씨의 발소리가…….'

진우의 걸음이 너무 가벼웠다.

바로 옆에 서 있는데도 기척을 읽기가 힘들었다.

어째서일까?

지금 이 자리에서 진우와 싸워도 손끝 하나도 건드릴 수 없을 것 같은 기묘한 느낌마저 들었다.

자신은 C급, 진우는 E급인데도 말이다.

'내가 무슨 생각을…….'

송치열은 고개를 가로저었다.

중요한 건 그게 아니었다.

성 씨에게 하고 싶은 말이 있었다.

아니, 해야 할 말이 있었다.

송치열은 한적한 곳에서 멈춰 섰다.

진우도 따라서 멈추었다.

송치열이 진우를 돌아보더니 진우가 말리기도 전에 깍듯하게 고개를 숙였다.

"성 씨, 정말 고맙구먼."

아버지뻘 되는 사람이 고개를 숙이니 진우의 기분도 숙연해졌다.

송치열은 진우가 만류하는데도 고개를 들지 않고 말을 이어 갔다.

"나 때문에 열한 명이 죽었다면, 자네 덕분에 여섯 명이라도 살아남은 것이여. 내 책임이 가장 크니까 거기 있었던 모든 헌터들을 대신해 내가 인사하는 것이구먼."

송치열의 말 한 마디 한 마디에 진심이 묻어 나왔다.

진우도 이내 송치열의 진심을 느낄 수 있었다.

상황은 조금 난처했지만 기분은 나쁘지 않았다.

뭐라고 할까, 뿌듯한 기분이었다.

하지만 언제까지 어른을 이런 식으로 세워 둘 수는 없는 노릇 아닌가.
"아저씨, 이제 그만 일어나시죠."
진우가 송치열을 일으켜 세우려는데, 마침 송치열의 폰에 전화가 걸려왔다.
송치열은 진우에게 양해를 구하고 안쪽 주머니에 있던 폰을 꺼내 들었다.
"예."
전화를 받던 송치열의 얼굴이 굳어졌다.
"알겠습니다. 곧 그리 가지요."
송치열은 전화를 끊고서 말했다.
"나는 그만 가 봐야 할 듯허이."
개인적인 볼일이 있다는 말투였다.
하지만 진우는 이미 통화 내용을 다 들었다. 감각 스탯이 높아진 만큼 청각 또한 예민해진 상태였다.
방금 전화는 처리해야 할 게이트가 있다는 헌터 협회의 요청이었다.
혹시나 진우가 따라나설까 봐, 퇴원한 지 얼마 안 된 진우가 레이드에 참가했다 또 다칠까 봐, 송치열은 일부러 통화 내용을 숨긴 것이다.
진우가 직설적으로 물었다.
"협회 전화죠?"
송치열이 머뭇거리다 대답했다.
"그것이…… 다 들렸는감?"
협회에서 레이드를 할 때는 근방에 사는 협회 소속 헌터들을 모두 불러들인다.

송치열에게 전화가 왔다는 말은 당연히 진우의 집에도 연락이 갔다는 뜻이었다.

기다리고 있던 소집 명령이었다.

진우가 짤막하게 대답했다.

"저도 가겠습니다."

"자네……."

진우를 바라보는 송치열의 눈에 이채가 떠올랐다.

* * *

집합 장소에 도착했다.

주택가와 밀접한 도로에 생성된 게이트라 경찰들이 주변을 통제하고 있었다.

그러나 구경꾼들은 거의 없었다.

협회가 맡는 게이트들은 대개 발견된 지 수일이 지나 위험한 상태가 대부분이고, 게이트 주위에 있어 봤자 헌터들이 싸우는 모습을 직접 볼 수도 없기 때문이었다.

가끔 개구쟁이 꼬마들만 주변을 기웃거리다가 경찰에게 쫓겨 달아날 뿐이었다.

탁.

택시의 문이 닫혔다.

택시에서 내린 진우와 송치열은 헌터들이 모여 있는 곳으로 걸어가다 경찰들의 제지를 받았다.

"신분증 좀 보여 주시겠습니까?"

송치열이 지갑을 꺼내 자격증을 보여 주었다.

"C등급 헌터 송치열, 이쪽은 동료인 성진우올시다."

신분증의 사진과 송치열의 얼굴을 대조해 본 경찰들이 자격증을 돌려주며 길을 터 주었다.

"실례했습니다, 헌터님."

"수고들 허시오."

송치열은 경찰들에게 가볍게 인사하고 다시 걸음을 옮겼다.

진우가 그 뒤를 따랐다.

게이트 앞에는 협회 소속의 직원이 기다리고 있었다.

동그란 안경을 쓴 젊은 여자였다.

그녀가 두 사람을 보고 다가왔다.

"송치열 헌터님! 어? 그런데 성진우 헌터님은 여기 어떻게 오셨어요? 전화 안 받으시더니."

송치열이 대신 대답했다.

"같이 있다가 연락받고 왔구먼."

"아, 그러셨어요? 전 성진우 헌터님이 또 전화 피하시는 줄 알았죠."

직원이 웃으며 농담을 던졌다.

예전에는 정말로 그랬다.

레이드를 하다 크게 다친 이후에는 던전에 가는 게 무서워서 아예 폰을 꺼 버린 적도 있었다.

협회의 요청에 세 번 이상 불응하면 쫓겨나기 때문에 결국 다시 돌아와야 했지만 말이다.

옛 생각에 진우는 씁쓸히 웃었다.

"참. 저기 다른 헌터분들도 와 계셔요. 두 분 가서 이야기들 나누셔요.”

직원이 가리킨 곳에는 먼저 온 헌터들이 모여 있었다.

헌터들이라고 해 봐야 두 사람이 전부.

큰 사고가 난 뒤라 인원이 확 줄어 있었다.

오는 길에 아저씨에게 듣기로는 그때 희생당한 헌터들 말고도 사고의 여파로 은퇴를 결심한 헌터가 여럿이라고 했었다.

‘그중 한 명이 주희 씨고.’

진우가 주위를 둘러봤으나 주희는 보이지 않았다.

진우와 송치열이 가까이 다가가자 헌터 두 사람이 멋쩍은 듯 시선을 피했다.

진우의 눈매가 가늘어졌다.

‘그럴 만도 하지.’

거기 있는 사람들은 혼자 살자고 달아났던 김상식과 다리 잃은 자신을 내팽개쳤던 남자 헌터였다.

대면하기 껄끄러울 수밖에.

“저기, 성 씨…….”

뒤늦게 인사라도 하려던 김상식이 진우의 싸늘한 시선에 슬그머니 고개를 돌렸다.

“…….”

김상식은 입을 꾹 다물고 눈치를 살피다가 슬쩍 자리를 피했다.

멀찍이 떨어진 그는 진우 쪽을 힐끔거리며 고개를 갸웃거렸다.

‘저 인간이 내가 알던 성진우 맞나? 눈빛이 무슨 마수 같네, 마수.’

김상식이 몸을 부르르 떨었다.

아니나 다를까, 팔뚝에는 어느새 닭살까지 돋아 있었다.

진우는 살기 어린 시선을 거두었다.

다행히 유진호와 달리 김상식은 눈치가 빨랐다. 눈을 한 번 마주친 뒤론 주변에 얼씬도 하지 않았다.

앞으로도 계속 그래 줬으면 하는 바람이었다.

“성 씨.”

옆에 있던 송치열이 어딘가를 보며 미소를 지었다.

“저기 오는구먼.”

진우는 송치열이 바라보는 방향으로 고개를 돌렸다.

그런데 고개가 미처 다 돌아가기도 전에.

“진우 씨!”

뭔가 부드러운 것이 와락 안겨 들었다.

“주희 씨?”

진우가 당황하는 사이 주희가 울먹거리며 진우의 몸 여기저기를 살폈다.

“괜찮아요? 어디 다친 덴 없어요? 어, 다리? 진우 씨 다리가 어떻게?”

주희가 큰 눈을 동그랗게 뜨고는 진우의 얼굴과 다리를 번갈아 보았다.

온도의 차이가 있을 뿐 송치열이 보여 주었던 반응과 다르지 않았다.

“아, 그건.”

진우가 말을 꾸며 대려는 찰나.

“아주 뜨겁네, 뜨거워!”

진우와 주희의 시선이 동시에 소리가 나온 방향으로 향했다.

멀리서 웬 사내가 두 사람을 향해 휘파람을 불어 대고 있었다.

푸른색 죄수복을 입은 사내였다.

'근처에서 영화 촬영이라도 있는 건가?'

진우가 고개를 갸웃거리고 있을 때, 승합차 앞 좌석에서 정장을 입은 남자가 내렸다.

그는 죄수복을 향해 나직이 경고했다.

"입 다물어."

죄수복은 먼 곳을 바라보며 딴청을 피웠다.

그러다 정장 입은 남자가 승합차 안을 살펴보는 사이 기다렸다는 듯 주희를 향해 윙크를 날렸다.

진우의 미간이 구겨졌다.

이윽고 승합차에서 두 사람이 더 나왔다.

모두 남자였다.

특이한 점은 그들 전부 죄수복을 입은 채로 수갑을 차고 있다는 것이었다.

정장 입은 남자는 죄수복 사내 세 명을 이끌고 협회 직원에게 다가왔다.

협회 직원이 반갑게 인사했다.

"이제 오셨네요."

"죄송합니다. 오는 길에 차가 좀 막혀서."

협회 직원이 내민 서류에 정장 입은 남자가 하나씩 사인을 시작했다.

그동안 협회 직원은 헌터들을 불러 모았다.

"저분들은 오늘 헌터님들하고 같이 레이드를 하게 된 대체 복역

자분들이에요.”

헌터들의 표정이 굳어졌다.

김상식이 앞으로 나섰다.

“대체 복역자? 지금 우리보고 범죄자들하고 레이드를 뛰라는 거요?”

죄를 지은 헌터들은 선택을 할 수 있었다.

교도소에서 형기를 다 채울 것인가, 협회에 협조하고 형량을 줄일 것인가.

대부분은 형량 줄이기를 택하는데, 이런 죄수들을 ‘대체 복역자’라 했다.

직원이 헌터들에게 연거푸 고개를 숙였다.

“죄송해요, 죄송해요. 우리 구역 헌터분들 숫자가 너무 많이 줄어서요. 협회에서도 당분간은 어쩔 수가 없대요. 대신 감시과 헌터분도 함께하시니까 걱정은 안 하셔도 될 거예요.”

김상식이 의심스러운 눈초리로 물었다.

“감시과 헌터분도 같이?”

“네. 복역자분들은 다 C등급이시고, 감시과 헌터분은 B등급이시니 염려하시지 않아도 돼요.”

김상식은 고개를 끄덕였다.

B급 헌터 하나를 이기려면 C급 헌터 열 이상이 필요하다는 게 정론이었다.

B랭크의 상급 헌터가 감시 겸 레이드를 도와준다는데 마다할 이유는 없었다.

‘B랭크 하나와 C랭크 셋이라…….’

진우는 감시과 헌터와 대체 복역자들의 면면을 훑어보다 고개를 갸웃했다.

'뭔가 이상한데?'

저들 사이에서 미묘한 살기가 흘렀다.

이것도 감각 스탯의 작용일까? 아니면 쓸데없는 노파심에 불과할까?

어쨌든 말로 설명할 수 없는 불안감이 엄습해 왔다.

진우가 주희에게 귓속말했다.

"주희 씨, 이번 레이드는 빠지세요."

주희는 진우를 올려다보며 물었다.

"진우 씨는요?"

진우가 대답 대신 반문했다.

"제가 간다면요?"

"그럼 나도 갈래요."

어떻게든 따라오겠다는 얼굴이었다.

'나를 걱정해서 그러는 거겠지만…….'

이런 얼굴을 한 주희가 상당히 고집스럽다는 사실을, 진우는 그간의 경험을 통해 잘 알고 있었다.

'내가 있으니 별문제는 없겠지.'

C급 다섯이 섞인 황동석 일행을 혼자서 상대해 본 적도 있으니까.

진우는 고개를 끄덕였다.

"그래요, 그럼."

감시과 헌터가 서류 작업을 마치고 모여 있는 헌터들 앞에 나섰다.

"감시과에서 일하는 강태식입니다. 설명은 이미 들으셨으리라 생각합니다. 제가 잘 감시할 테니 저놈들은 신경 쓰지 마십시오."

강태식이 죄수들에게 손짓했다. 죄수들이 터벅터벅 걸어와 손을 내밀었다.

강태식은 능숙한 손놀림으로 그들의 수갑을 풀어 주었다.

"아오, 갑갑해서 죽는 줄 알았네."

"우리가 노예도 아닌데 이런 식으로 막 여기저기 끌고 다녀도 되는 거야?"

죄수들은 자유로워진 손목을 만지작거리며 투덜거렸다.

강태식은 그들을 무시하고서 다시 헌터들을 돌아보았다.

"오늘 누가 앞장서실 겁니까?"

평소 리더 역할을 해 오던 송치열이 손을 반쯤 들었다.

강태식은 고개를 끄덕였다.

"알겠습니다."

송치열을 선두로 헌터들이 하나둘 게이트 안으로 들어갔다.

"가죠."

진우도 주희와 함께 안으로 들어갔다.

저번 사고의 충격이 아직 남아 있는지 주희는 진우의 소매 끝을 살짝 잡았다.

* * *

이번 던전에서는 고블린들이 주로 나왔다.

인간 형태의 마수 중에서는 최약체로 분류되는 고블린.

던전 공략은 어렵지 않았다.

"키에에엑!"

"키엑!"

이 기괴하게 생긴 작은 괴물들은 힘을 얻기 전에도 상대할 만했었다.

진우는 최대한 조심스럽게 고블린들을 때려잡았다.

"키에엑!"

"칵!"

생각보다 잘 싸우는 진우의 모습에 주희나 송치열이 눈을 동그랗게 떴다.

"와."

전력 대부분을 감추고 있었지만 그럼에도 불구하고 전과는 확실히 달랐다.

주희가 다가와서 물었다.

"어디서 운동이라도 배우고 있는 거예요?"

"그게…… 매일 달리기를 하고 있거든요."

"달리기요?"

주희가 고개를 갸웃거렸지만, 어쨌거나 거짓말은 아니니까.

'그런데…… 경험치가 아예 안 들어오네.'

"끼엑!"

[적의 레벨이 너무 낮아 경험치가 오르지 않습니다.]

"카각!"

[적의 레벨이 너무 낮아 경험치가 오르지 않습니다.]

진우는 실망스러운 표정을 했다.

고블린들이 약해서 경험치를 받을 수 없다는 메시지만 반복됐다.

'이래서야 원…….'

심지어 고블린들이 주는 마정석까지도 최저 등급이었다.

진우는 주위를 둘러보았다.

C급이라는 죄수들은 간만의 자유가 신이 났는지 자신들의 무기로 마음껏 고블린들을 찢어발기고 있었다.

"끼이엑!"

"켁켁! 켁!"

이렇게 보니 누가 마수이고, 누가 인간인지 분간이 안 갈 정도였다.

'나까지 열심히 할 필요는 없겠네.'

경험치도 안 주고, 돈벌이도 안 되니까.

동시에 이런 생각도 들었다.

'매번 이런 식이라면 협회에서 나가는 편이 좋으려나?'

협회에서 들어오는 일은 D, E급 게이트의 공략이 대부분이었다.

그런데 D, E급으로는 레벨이 오르지 않는다면 굳이 협회의 레이드에 참가할 필요가 없었다.

'이제 어머니 병원비 정도는 내가 마련할 수 있으니.'

언제든지 협회를 나갈 수 있었다.

이래서 돈이 좋은 거다.

돈이 생기자마자 선택권이 넓어졌다.

이런저런 생각을 하는 동안, 일행은 점점 던전 안쪽으로 깊숙이 들어갔다.

"어?"

"음……."

곧 그들 앞에 세 갈래의 갈림길이 나타났다.

강태식이 송치열에게 건의했다.

"던전 난이도가 생각보다 낮으니 여기서부터는 나눠서 가는 게 어떨까요?"

"그렇게 합시다."

송치열도 동의했다.

진우는 눈을 감고서 감각을 확장시켰다.

'어느 쪽에 보스가 있을까?'

그래도 보스는 경험치를 좀 주지 않을까, 하는 생각에서였다.

곧 던전 안 생명체들의 기운이 하나하나 기감에 걸리기 시작했다.

눈을 뜬 진우가 송치열에게 말했다.

"아저씨, 우린 왼쪽으로 가요."

"그려."

진우, 송치열, 주희는 왼쪽 길로, 강태식과 죄수들은 오른쪽 길로, 나머지 두 사람은 중앙 길로 가기로 하고 각자 흩어졌다.

진우는 가슴이 뛰었다.

'보스는 이 길 끝에 있다.'

강하다고는 할 수 없지만 고블린과는 다른, 뭔가 독특하고 이질적인 기운이 동굴 끝 쪽에서 스멀스멀 흘러나오고 있었다.

빨리 보스를 잡고 싶었다.

그런데 몇 걸음만 옮겨 가도 고블린들이 한 무더기씩 튀어나왔다.

"킥킥."

"키리리릭."

"키익."

이번엔 대략 열 마리 정도.

나무 방망이를 든 놈, 나무칼을 든 놈, 기다란 나무 끝에 돌촉을 매단 놈.

나름대로 열심히 무장하기는 했는데…… 전혀 위협이 되지는 않았다.

'이놈들은 지겹지도 않나?'

진우는 눈살을 찌푸렸다.

돈도 되지 않는 놈들이 잔뜩 몰려다니니 성가시기만 할 뿐이었다.

"열 마리씩이나……."

"어떡하죠? 다른 사람들이랑 합류해서 다시 올까요?"

하지만 다른 두 사람은 제법 진지했다.

"그래도 고블린들뿐이니 일단은 한번 싸워 보는 게 좋을 것 같구먼."

"네."

송치열의 손끝에 불꽃이 일렁거렸고, 주희도 치료 마법을 쓸 준비를 마쳤다.

진우는 뒷머리를 긁적거렸다.

'그러고 보니 던전 안에 있는데도 전혀 긴장감이 안 드네.'

전과 비교도 할 수 없게 강해져서일까?

이제 겨우 조금은 달라졌다는 자각이 들었다.

송치열이 진우에게 물었다.

"성 씨, 준비됐는감?"

"예."

진우는 팀원들의 호흡에 맞춰 천천히 고블린들을 잡아 나갔다.

그렇게 열심히 던전을 공략하고 있을 때였다.

갑자기 어딘가에서 비명이 연달아 울려 퍼졌다.

"으아아아아악!"

"으아악!"

고블린이 아니다.

분명 사람의 목소리였다.

진우와 송치열, 이주희는 서로를 쳐다보았다.

잠시 잠잠해지나 했더니 또다시 끔찍한 비명이 터져 나왔다.

"으아아악!"

송치열의 얼굴이 굳어졌다.

"가 봄세."

세 사람은 빠르게 소리가 난 쪽으로 달려갔다.

진우는 두 사람을 제치고 앞서 나갈 수 있었지만, 두 사람의 안전을 위해 속도를 맞추었다.

얼마나 달렸을까?

주희가 누군가를 발견하고 소리를 높였다.

"저기 사람이……!"

거기엔 감시과 헌터 강태식이 피투성이가 된 채로 무릎 꿇고 있었다.

강태식이 소리쳤다.

"조, 조심하세요! 그놈들이 아직 어딘가에 있을지도 모릅니다!"

힘들게 말을 내뱉은 강태식은 고통스러운 듯 바닥에 엎드렸다.

"으윽."

보다 못한 주희가 강태식에게 뛰어갔다.

"제가 치료해 드릴게요!"

주희에게도 생각이 있었다.

적이 어딘가에 있다고 해도 자신은 B급에 해당하는 치유 계열 헌터였다.

치료 속도는 결코 느리지 않았다.

그러니 적의 공격을 받기 전에 강태식을 치료하는 게 유리하다고 판단했다.

"조금만 참으세요."

강태식 앞에 선 주희가 양손을 뻗었다.

은은한 빛이 손끝에 맺혀 갔다.

그때였다.

빠르게 상체를 일으킨 강태식이 마력을 담은 손끝으로 주희의 목 가운데를 노렸다.

쉬익!

손끝이 주희의 목젖에 닿기 직전, 누군가가 아슬아슬하게 강태식의 손목을 붙잡았다.

탁!

"아……!"

놀란 주희가 뒷걸음질 치다 주저앉았다.

털썩.

강태식은 의아하다는 얼굴을 했다.

'이 간격에서 내 공격을 막아?'

상급 헌터에게 하급 헌터들 몇을 처리하는 건 어렵지 않은 일이었다.

유일한 걸림돌은 자신과 같은 B급 여자 헌터 하나였다.

다행스러운 점은 그녀가 비전투 계열이라는 것. 스스로 자신을 지킬 힘이 없으니 기습만 성공하면 쉽게 끝날 줄 알았다.

그런데…… 기습이 막히다니.

공들여 연기한 보람이 없어진 것이다.

강태식의 시선이 손목을 잡은 손을 따라 올라갔다.

그 끝에는 진우의 얼굴이 있었다.

진우의 눈빛에 강한 살기가 담겼다.

강태식은 인상을 찌푸렸다.

"협회의 말단 헌터 따위가!"

쉬익!

강태식의 다른 손이 진우의 얼굴을 향해 날아갔다. 그러나 진우는 고개를 틀어 주먹을 가볍게 흘려보냈다.

'아니?!'

강태식은 힘주어 진우의 손을 뿌리쳤다.

"허?"

진우도 놀랍다는 얼굴을 했다. 역시 상급 헌터다운 힘이었다.

양팔이 자유롭게 된 강태식이 마구잡이로 공격을 퍼붓기 시작했다.

하지만 진우도 강태식 못지않은 속도로 움직이며 반격을 시도했다.

파바박!

두 사람의 손과 팔이 끝없는 공방을 주고받았다.

둘은 한 치의 물러섬도 없었다.

그새를 틈타 송치열이 주희를 뒤로 끌고 나왔다.

"아, 아저씨……."

주희가 놀라움에 말을 잇지 못했다.

하지만 주희 이상으로 놀라고 있는 사람이 바로 송치열이었다.

'어떻게 이런 일이……?'

믿을 수 없는 속도의 공방전이었다. 눈으로 좇기가 힘들 정도였다.

상급 헌터 쪽이야 그렇다 쳐도, 성진우는 자신이 알던 모습이 아니었다. B급을 상대로 전혀 밀리지 않고 있었다.

'C등급인 내 눈으로도 움직임을 따라가기가 벅차!'

역시 예감이 맞았다.

지금의 진우는 자기가 알고 있던, 그 약하지만 감이 좋던 E급 청년이 아니었다.

눈 깜짝할 사이에 수백 합을 겨룬 두 사람이 숨을 고르기 위해 한 걸음씩 뒤로 물러났다.

진우가 강태식을 노려보며 미간을 구겼다.

"그 옷에 묻은 피…… 당신 피가 아니지?"

강태식은 손목을 풀면서 대답했다.

"그래, 그 새끼들 피다. 그건 그렇고 이런 데서 너만 한 헌터를 만날 줄이야."

그는 진심으로 감탄하고 있었다.

협회 소속 말단 헌터 중에 상급 헌터가 있다는 소식은 듣지 못했다.

'이러면 손해인데.'

오늘이 최적의 타이밍이라고 생각해서 일을 저질렀지만 예상치도 못했던 난관을 만났다.

강태식은 호기심을 참지 못하고 물었다.

“넌 누구냐? 무슨 랭크지?”

진우가 ‘카사카의 독니’를 소환해 손에 쥐며 짧게 대답했다.

“성진우. E급이다.”

9. B급 강태식

9. B급 강태식

강태식은 뒤통수를 얻어맞은 느낌이었다.

B급에서도 속도로는 져 본 적 없는 자신과 대등한 움직임을 보이는 놈이 방금 자신을 E급 헌터라고 소개했다.

'이 자식이 누굴 놀리나?'

강태식은 뿌득 이를 갈았다.

'아니, 가만…….'

그런데 뭔가 걸리는 게 있었다.

'진짜 상급 헌터라면 여기 있을 이유가 없잖아?'

협회의 말단 헌터들 일이란 게 뻔하다.

길드나 개인이 돈 안 된다고 포기한 게이트들을 처리하는 게 주업무다.

다른 헌터들에 비하면 수입이 형편없고, 헌터들 사이에서 인정받기도 힘들다.

놈은 아마 E등급이 맞을 거다.

다만 실력이 그 이상일 뿐.

'그렇다고 부정 등록자가 협회 이름으로 일하고 있지는 않을 테고.'

강태식은 결국 유일한 결론에 도달했다.

'……각성 후 각성.'

그러고 보니 얼마 전 이 근처 어딘가에서 각성 후 각성 의심자가 나왔다고 협회 상부가 떠들썩했던 기억이 있었다.

'분명 협회 소속 헌터라고 했었지…….'

이름을 외워 놓았더라면 좋았을 텐데.

오래되지 않은 일이니 놈이 재등록을 미루고 있었다면 아직 E등급을 유지한 채 협회 일을 돕고 있을 가능성도 있었다.

하필 이런 날 놈과 마주칠 줄이야.

오늘 레이드에 참여하는 헌터들의 목록을 꼼꼼히 체크했지만 놈의 존재를 간과하고 말았다.

'운도 지지리 없군.'

그렇게 생각할 수밖에 없었다.

'이러면 추가금을 더 받아야겠는데…….'

강태식은 며칠 전의 기억을 떠올리며 혀끝으로 마른 입술을 축였다.

* * *

며칠 전, 협회 본부 근처의 카페.

강태식은 자리에 앉자마자 물었다.

"무슨 일로 저를 보자고 하신 거죠?"

맞은편에 앉은 중년 남자는 어딘지 모르게 많이 수척해 보였다.

'무슨 실업 사장이라고 했던가?'

분명 초면이었다.

하지만 연이어 걸려 오는 남자의 간곡한 전화에 결국 강태식이 잠시 시간을 내주기로 했다.

남자는 혼잣말처럼 입을 열었다.

"던전 안에서는 무슨 일이 일어나도 모른다고 들었습니다."

남자의 목소리가 너무 작아서 강태식은 다시 한번 물어야 했다.

"그게 무슨 말씀이십니까?"

"여기 제가 모은 돈 전부가 들어 있습니다."

남자는 다짜고짜 통장 하나를 내밀었다.

강태식은 남자와 통장을 번갈아 보다 통장을 확인해 보았다.

안에는 20억이라는 거금이 들어 있었다.

"이걸 왜 제게……?"

강태식이 의아스러운 표정을 짓자, 남자는 고개를 떨어뜨리고 말했다.

"헌터님께서 맡고 계신 죄수들 중 제 딸을 욕보인 놈이 있습니다. 그 일로 딸애는 목을 매달았고, 애 엄마는 충격을 받아서 아직도 병원에 누워 있지요."

남자가 울먹이며 말을 이었다.

"그런 짓을 한 놈이 몇 년 뒤에 멀쩡하게 이 거리를 활보하고 다닌다니…… 제가 잠이나 제대로 잘 수 있겠습니까?"

다시 고개를 든 남자의 얼굴은 슬픔과 분노로 가득 차 있었다.

"이 정도면 제가 하고 싶은 이야기가 뭔지 알아들으셨으리라 생각합니다."

남자가 다시 고개를 숙였다.

"제발 부탁드립니다, 헌터님!"

두 사람 사이에 정적이 내려앉았다.

강태식은 의자 등받이에 몸을 기대고 깊은 고민에 잠겼다.

그러다 한참 후에야 입을 열었다.

"제가 왜 헌터 협회의 감시과에 들어간 줄 아십니까?"

"예?"

남자가 고개를 들었다.

강태식의 설명이 이어졌다.

"B급 헌터 정도 되면 상급 헌터로 분류되어 대형 길드들에도 종종 러브콜을 받습니다. 그런데 제가 왜 박봉을 받으며 이 짓을 하고 있는지 아십니까?"

"모…… 모르겠습니다."

강태식은 입꼬리를 올렸다.

"전 괴물 같은 것보다 사람과 싸우는 게 훨씬 즐겁거든요."

그런 의미에서 강태식에게 감시과는 천직이나 마찬가지였다.

합법적으로 헌터들을 팰 수 있는 자리니까.

그러다 가끔 피치 못하게 죽이는 경우도 있고.

'피치 못하게…… 라.'

강태식은 속으로 웃음을 삼키며 말했다.

"말씀하신 벌레를 밟아 죽이는 거야 제게는 일도 아닙니다. 하지만 던전 안에는 벌레들 말고 다른 헌터들도 있을 거란 말이죠. 제 눈에는 벌레로 보입니다만, 그 사람들 눈에도 그것들이 벌레로 보일까요?”

강태식의 부정적인 어조에 남자는 실망스러운 표정을 지었다.

겨우 딸아이의 복수를 할 수 있겠다고 생각했는데.

하늘이 무너지는 기분이었다.

그러나 강태식은 남자를 비웃기라도 하듯 음흉한 미소를 지으며 입술을 뗐다.

“이 돈에다 다른 헌터들 처리 비용까지 10억 더. 가능하시겠습니까?”

* * *

하지만 그 다른 헌터들 속에 재각성 헌터가 포함되어 있다면 30억으로는 수지가 맞지 않았다.

목숨이 달린 문제니 말이다.

자칭 E급 헌터는 지금도 예리한 안광을 내뿜고 있었다.

빈틈을 보이면 언제라도 덤벼들 기세였다.

강태식은 침을 꿀꺽 삼켰다.

‘만만한 상대가 아니다.’

이길 자신은 있었다. 각성자가 되기 전에도 일대일 싸움에선 거의 져 본 적이 없었던 강태식이었다.

그러나 이긴다고 해도 쉬운 승리는 아닐 터.

이쯤에서 계획을 약간 수정할 필요가 있었다.

마침 E급 헌터가 물어 왔다.

“그 죄수들…… 왜 죽였어?”

“그놈들에게 강간당한 여자애 아버지가 직접 찾아와서 부탁하더군. 놈들은 죽어 마땅한 짐승들이었다. 나는 인간이 아니라 사람을 해치는 짐승들을 처분했을 뿐이고.”

E급 헌터는 말없이 듣고 있었다.

어쩌면 대화가 통할지도 몰랐다.

강태식은 본격적으로 회유를 시작했다.

“일이 이렇게 됐지만 너희를 해치고 싶지는 않다. 오늘 일을 모른 척해 주지 않겠나? 약속만 해 준다면 나도 더 이상은 너희에게 손대지 않겠다.”

물론 화근을 남겨 둘 수는 없는 일이었다.

그래서 강태식은 생각했다.

정면 대결은 다칠 가능성이 있으니 일단 여기를 벗어난 다음, 나중에 적절한 때에 기회를 봐서 하나씩 처리해 나가도 늦지 않다고.

그러나 E급 헌터가 코웃음 쳤다.

“그런 말은 손을 대기 전에 했었어야지. 기습이 실패하니까 이제 와서 없던 일로 하자고?”

틀린 말은 아니었다.

강태식도 어이없다는 듯 피식 웃었다.

‘결국 그렇게 나온다 이건가.’

그렇다면 이쪽도 전력을 다하는 수밖에.

강태식의 눈빛이 살벌해졌다. 날카로운 시선이 E급 헌터를 위아래로 빠르게 훑고 지나갔다.

강태식의 미간이 잠깐 꿈틀거렸다.

‘칼은 어디서 나왔지?’

언젠가부터 E급 헌터 손에 단검이 들려 있었다.

'뭐…… 상관없나?'

무기가 어디서 나왔는지는 중요하지 않다.

중요한 건 무엇을 들고 있느냐다.

강태식은 짧은 분석을 끝냈다.

빠른 움직임에 단검을 무기로 쓰는 클래스. 상대는 초근접형 딜러다.

아마도 특기는 '암살'.

공교롭게도 자신의 특기와 동일했다.

하지만 놈은 재각성을 한 지 얼마 안 됐다. 경력의 차이는 분명 압도적일 터.

가진 스킬을 제대로 활용하지도 못하리라.

"선배로서 한 수 가르쳐 주지."

강태식이 허리춤에서 나이프를 꺼내며 E급 헌터에게 조소를 보냈다.

"이런 것도 할 수 있나?"

강태식은 '은신' 스킬로 몸을 감추었다.

그러자 E급 헌터가 크게 당황하며 주위를 두리번거렸다.

놈의 당혹감이 전해져 왔다.

'당연히 그렇겠지.'

은신 스킬은 단순히 투명해지는 기술이 아니다.

모습, 소리, 냄새!

시전자의 모든 기척을 일순간 사라지게 만드는 스킬!

그게 바로 은신이었다.

암살형 헌터들 중에서도 은신 스킬을 쓸 수 있는 이는 극히 일부에 불과했다.

등급과 관계없이 운이 매우 좋은 이들만 각성 때 은신 스킬을 얻을 수 있었다.

'속전속결!'

강태식은 순식간에 E급 헌터의 뒤로 이동했다.

놈의 등은 무방비로 노출되어 있었다.

'끝이다.'

어려운 싸움을 예상했는데 생각보다 싱거웠다.

상대가 은신 스킬을 대비하고 있었다면 이렇게 쉽게 이길 수는 없었을 텐데.

역시나 경험의 차이가 승패를 갈랐다.

'죽어라!'

강태식의 나이프가 E급 헌터의 갈비뼈 아래를 노리고 날카롭게 쇄도했다.

그러나 그때!

챙!

두 개의 단검이 맞부딪치며 불꽃을 튀겼다.

은신이 풀린 강태식의 눈이 커졌다.

"아니, 어떻게?"

E급 헌터의 단검이 자신의 단검을 정확히 가로막고 있었다.

강태식은 놀란 눈빛으로 E급 헌터의 얼굴을 올려다보았다.

E급 헌터가 무심한 얼굴로 입을 열었다.

"이제 뜨네."

"뭐…… 뭐라고?"

이해할 수 없는 E급 헌터의 언행에 강태식은 문득 영문 모를 두려움을 느꼈다.

* * *

띠링!

[긴급 퀘스트 : 적을 처치하라!]
'플레이어'에게 살의를 가진 이가 주위에 있습니다. 적을 처치하여 안전을 확보하십시오. 지시에 따르지 않으면 그에 해당하는 페널티가 주어집니다.
처치해야 할 적의 숫자 : 1명
처치한 적의 숫자 : 0명

진우는 긴급 퀘스트 메시지를 확인하고서 속으로 안도의 한숨을 내쉬었다.

'헛수고가 아니었어.'

혹시 강태식에게 선수를 양보하면 저번 황동석 일당들 때처럼 긴급 퀘스트가 뜨지 않을까 했다.

그래서 한번 테스트해 봤는데 역시나 예상대로였다.

강태식이 살의를 보인 순간 메시지가 떴다.

괜히 대화를 나누거나 당황하는 모습을 보이며 허점을 드러냈던 것이 아니었다.

'은신을 쓸 줄은 몰랐지만…….'

사실 처음 강태식이 눈앞에서 사라졌을 땐 조금 놀라기도 했었다.

은신은 매우 보기 드문 스킬이니까.

하지만 정신을 집중하자 곧 눈을 감고도 알 수 있을 정도로 강태식의 움직임이 세세하게 느껴졌다.

높은 감각 스탯의 힘이었다.

원래는 싸워도 되는 적인가, 아닌가를 가리기 위해 꾸준히 투자한 스탯이었는데 이런 용도도 있었다.

'운이 좋았다.'

덕분에 강태식은 마치 귀신이라도 본 것처럼 놀라고 있었다.

"아니, 어떻게?!"

이제 놈을 처치하기만 하면 추가 퀘스트 보상을 받을 수 있었다.

'기왕 싸울 거라면 받을 건 다 받아야지.'

턴은 넘어왔다.

지금부터는 공격의 시간이었다.

서로 맞댄 단검 두 개가 팽팽히 줄다리기했다.

힘은 대등했다.

순간 진우의 눈빛이 번뜩였다.

'다른 데서 물꼬를 터 볼까?'

진우의 발이 빠르게 움직여 강태식의 발등을 밟았다.

콰직!

"으악!"

단검에 온 신경을 쏟고 있던 강태식은 갑자기 발끝에서 밀려 올라오는 고통에 화들짝 놀라 급히 물러섰다.

진우는 틈을 놓치지 않았다.

'질주!'

['스킬 : 질주'를 사용합니다.]
[이동 속도가 30% 증가합니다. 시전 중 1분당 마나가 1씩 감소합니다]

진우가 빠르게 따라붙었다.
강태식의 눈이 커졌다.
'속도가 더 빨라지다니?'
안 그래도 기민한 움직임을 보이던 진우가 한층 더 빨라지니 정신을 차릴 수가 없었다.
순식간에 거리를 줄인 진우는 '카사카의 독니'로 강태식의 허벅지를 찍었다.
"크악!"
상체 방어에 집중하던 강태식의 빈틈을 노리고 들어간 공격이었다.

['효과 : 마비'가 발동합니다.]
[대상의 저항력이 높아 효과가 취소되었습니다.]
['효과 : 출혈'이 발동합니다.]
[대상의 체력이 1초에 1%씩 소모됩니다.]

'좋아!'
'카사카의 독니'의 추가 공격 효과가 들어갔다. 마비가 아닌 게 아쉽지만 이것으로 싸움은 한결 더 쉬워졌다.

하지만 강태식 또한 상급 헌터!

저항이 만만치 않았다.

그가 든 나이프가 진우를 노리고 날아들었다.

훽, 훽.

진우는 나이프를 아슬아슬하게 피하며 강태식의 급소들을 공격했다.

강태식은 허벅지에 입은 상처로 다리가 불편한 상황에서도 노련한 헌터답게 진우의 공격을 차분히 막아 냈다.

챙, 챙!

진우와 강태식의 이마에 식은땀이 맺혔다.

'속도는 호각!'

'속도는 같다!'

두 사람 다 서로의 민첩한 움직임에 감탄하며 초근접 거리에서의 속도전을 이어 나갔다.

단 한 번에 승부의 향방을 결정지을 수도 있는 살상력을 지닌 공격들이 무수히 오고 갔다.

쉭, 쉭, 쉬익, 쉭, 쉭, 쉭, 쉭, 쉭!

보는 사람들의 피가 절로 마를, 살벌한 공방전이었다.

'균형을 깨야 한다.'

진우가 눈에 힘을 주었다.

['스킬 : 살기'를 사용합니다.]

진우와 눈이 마주친 강태식이 흠칫 몸을 떨었다.

'뭐지?'

['효과 : 공포'가 발동합니다.]
[대상의 모든 능력치가 1분간 50% 감소합니다.]

'됐다!'
진우는 승리를 확신했다.
반면 강태식의 동공에는 지진이 일었다.
'왜 몸이?'
진우와 눈을 마주치고 난 뒤로 물속에서 허우적대는 것처럼 몸이 무겁게 느껴졌다.
자랑하던 속도가 줄어들기 시작했다.
쉬익! 쉭!
강태식의 몸에 상처가 하나씩 늘어 갔다.
'이, 이럴 수가!'
강태식은 머릿속이 혼란스러웠다.
이건 분명 디버프 효과였다.
암살 클래스가 디버프 마법을 쓸 수 있다는 소리는 어디서도 들어 본 적이 없었다.
'암살이 특기가 아니었나?'
아니, 그렇다면 이 속도는 대체?
그러나 강태식은 곧 생각을 멈추어야 했다.
혼란은 경악으로 바뀌어 갔다. 눈앞에서 진우가 깊숙이 쇄도해 들어오고 있었기 때문이다.

강태식은 황급히 진우의 눈을 노렸다.

쉬익!

진우가 급히 목을 뒤로 뺐지만 나이프에 뺨이 살짝 긁히고 말았다.

하지만 이 정도의 피해는 진우도 이미 각오하고 있었다. 결정적인 한 방을 위해서 약간의 위험은 감수해야 했다.

강태식의 얼굴이 구겨졌다.

'젠장.'

강태식의 품속으로 들어온 진우가 '카사카의 독니'를 강태식의 가슴팍에 꽂았다.

푹!

"커억!"

강태식이 눈을 번쩍 떴다.

그 순간 두 사람 다 동시에 알 수 있었다. 승부가 이것으로 결정났음을.

강태식의 입속에 시뻘건 핏물이 고였다. 가슴에서부터 솟구쳐 올라온 피였다.

강태식은 피를 머금은 채 피식 웃었다.

하필 이런 날에 D급 던전 따위에서 재각성 헌터를 만나게 되다니.

'지지리 운도 없다니까, 정말.'

강태식의 손에 들려 있던 나이프가 떨어졌다.

숨을 헐떡이던 강태식은 고개를 기울여 진우의 귓가에 뭔가를 속삭였다.

"……."

묵묵히 듣고 있던 진우가 강태식의 가슴에서 단검을 빼냈다.

강태식은 옷걸이에서 흘러내린 옷처럼 힘없이 아래로 무너졌다.
털썩.
띠링!

['긴급 퀘스트 : 적을 처치하라'를 완료하셨습니다.]

메시지가 떴지만 진우는 표정이 좋지 않았다.
역시 몬스터가 아닌 사람을 죽이는 건 뒷맛이 쓰다.
비록 상대가 먼저 걸어온 싸움이라도 말이다.

[완료 보상이 도착하였습니다.]
[보상을 확인하시겠습니까?] (Y/N)

그나마 보상이라도 없었으면 완전히 밑지는 장사였겠지.
진우는 그렇게 위로하며 보상을 확인했다.
띠링!

[아래와 같은 보상이 준비되어 있습니다.]
보상 1. 능력치 포인트 +5

'어라?'
진우가 의아하다는 표정을 지었다.
황동석 일당을 처치했을 때보다 보상이 현저히 줄어들어 있었다.
'난이도는 이쪽이 훨씬 높았는데?'

상대의 실력과 상관없이 머릿수가 중요하다는 건가?
아니면 다른 조건이 더 필요했던 걸까?
진우는 고개를 갸웃거렸다.
그런데 그때, 문득 아래로 향했던 진우의 시선에 무언가가 들어왔다.
죽은 강태식의 몸에서 동전만 한 크기의 빛이 반짝이고 있었다.
진우가 눈을 휘둥그레 떴다.
'설마……?'
믿기지 않았지만 그 반짝거림은 몬스터가 가진 아이템에서 나오는 빛과 같았다.
이 빛을 마수에게서 발견했을 때는 마정석이 나왔다. 그런데 지금, 빛은 죽은 강태식에게서 나오고 있었다.
'뭘까?'
진우는 떨리는 가슴을 진정시키며 빛이 새어 나오는 강태식의 심장 부근을 향해 손을 뻗었다.
띠링!
역시 잘못 본 것이 아니었다.

['룬석 : 은신'을 발견했습니다. 획득하시겠습니까?]

'룬석? 룬석이라면……!'
심장이 거칠게 뛰기 시작했다.
강태식이 썼던 스킬이 룬석이 되어 강태식의 몸에 남아 있었다.
은신은 극소수의 헌터만이 쓸 수 있는 진귀한 스킬이었다. 이게 만약 알고 있는 의미 그대로의 '룬석'을 뜻하는 거라면…….
'획득.'
손안에 룬 문자가 적힌 작은 돌 하나가 들어왔다.

[룬석 : 은신]
룬석을 부수면 스킬이 흡수됩니다.

돌을 부숴 스킬을 흡수한다.
의미 그대로의 룬석이 확실했다.
이걸 부수면 은신을 쓸 수 있게 되는 거다.
아직 은신 스킬을 배울 수 있는 룬석이 나왔다는 소식은 들어 보지 못했다. 그러니 이 룬석의 가치는 돈으로 환산할 수가 없는 것이었다.
그때 뒤에서 두 사람의 목소리가 들려왔다.
"성 씨, 괜찮나?"
"진우 씨!"
진우는 룬석을 주머니 안에 숨기며 돌아섰다.
송치열과 이주희가 믿을 수 없다는 눈으로 진우를 바라보고 있었다.
불과 얼마 전까지 D급 던전에서도 빌빌대던 E급 헌터 진우가 B급 헌터인 강태식을 이겼으니까 말이다.
비전투 계열인 이주희는 몰라도 C급인 송치열은 그게 얼마나 말이 안 되는 일인지 잘 알고 있었다.
진우는 자기 몸을 둘러보았다.
"예, 괜찮습니다."

일단 눈으로 보기엔 멀쩡했다.

딱히 아픈 데도 없었고.

그러나 고개를 돌리는 순간 턱에 고여 있던 피가 후드득 흘러내렸다.

무심결에 뺨을 만졌더니 아까 베인 상처에서 피가 흘러내리고 있었다.

"아."

"치료해 줄게요."

주희 손끝에 잠깐 푸른빛이 맴돌더니 그 작은 상처마저 사라졌다.

B급 헌터를 E급 혼자 큰 상처 없이 이긴 것이다.

진우를 아는 두 사람에겐 방금 전 B급 헌터가 자신들을 죽이려 들었던 것보다, 진우가 그를 이긴 것이 더 충격적으로 다가왔다.

"자네가 어떻게……."

송치열이 말을 잇지 못했다.

진우도 송치열이나 주희가 하고 싶은 말 정도는 알고 있었다.

그래서 먼저 입을 열었다.

"죄송합니다. 언젠가 때가 오면 다 말씀드릴 테니 지금은 아무것도 묻지 말아 주셨으면 합니다."

진우가 진지한 목소리로 부탁하자 주희가 끄덕끄덕 고개를 움직였다.

송치열도 곧 고개를 끄덕였다.

"자네가 그리 말한다면 이유가 있겠지. 알겠네."

진우는 문득 보스가 있는 방향으로 고개를 돌렸다. 일이 꼬이긴 했지만 보스를 잡겠다는 계획엔 변함이 없었다.

보스는 되도록 혼자서 잡고 싶었다. 또 두 사람이 없어야 할 수 있는 일이 하나 있기도 했다.

진우가 송치열을 돌아보았다.

"이런 일이 일어났는데 레이드를 계속하는 건 무리겠죠. 일단 두 분은 나가서 협회에 연락해 주세요. 저는 여기 남아서 생존자가 있는지 한번 찾아보겠습니다."

송치열은 직감적으로 진우가 무엇을 하려는지 알아챘다.

'게이트를 닫아 버리려는 게야.'

송치열의 생각에도 그편이 가장 뒷말이 나오지 않을 듯했다.

"그게 좋겠구먼. 주희 양, 우리는 나가지."

송치열의 권유에 주희가 멈칫거리더니 진우에게 달려왔다.

"같이 저녁 먹기로 약속했던 거 잊지 않았죠?"

진우가 씩 웃었다.

"못 잊죠. 아직 거스름돈도 못 받았는데."

"그럼 약속 꼭 지켜요. 밖에서 기다릴 거니까."

진우가 고개를 끄덕이자 주희는 그제야 안심한 듯 물러났다.

던전을 빠져나가는 동안에도 주희는 몇 번이나 뒤를 돌아보았다.

진우는 두 사람의 그림자가 사라지자 한숨을 내쉬었다.

"후우."

최대한 오래 숨기고 싶었는데.

결국 들키고 말았다.

목격자가 두 사람이나 생겼으니 이제는 발뺌할 수도 없었다.

'그렇다고 주희나 송 씨 아저씨를 협박하고 싶지도 않고.'

B급 헌터를 처치한 건 아마 정당방위가 될 것이다. 증인이 둘이

나 있으니까 그 점은 문제없다.

문제는 E급 헌터가 어떻게 B급 헌터를 이겼느냐 하는 것이었다.

'재각성 헌터가 제일 설득력이 있겠지.'

그쪽으로 가닥을 잡았다.

재각성 헌터라고 밝히고 등급 재심사를 받자.

시스템이니, 레벨 업이니 해 봐야 믿어 주지도 않을 테고, 굳이 이쪽에서 먼저 밝혀야 할 이유도 없었다.

재심사를 받기로 작정하니 시원섭섭한 기분이 들었다.

'좀 더 강해지고 나서 랭크를 받고 싶었지만…….'

어디 세상일이 계획대로만 되던가.

어쩔 수 없는 일이었다.

'등급은 얼마나 올라가려나?'

강태식과 비등하게 싸우다 이겼으니 B급에서도 약간 높은 정도일까?

꽤 강해졌다고 자부하고 있었는데, 역시 B에서 S로 이어지는 상급 헌터들은 강했다.

'뭐, 뒷일은 나가서 생각하기로 하고.'

이제 보스를 처치할 시간이었다.

D급 수준의 마력 파동을 보이는 던전에서 E급 마수들 고블린만 나왔다. 그렇다면 나머지 모든 마력 파동은 보스에게서 나오고 있을 가능성이 높았다.

그 정도 보스라면 레벨 업에 필요한 경험치를 충분히 얻을 수 있으리라.

'하지만 그전에.'

확인해 볼 게 있었다.

진우는 감각을 극대화시켜 던전 내부의 기운을 샅샅이 훑었다.

"찾았다."

진우가 걸음을 옮겼다.

가는 도중 김상식의 시체와 다른 헌터의 시체도 발견했다.

그게 상급 헌터의 힘이었다.

상급 헌터가 마음만 먹으면 하급 헌터 몇쯤은 눈 깜짝할 사이에 숨통을 끊어 놓을 수가 있었다.

진우는 굳은 얼굴로 그들을 지나쳐 갔다.

그리고 잠시 뒤.

"읍, 읍, 읍!"

멀지 않은 곳에서 죄수 한 명이 버둥거리고 있는 걸 발견할 수 있었다.

손발이 밧줄로 묶여 있고, 입에는 재갈이 물려 있었다.

죽기 전 강태식이 말했던 그대로였다.

"가까운 곳에 강간범을 묶어 두었다. 그녀의 아버지가 최대한 고통스럽게 죽여 달라고 부탁해서 마지막에 처리할 생각이었지."

강태식은 그 말을 끝으로 숨을 거두었다.

죄수는 진우를 보고 더 심하게 몸부림쳤다.

빨리 풀어 달라는 몸짓 같았다.

"읍! 읍! 읍!"

자세히 보니 아까 전 주희에게 추파를 던졌던 그 녀석이었다.

진우가 죄수 입에 물려 있는 재갈을 벗겨 내자, 죄수가 눈을 동그랗게 뜨고 숨을 몰아쉬었다.

"헉, 헉, 헉! 강태식, 그 미친놈이, 그 새끼가 다 죽였어, 다 죽였다고! 뭐야? 그 새낀 간 거야? 너 옷에 피는? 너도 당한 거냐?"

진우는 대답하지 않고 고개를 들어 정면을 바라보았다.

보스가 있는 방향이었다.

죄수의 목소리가 급해졌다.

"일단 이것 좀 빨리 풀어 줘. 강태식이 오기 전에 달아나야 돼. 이 씨발, 줄에 마력이 담겨 있어서 힘으로 끊을 수가 없다고! 장비는 가지고 있지? 너 왜 말이 없냐? 내 말 안 들리냐?"

협회 말단 헌터 따위가 계속 자기 말을 무시하자 죄수는 자기 처지도 잊어버리고 인상을 쓰기 시작했다.

내내 무표정하던 진우가 그제야 입을 열었다.

"요 앞에 보스가 있어."

"뭐?"

죄수의 얼굴에 물음표가 떠올랐다.

"일반적인 D급 던전 보스보다 센 놈 같은데, 그놈이 어떤 패턴으로 공격할지 좀 궁금하거든."

듣고 있던 죄수가 참지 못하고 신경질을 냈다.

"그게 무슨 소리야, 씨발!"

진우는 태연하게 하고 싶은 말만을 계속했다.

"그전에 한 가지만 물어볼게. 네가 강간한 여자애 기억하냐?"

"뭐? 누굴 말하는 건데? 너 피해자 가족이냐?"

진우의 눈썹이 꿈틀거렸다.

방금 맞다, 아니다가 아니라 누구인지부터 물었다. 한두 명을 건드렸던 게 아니라는 소리다.

헌터는 강한 힘을 가지고 있기에 마음만 먹으면 언제든지 괴물이 될 수 있다.

이 녀석은 그 힘을 여자들을 희롱하는 데 써 온 거다.

이걸로 결심을 굳혔다.

진우는 죄수를 내려다보며 차갑게 말했다.

"확인했으니 됐다."

"뭐? 읍, 읍!"

죄수가 뭐라고 지껄이기 전에 진우는 바로 녀석의 입을 막아 버렸다.

그리고 발목을 잡고서는 보스가 있는 방으로 천천히 걸어갔다.

"읍! 읍! 읍!"

죄수는 끌려가며 악을 썼다.

부릅뜬 양쪽 눈에 실핏줄이 올라오기 시작했다.

놈의 필사적인 발버둥에도 아랑곳하지 않고, 진우는 기어이 놈을 보스 방까지 질질 끌고 갔다.

"읍! 읍!"

보스 방에는 살아 있는 인간의 내장을 좋아한다는 홉고블린들이 무리를 짓고 있었다.

"읍! 읍! 읍!"

죄수는 진우가 무엇을 하려는지 눈치챘다.

그는 홉고블린 무리를 보고서 울부짖으며 고개를 가로저었다. 입고 있던 바지가 노랗게 젖어 들어갔다.

"후우."
심호흡을 한 번 한 진우는 죄수를 홉고블린 무리에게 던져 버렸다.
"으으으읍—!"
"끼기기긱."
"끼힛."
"끼이익!"
싱싱한 생고기 냄새를 맡은 홉고블린들이 일제히 죄수에게 달려들어 뱃가죽을 물어뜯기 시작했다.
"으으읍! 읍! 읍!"
필사적으로 몸부림치는 죄수의 눈에서 실핏줄이 하나둘 터져 나가며 눈 전체가 붉게 물들었다.
"으으읍…… 으으……."
죄수가 의식을 잃어 가는 동안에도 홉고블린들은 쉴 새 없이 이빨을 놀렸다.
구역질 나는 괴물들에게 산 채로 뜯어먹히는 기분은 어떨까?
진우는 미간을 찡그리며 보스를 찾아 안쪽을 두리번거렸다.
'저기 있네.'
보스로 보이는 거대한 홉고블린이 안쪽 구석에 거만하게 앉아 있었다.
부하들이 미끼에 정신이 팔려 보스 곁을 비운 지금이 절호의 기회였다.
'질주!'
홉고블린들 사이를 순식간에 지나친 진우가 홉고블린 보스 앞에 모습을 드러냈다.

"끼엑!"

홉고블린 보스가 놀란 눈으로 급히 몸을 일으켰지만 자리에서 채 다 일어나기도 전에 놈의 머리가 바닥으로 굴러떨어졌다.

툭.

데굴데굴.

띠링!

[던전의 주인을 처치하였습니다.]

[레벨이 올랐습니다!]

'아, 그러고 보니.'

홉고블린 보스의 목을 떨어뜨린 진우가 깜박 잊고 있었던 룬석의 존재를 떠올렸다.

'미끼로 유인할 필요 없이 그냥 은신 스킬을 배워서 접근했어도 됐겠는데?'

진우는 이제 사람의 형체라고 말하기도 힘든 죄수의 흔적을 돌아보며 끌끌 혀끝을 찼다.

그래도 동정심은 전혀 들지 않지만.

'뭐, 어쨌든…….'

작전은 성공이었다.

대장을 잃고 우왕좌왕하는 홉고블린들을 처리하는 일은 어렵지 않았다.

"키익!"

"키아악!"

"캬!"

홉고블린들은 진우를 피해 도망 다니다가 순식간에 정리됐다.

"키악!"

마지막 놈을 잡았을 때 기분 좋은 메시지가 떴다.

[레벨이 올랐습니다!]

'또 올랐네?'

의외의 성과에 진우의 얼굴이 밝아졌다.

진우는 피를 말끔히 털어 낸 '카사카의 독니'와 홉고블린 사체에서 챙긴 마정석들을 인벤토리에 집어넣고서 상태 창을 불러냈다.

띠링!

[이름 : 성진우]	[레벨 : 27]
[직업 : 없음]	[칭호 : 늑대 학살자]
[HP : 5,114]	[MP : 548]
[피로도 : 0]	

[스탯]

근력 : 72 체력 : 43 민첩 : 82 지능 : 39 감각 : 69

(분배 가능 능력치 포인트 : 5)

물리 데미지 감소 : 20%

[스킬]
패시브 스킬 : (알 수 없음) Lv.Max, 근성 Lv.1
액티브 스킬 : 질주 Lv.1, 살기 Lv.1

[착용한 아이템]
파수꾼의 목걸이(A)

어느덧 레벨이 30에 가까워져 있었다.

던전 입구에서 고블린들을 상대할 때만 해도 크게 기대하지 않았는데 홉고블린 대장을 잡아 1업, 홉고블린 졸개들을 잡아 1업, 합쳐 레벨을 2개나 올렸다.

강한 놈들이 전부 보스 방에 모여 있었던 게 행운이었다.

'아니, 행운이라고 말하기엔 좀 그런가?'

세 개의 갈림길과 보스 방의 난이도.

낮은 등급의 헌터들이 고블린을 잡던 자신감으로 무턱대고 보스 방에 발을 들였다면 홉고블린의 갑작스러운 등장에 큰 사고가 났을 수도 있었다.

홉고블린은 고블린과 달리 그리 만만한 녀석들이 아니었다.

'고블린이 등장하는 던전에서 간혹 홉고블린을 만나는 경우가 있기는 하지만…….'

이렇게 홉고블린들이 무리를 짓고 있는 일은 드문 편이니까.

던전 안에서는 정말 한 치 앞을 알 수 없다. 누구에게는 행운일 수 있는 상황이 누구에게는 절망적으로 비칠 수 있다.

강한 힘만이 위험들 속에서 자신을 보호해 줄 수 있는 유일한 방패였다.

그래서 진우는 더 강해지고 싶었다.

던전에서의 생존도 생존이지만 만약 어머니께서 입원해 계신 병원 근처에서 던전 브레이크라도 일어난다면?

거리를 걷다가 우연히 마수들에게 습격당한다면?

아니, 꼭 마수들만이 문제가 아니다.

헌터는 이미 마수 못지않게 위험한 존재였다. 기관들이 관리한다고 해도 거기엔 분명 한계가 있었다.

스스로를 지킬 힘 정도는 가지고 있어야 했다.

'헌터가 강해지는 데는 한계가 있다.'

하지만 자신에게는 한계가 없었다.

능력치를 올리고 아이템을 갖추며 이론상 무한히 강해질 수 있는 것이다.

그리고 오늘 강해질 방법 하나가 더 추가됐다.

바로 룬석!

진우는 주머니에 넣어 두었던 룬석을 꺼냈다.

아이템의 경우와 마찬가지로 룬석의 정보가 홀로그램 글자로 떠올랐다.

[룬석 : 은신]

룬석을 부수면 스킬이 흡수됩니다.

모르는 사람 눈에는 이상한 글자가 새겨진 조약돌에 불과하지만, 헌터라면 등급에 관계없이 누구라도 군침을 흘릴 만한 물건이었다.

상급 헌터는 자신이 쓰고, 하급 헌터는 상급 헌터에게 팔면 되니까.

특히 '은신'처럼 희귀한 스킬이 담긴 룬석은 큰돈이 된다. 정식 경매에 내놓으면 최소한 수십억 이상, 암시장에서는 그 몇 배를 받을 수도 있었다.

암시장에서 더 비싼 이유는 단 하나.

누가 어떤 돈으로 무엇을 샀는지 공식적인 기록이 전혀 남지 않기 때문이었다.

숨겨진 스킬이 있다는 건 강력한 무기를 하나 더 가지고 있는 것과 같았다.

'강태식이 은신을 숨기고 있었듯이.'

감각 스탯이 높지 않았다면 꼼짝없이 뒤를 내주고 말았으리라.

그렇게 생각하면 오싹했다.

'일단 판매는 제외하자. 돈은 언제든 벌 수 있으니까.'

당장 눈앞의 금전적 이득에 현혹되지 말자.

지금은 강해지는 것이 우선.

활용 가치가 높은 희귀 스킬 '은신'의 필요성은 두말할 필요가 없었다.

"이 돌멩이 하나가 집 몇 채, 아니 빌딩 몇 채 가격이라니."

진우는 예전 같았으면 꿈도 못 꿨을 일을 곧바로 실행에 옮겼다.

손에 힘을 주자 룬석이 가볍게 부서졌다.

콰직.

금이 간 룬석의 틈새에서 흘러나온 붉은 기운이 온몸을 천천히 휘감기 시작했다.

마치 회복 마법을 받을 때처럼.

색깔만 푸른색에서 붉은색으로 바뀌었다고 할까.

어쨌든 나쁜 기분은 아니었다.

주변을 맴돌던 붉은색 기운이 자연스럽게 코를 통해 폐 속으로 스며들자 몸속에서 알 수 없는 힘이 느껴졌다.

곧 익숙한 기계음이 울렸다.

띠링!

['스킬 : 은신'을 배웠습니다.]

['스킬 : 은신'을 사용할 수 있습니다.]

'좋아!'

스킬을 성공적으로 흡수했다.

룬석을 사용한 스킬 습득은 이번이 처음이라 긴장했는데, 생각보다 빠르고 간단하게 끝났다.

'이제 은신을 쓸 수 있는 건가?'

희귀 스킬을 배웠다는 성취감에 심장이 쿵쾅거리기 시작했다.

백문이 불여일견이라 했나?

진우는 바로 스킬을 시전했다.

'은신.'

생각과 동시에 몸이 스르륵 자취를 감추었다. 발끝에서부터 손끝까지 전부 투명해졌다.

코앞에 있는 손이 보이지 않으니 묘한 기분이 들었다.

'이러면 어떻게 되려나?'

떠오른 김에 단검을 불러내 보았다.

그러자 손에 무언가 쥐이는 느낌이 들었다. 신기하게도 느낌만 들었을 뿐 보이진 않았다.

'과연…….'

강태식이 들고 있던 나이프처럼 '카사카의 독니'에도 은신이 적용됐다.

역시나 강태식의 나이프가 특이했던 것이 아니라 스킬의 힘이었다.

'은신이 어디까지 적용되는 거지?'

바닥에 있던 돌을 집어 들었더니 금방 시야에서 사라졌다.

'이것도 되려나?'

혹시나 싶어 죽은 홉고블린의 어깨에 손을 대 보았지만 아무 변화가 없었다. 스킬의 적용 범위에는 한계가 있는 듯했다.

일단 입고 있는 옷이나 손에 쥘 수 있는 것들이 사라지는 것만큼은 확실했다.

그때였다.

[마나를 모두 소모하여 '스킬 : 은신'이 해제됩니다.]

"어라?"

갑자기 '은신'이 풀렸다.

'쓴 지 몇 초 지났다고 마나가?'

은신 상태에 익숙해지려고 몸을 이리저리 움직여 보고 있던 진우가, 당황한 표정으로 상태 창에서 스킬 목록을 찾아 확인했다.

[스킬]

패시브 스킬 : (알 수 없음) Lv.Max, 근성 Lv.1
액티브 스킬 : 질주 Lv.1, 살기 Lv.1, 은신 Lv.1

원하는 건 은신 스킬의 정보.
눈앞에 글자들이 떠올랐다.
띠링!

[스킬 : 은신 Lv.1]
액티브 스킬.
필요 마나 200.
모습을 감춤과 동시에 시전자의 흔적들이 일시적으로 사라집니다. '은신'을 유지하는 동안 1초당 10의 마나가 계속해서 소모됩니다.

필요 마나가 2백에 1초당 10의 마나를 쓴다?
"하……."
이러니 마나가 버틸 수가 있나.

[MP : 7/548]

딸랑 7 남아 있는 마나가 애처로웠다.
'진짜 바닥나 버렸네.'
현재 마나의 최대 보유량은 550가량.
은신을 한 번 쓰면 35초 정도 유지가 가능했다.
다른 스킬을 쓸 마나까지 고려하면 35초를 풀로 채울 수도 없다는 소리.

'그러고 보니 강태식도 몇 초 만에 금방 은신을 해제했었지.'

놈이 괜히 그랬던 게 아니었다.

은신을 오래 유지할 마력이 안 되었던 거다.

상급 헌터인 강태식이 그 정도라면 하급 헌터들은 스킬을 배워 봤자 쓰지도 못한다는 말이었다.

"마나가 문제네."

여태까지 지능을 제외한 모든 스탯에 포인트를 투자해 봤지만 마나 양이 늘어난 적은 없었다.

즉 마나를 늘리려면 지능 스탯을 올려야 한다는 건데…….

'슬슬 지능도 올려 줘야 하나?'

하지만 스킬 하나를 좀 더 오래 써 보겠다고 능력치 포인트를 비전투 스탯에 쓰기는 아까웠다.

'지능은 다른 스탯에 비해 효율이 너무 떨어진다.'

근력, 체력, 민첩, 감각.

모든 스탯의 효과를 몸소 체험해 보았다.

스탯이 올라갈수록 눈에 띄게 강해졌다.

그런데 이 '지능' 스탯만큼은 아무리 수치가 올라가도 뭐가 어떻게 달라졌는지 체감할 수 없었다.

'1레벨일 때보다 무려 네 배 가까이 올랐는데도.'

굳이 달라진 걸 찾는다면 마나 양이 커졌다는 것 정도?

그게 전부였다.

그런데 그거 하나만 보고 포인트를 투자하기에는 역시…….

'너무 아깝다.'

그걸 다른 스탯에 찍으면 그게 다 피와 살이 되는 건데 말이다.

그래서 결국은 마나가 모자라지 않을 때까지 레벨 업을 계속하자는 결론에 다다랐다.

능력치 포인트는 더 좋은 스탯에 쓰기로 하고.

'능력치 포인트라…….'

그러고 보니 긴급 퀘스트를 하고 보상으로 받은 보너스 포인트 다섯 개가 아직 남아 있었다.

잠깐 지능에 찍을까 고민했던 진우는 결국 근력과 체력에 각각 3포인트, 2포인트를 썼다.

[스탯]

근력 : 75 체력 : 45 민첩 : 82 지능 : 39 감각 : 69

(분배 가능 능력치 포인트 : 0)

물리 데미지 감소 : 20%

'역시 뒷자리는 5가 깔끔하단 말이야.'

진우가 흡족한 미소를 짓고 있을 때.

쿠르르르르르릉.

던전 내부의 진동이 무시하지 못할 정도로 격렬해졌다.

'벌써 1시간이 다 됐나?'

이제 머뭇거릴 시간이 없었다.

진우는 상태 창을 닫았다.

일부러 게이트가 닫히기 직전까지 시간을 끌며 기다렸던 것이지만, 여기서 더 지체했다가는 영영 던전 밖으로 나가지 못할 수도 있었다.

진우는 보스 방을 나가기 직전 뒤돌아서 안을 둘러보았다.

'마정석은 챙겼고…….'

아무것도 빠트린 건 없었다.

사실을 확인한 진우는 통로 쪽으로 빠르게 사라졌다.

쿠르르르르르르릉.

게이트가 곧 닫힌다고 경고해 주는 것처럼 던전은 방금 전보다 더 세차게 몸을 떨었다.

* * *

타이밍 좋게 조사과 직원들이 막 게이트 앞에 도착했다.

그들은 닫혀 가는 게이트에서 유유히 빠져나오는 진우를 보고 눈을 둥글게 떴다.

"허, 헌터님! 생존자는 없었습니까?"

"예."

"으!"

직원들의 표정이 굳어졌다.

들어간 사람은 아홉 명인데 살아서 나온 사람이 세 명에 불과하다니.

이 정도면 대형 사고다.

같은 구역에서 굵직한 사건들이 연달아 터졌으니 협회 직원들로선 아주 죽을 맛일 수밖에.

생존자가 더 있는지 확인하고 싶었지만 게이트가 닫혀 버려서 알 방법이 없었다.

진우가 일부러 아슬아슬한 시간까지 기다렸다가 나온 이유가 바로 이 때문이었다.

'생존자가 있었다는 걸 들키면 안 되니까.'

이제 살아 돌아온 세 사람의 증언만이 유일한 증거였다.

직원이 착잡한 목소리로 말했다.

"방금 감시과에서 금강실업 사장님의 자백 전화를 확보했답니다."

송치열이 한 걸음 나섰다.

"금강실업 사장님이라면?"

"감시과 강태식 헌터에게 살인을 청부했던 피해자 아버지입니다."

"아……."

금강실업 사장은 강태식이 가해자를 죽이는 데 성공했다는 소식을 듣고 모든 걸 순순히 자백했다고 한다.

'사실 강태식이 아니라 나지만…….'

경찰은 그리로 가고, 협회는 이리로 왔다.

잠자코 있던 진우가 물었다.

"그럼 아무 문제없는 거 아닙니까?"

진우의 질문에 직원이 난처한 표정을 했다.

"예, 그렇죠."

강태식의 범행에는 확실한 증거가 있었고, 세 사람은 살기 위해 공격해 오는 강태식과 싸웠다.

진우가 물었던 것처럼 문제가 될 일은 없었다.

다만 한 가지.

직원은 내내 께름칙하던 부분을 물었다.

"B급 헌터인 강태식 씨를 누가 죽인 겁니까?"

직원들이 현장에 도착한 지 얼마 되지 않아 아직 자세한 설명을 듣지 못한 듯했다.

'하긴 여기서 협회 건물까지 거리가 얼만데. 게이트가 채 닫히기도 전에 도착했으니.'

연락을 받고서 부랴부랴 달려온 것이리라.

다들 얼굴에 피곤한 기운이 역력해 보였다.

진우는 사실을 말하기에 앞서 잠깐 유진호의 얼굴을 떠올렸다.

'안타깝지만 더 이상 레이드는 못 도와주겠네.'

재각성이라고 둘러대고 등급 재심사를 받게 되면 유진호의 계획에 더는 어울려 줄 수가 없게 된다.

유진호한테 필요한 건 뛰어난 실력을 가진, 낮은 등급의 헌터니까.

자신의 등급이 올라가 버리면 모든 게 허사가 된다.

그런데 어째서일까?

시무룩해 할 유진호의 얼굴을 떠올리니 미안한 마음보다는 웃기다는 생각이 먼저 들었다.

대가로 받기로 했던 빌딩은 아쉽게 됐지만.

'뭐, 어쩔 수 없지.'

결심이 선 진우가 입술을 떼려는 순간.

"내가 그랬구먼."

목소리가 들려온 쪽으로 자연스럽게 고개가 돌아갔다.

거기엔 이주희가 놀란 눈으로 송치열을 보고 있었다.

"아저씨……?"

진우가 영문을 묻기도 전에 송치열이 먼저 직원에게 한 걸음 다가셨다.

“강태식을 죽인 건 나여.”

직원은 여전히 미심쩍은 얼굴이었다.

“송치열 헌터님이 강태식 헌터님을 쓰러뜨렸다고요?”

그도 그럴 것이, 송치열은 C급 헌터에다 왼팔까지 잃은 상태였다.

반면 강태식은 흔히들 상급 헌터라 말하는 B급 헌터가 아닌가.

상급 헌터들의 힘은 상상을 초월한다.

B급 헌터와 C급 헌터의 차이는, C급 헌터와 D급 헌터의 차이와는 비교할 수 없다는 것이 세간의 상식이었다.

그러자 송치열은 허허 웃으며 대답했다.

“다들 내 뒤에 누가 있었는지 모르고 있는 건감?”

“아!”

모두의 시선이 갑자기 자신에게 쏟아지자 이주희는 얼굴을 붉히며 고개를 숙였다.

이주희는 B급 헌터다.

전투 계열 헌터가 아니어서 언급되지 않고 있었을 뿐, 등급 자체만 놓고 보면 그녀도 강태식과 같은 상급 헌터였다.

B급 힐러가 서포트해 주는데 C급 헌터가 B급 헌터를 이기지 못할 이유가 무엇인가.

직원들은 그제야 이해가 간다는 표정을 지었다.

다소 어수선한 틈을 타 진우가 송치열 옆에 바싹 붙어서 조용히 물었다.

“왜 거짓말을 하신 겁니까?”

송치열도 목소리를 낮추었다.

"성 씨가 능력을 숨기려는 데는 그만한 이유가 있을 거라고 생각했구먼. 내가 괜한 짓이라도 한 건감?"

물론 그렇지 않았다. 덕분에 성가신 일들을 피해 갈 수 있게 됐는데 괜한 짓이라니.

이래서 연륜은 무시할 수 없었다.

"그건 아닙니다."

"그동안 성 씨에게 도움만 받았는데 조금이라도 도움이 됐다면 다행이여."

조사과 직원 하나가 다가왔다.

"송치열 씨는 저희와 같이 가시죠. 잠깐 조서만 도와주시면 됩니다."

"갑시다."

송치열은 조사과 직원들과 함께 협회로 떠나고, 현장에는 어느새 진우와 주희 두 사람만 남았다.

벌써 해는 저문 지 오래였다.

주희는 전과 사뭇 다른 분위기를 풍기는 진우가 어색한지 머뭇거리다 조심스럽게 다가왔다.

"잠깐 같이 걸을래요?"

'저녁 약속 이야긴가.'

많이 움직여서 그런지 마침 배도 고팠는데 잘됐다는 생각이 들었다.

진우는 흔쾌히 수락했다.

"그래요."

두 사람은 약속이라도 한 듯 누가 앞장서는 일 없이 나란히 가로등 불빛 아래를 조용히 걸었다.

"……."

주희는 시선을 발끝으로 모았다.

고개를 들고 있으면 자꾸 옆쪽으로 시선이 갔다. 의식하지 않으려고 해도 소용이 없었다.

예전에는 좀 더 편안한 느낌이었는데, 지금의 진우는 강인함이 흘러넘쳤다.

그래서 말을 붙이기가 힘들었다.

'어떻게 된 일일까……?'

B급 헌터를 어렵지 않게 제압한 것도 그렇고.

사람이 완전히 달라졌다.

비밀로 해 달라고 했으니 물어볼 생각은 없지만 엄청난 변화에 계속 신경이 쓰였다.

'이럴 때 말이라도 걸어 주면 좋을 텐데.'

아무 말도 없는 진우가 왠지 야속하기까지 했다.

결국 멈춰 선 주희가 어렵게 먼저 말을 꺼냈다.

"저기…… 사실 오늘은 아무것도 못 넘길 것 같으니까 이건 돌려줄게요."

진우는 주희가 건네는 마정석을 받아 들었다. 지하 신전에서 그녀에게 맡겼던 마정석이었다.

마정석을 건네는 주희의 손끝이 떨리고 있었다.

'그게 며칠 전 일이라고…… 오늘 또 눈앞에서 사고가 일어났으니.'

주희는 겁이 많은 편이었다.

오늘 아무것도 못 넘길 것 같다는 말도 충분히 이해할 수 있었다.

"그래도 오늘만 날이 아니잖아요? 굳이 지금 돌려줄 필요는 없는데."

주희가 고개를 가로저었다.

"저 다음 주에 집으로 내려가거든요."

헌터를 그만둔다더니 아예 고향으로 돌아가려는 모양이었다.

진우가 안타깝다는 표정을 한다.

"그 사고 때문에?"

"꼭 그런 건 아니지만……."

그날의 기억이 떠올랐는지 주희의 표정이 어두워졌다.

진우는 급히 이야기를 다른 쪽으로 돌렸다.

"집은 어디예요?"

"부산이요. 저기 진우 씨."

갑자기 주희의 눈빛이 진지해졌다.

"네?"

심상치 않은 분위기를 느낀 진우도 얼굴에서 웃음기를 지우고 덩달아 진지한 얼굴이 됐다.

주희는 진우의 얼굴을 찬찬히 바라보았다.

생명력이 느껴지는 두 눈.

지하 신전에서 모두가 절망에 떨고 있을 때, 진우의 두 눈만은 강렬한 의지로 불타올랐었다.

주희는 가장 가까이서 그 눈을 보았다.

'살아남겠다고 외치는 것 같았지.'

그 눈이 놓치지 않은 희망의 실마리는 그녀 자신을 포함한 여러 사람을 몇 번이나 구해 냈다.

누구도 흉내 내지 못할 일이었다.

두근두근.

그날 일이 떠오르자 또 가슴이 뛰기 시작했다.

'안 돼…….'

적성이 맞지 않아 헌터 일을 그만두는 것에 미련은 없었다.

하지만 앞으로 진우를 만나기가 어렵게 되는 것은 무척이나 아쉬웠다.

'다시 만날 수 있을지 물어보면 이상한 사람이라고 생각하겠지…….'

아쉽지만 어쩔 수 없는 일도 있는 법이다.

그런 일에 미련을 두면 괴로워지기 마련.

주희는 결국 배시시 웃으며 고개를 저었다.

"아니에요. 혹시 부산에 내려올 일 있으면 연락하세요. 제가 회사 드릴게요."

"좋죠."

진우가 미소 짓자 주희도 따라 미소 지었다.

그렇게 주희는 하고 싶은 말을 남긴 채 간단한 작별 인사를 끝내고 돌아섰다.

'…….'

집까지 돌아가는 길이 이렇게 멀게 느껴진 적은 처음이었다.

* * *

주희를 보내고 진우는 집으로 돌아왔다.

멀리 보이는 낡은 아파트 단지.

그곳 9층에 집이 있었다.

주차된 차들을 지나 건물 안으로 들어가려는데, 나이 든 목소리가 발목을 잡았다.

“902호 청년.”

늙은 경비 아저씨였다.

오랫동안 봐 왔던 경비 아저씨기에 진우는 스스럼없이 인사를 건넸다.

“아직 퇴근 안 하셨어요?”

“오늘 내가 숙직이라.”

아하, 하고 진우는 짧게 고개를 끄덕였다.

곧 경비가 경비실에서 택배 상자를 하나 가지고 왔다.

“이거 진우 청년한테 온 거야.”

“아, 감사합니다.”

보낸 이가 협회로 되어 있었다.

‘오늘이었나?’

협회에서 보낸 헌터 폰이 도착하기로 되어 있던 날이.

진우는 상자에서 폰을 꺼냈다.

반짝거리는 새 폰.

요새 헌터들에게 쏟아지는 관심이 과하다 보니 각성자가 아니면서도 헌터 폰을 사려는 사람이 급증하고 있다는 뉴스를 들었던 기억이 났다.

‘사려는 사람은 그렇다 쳐도, 그걸 또 빼돌려서 팔아먹는 놈들은 대체 어떻게 된 정신머리야?’

나라에 돈이 없는 게 아니라 도둑놈이 많은 거라고 하더니.

하여튼 협회고, 군대고 사람이 모인 곳은 이 비리가 문제다.

비리가 생겨서 돈이 새어 나가면 샌 만큼 지원이 줄어들고, 지원이 줄어들수록 환경이 열악해진다.

결국 혜택을 받아야 할 사람이 피해를 보는 경우가 생기는 거다.

'그래서 걱정했지만…….'

다행히 새로 받은 폰에는 하자가 없어 보였다.

엘리베이터를 기다리는 동안 할 일도 없고 해서 폰의 전원을 켜 보았다.

부재중 메시지가 잔뜩 와 있었다.

'이걸 언제 다 확인하나.'

그런데 두 개의 번호가 유독 많이 눈에 띄었다.

둘 다 익숙한 번호는 아니었다. 하나는 전화를 많이 했고, 하나는 문자를 많이 보냈다.

'이렇게 연락할 만한 사람이 없는데?'

진우는 고개를 갸웃거리다가 우선 메시지 쪽을 먼저 확인해 보았다.

_안녕하세요, 그때 병원에서…….

_이번 주에 시간이 되시면…….

_혹시 제가 귀찮게 굴었나요? 저는 그냥 가볍게 이야기나…….

누군가 하다가 뒤늦게 기억이 났다.

그때 병원에서 번호를 건네주었던 간호사 아가씨였다.

'이름이 최유라였나?'

귀찮게 굴었다고는 할 수 없지만 여기 답장을 하는 순간, 일이 상당히 귀찮아질 것 같은 예감이 팍팍 들었다.

'그러니까 이건 패스하고…….'

다음은 전화를 많이 건 쪽인가?

진우는 통화 버튼을 눌렀다. 컬러링으로 경쾌한 최신곡이 시끄럽게 흘러나왔다.

누구 전화인지 대충 짐작이 갔다.

통화는 금방 연결됐다.

-여보세요.

역시나.

한 치의 예상도 빗나가지 않아서 헛웃음이 살짝 흘러나왔다.

"나다. 이제부턴 이리로 연락해."

-아! 폰을 받으셨군요, 형님!

유진호였다.

번호를 메모해 두긴 했는데 여태 한 번도 먼저 전화를 걸어 본 적이 없어서 생소했던 거였다.

유진호가 흥분한 목소리로 말했다.

-마침 제가 전화 드리려던 참이었습니다, 형님. 공대원들을 구했으니 내일부터 바로 모시러 가겠습니다!

목소리만 들어도 기뻐하고 있는 유진호의 얼굴이 그려졌다.

진우도 씩 웃었다.

"오냐. 내일 보자."

뚝.

진우가 전화를 끊자 타이밍 좋게 1층에 도착한 엘리베이터의 문이 스르르 열렸다.

팅.

드디어 내일부터 본격적인 레이드가 시작된다.

그리 생각하니 가슴이 뛰었다.

'최대한 빨리 레벨을 올리자.'

레벨을 올리고, 능력치를 높여서, 누구보다 강해진다.

강한 헌터가 되면 돈, 명예, 권력 모든 것들을 손에 넣을 수 있다.

내일이 바로 그 첫걸음이었다.

* * *

미국 동부.

늦은 밤.

북미에서 손꼽히는 길드 '스케빈저'의 메인 헌터이자 S급 헌터인 황동수는, 방금 전 자택에서 잠들기 직전 충격적인 소식을 들었다.

"……형이 어떻게 죽었다고? 천천히, 자세히 말해 봐."

형의 이름은 황동석.

얼마 전 C급 게이트에 들어갔다가 목숨을 잃었단다.

"……형의 공대원 멤버 여덟 명이 전원 사망하고 나머지 두 사람만 살아 나왔다고?"

그런데 그 두 사람이 각각 D급과 E급이다?

뭔가 냄새가 났다.

자신이 아는 형은 약한 팀원을 위해 목숨을 걸 사람이 아니었다.

게다가 그 멤버가 보충 인원이라면?

말할 것도 없었다.

그런데도 D, E급 헌터들이 살아 나오고, 형을 비롯한 C급 헌터들이 모조리 죽었다.

'뭔가가 있어…….'

황동수의 눈매가 날카로워졌다.

비록 지금은 자신이 미국의 유명 길드에 스카우트되어 떨어져 있지만, 한국에 있을 때는 자신을 어느 누구보다 아끼고 챙겨 줬던 형이었다.

좋은 사람이라고는 할 수 없어도 좋은 형제임은 분명했었다.

'조금만 더 자리를 잡으면 이쪽으로 불러오려고 했는데…….'

그새 변을 당하다니.

황동수는 아랫입술을 깨물었다.

"살아남았다는 두 사람 정보를 팩스로 보내 줘. 번호는……."

황동수는 전화를 끊고 매니저의 번호를 눌렀다.

곧 연결됐다.

-미스터 황, 이 시간에 무슨 일이에요?

"로라, 내가 한국에서 사람을 죽이면 어떻게 되지?"

-진심이에요?

"그래."

목소리가 다시 이어지는 데는 약간의 정적이 필요했다.

-……아직 한국과 헌터인 범죄자 인도 조약은 체결되지 않았어요. 미스터 황은 미국 국적의 헌터니 미국에서 재판을 받게 될 거고, 아마 정부와의 교섭으로 형량은 그리 많지 않을 거예요.

"다행이군. 일이 생겨서 한국에 좀 다녀와야겠어. 스케줄을 비워 줄 수 있나?"

–하지만 미스터 황, 이렇게 갑자기 가시면 길드 업무가 마비됩니다. 무슨 일인지 제게 알려 주지 않겠어요?

"개인적인 사정이라. 물론 길드에 피해를 끼칠 생각은 없어. 내 스케줄이 언제까지 밀려 있지?"

–2개월 후까진 꽉 차 있어요.

"두 달이라…… 좋아. 그 뒤로는 스케줄을 비워 줘. 많이도 아니야. 딱 2주. 2주 동안만 한국에 다녀올게."

–……알았어요. 그런데 위쪽엔 뭐라고 이야기하죠?

"형의 장례를 치르러 간다고. 위로 여행을 겸해서."

–OK. 그렇게 할게요. 하지만 미스터 황…… 혹시라도 제가 도움될 만한 일이 있…….

딸깍!

황동수는 전화를 끊었다.

위로나 충고.

어떤 쪽도 달갑게 들을 수 있는 기분이 아니었다.

위이잉!

마침 부탁했던 팩스가 도착했다.

황동수는 팩스에서 나오는 문서를 받아 들었다.

거기엔 헌터 둘의 얼굴이 찍힌 사진과 이름, 간단한 프로필 등이 기재되어 있었다.

"D급 헌터 유진호, E급 헌터 성진우."

황동수는 두 사람의 사진을 번갈아 보며 각오를 다졌다.

'이 둘에게 물어보면 답이 나오겠지.'

그리고 만에 하나 조금이라도 의심스러운 점이 있다면…….

"거기서 살아 나온 걸 후회하게 될 거다."

황동수의 눈시울이 붉어졌다.

10. 이상한 레이드

10. 이상한 레이드

다음 날 아침.

전화를 받고 내려가니 앞에 커다란 봉고차가 한 대 서 있었다.

"……?"

뉘신데 남의 집 앞을 가로막고 있는 거냐고 묻기도 전에 운전석 창문이 알아서 스르르 아래로 내려갔다.

싱글싱글 웃고 있는 그 얼굴은…… 유진호였다.

"형님, 타시죠!"

유진호는 창문 밖으로 손을 내밀어 봉고차를 탁탁 두드렸다.

전날부터 모시러 온다고 해서 벤츠라도 끌고 오나 했는데…….

이건 어딜 봐도 평범한 승합차였다.

평범한 것치고는 좀 크긴 하지만.

"너 재벌 2세라고 하지 않았냐?"

"제 차로 움직이면 너무 눈에 띌 것 같아서요. 레이드할 때 쓰려고 한 대 샀습니다.”

어쩐지 차에서 반짝반짝 광택이 나더라니.

‘뽑은 지 얼마 안 된 차였군.’

아침부터 집 앞으로 찾아오는 성실함에, 눈에 안 띄도록 새 차까지 준비하는 조심성까지.

유진호는 만전을 기하고 있었다.

그만큼 이번 일에 거는 기대가 크다는 뜻이겠지.

새 차 구경하는 걸 오해한 유진호가 걱정스레 물었다.

“혹시 이런 차는 불편하십니까, 형님?”

“전혀.”

딱 잘라 말하고는 조수석에 올라탔다.

“출발합니다, 형님.”

레이드 첫날이라 기분이 좋은지 유진호는 연신 흥얼흥얼 콧노래를 부르며 핸들을 이리저리 돌렸다.

한참을 달리던 차가 공터에 멈춰 섰다.

끼익.

“형님, 여깁니다.”

약속 장소에는 여덟 명의 헌터가 대기하고 있었다.

그들 너머에 있는 게이트는 C급치고는 좀 작은 크기로 보였다.

탁.

탁.

봉고에서 내려선 진우와 유진호 곁으로 헌터들이 하나둘 몰려들었다.

어째 멀쩡한 사람이 거의 없었다.

거동이 불편해 보이는 헌터들이 가장 많았고, 환자로 보이는 사람이나 알코올 중독자도 있었다.

심지어 협회나 길드에서 받아 주지 않는 미성년자 여자애까지 있었다.

얼핏 보니 고등학생 정도 되는 것 같은데.

"애를 데려와도 괜찮냐?"

"자문을 받아 봤는데 법적으로는 아무 문제가 없답니다. 그냥 사고가 터지면 문제가 엄청 커져서 잘 안 쓸 뿐이랍니다."

진우는 고개를 끄덕거렸다.

'그럼 괜찮겠지.'

어차피 게이트 안에는 본인과 유진호만 들어갈 예정이라 사고가 생길 가능성은 0퍼센트에 수렴했다.

이들은 숫자를 채우는 용도였다.

C급 게이트를 공략하는 데는 모두 10명의 헌터가 필요하니까.

그래서 나머지 여덟 명을 모집했다.

물론 여덟 명도 자신들이 여기 온 목적을 잘 알고 있었다.

헌터 자격증은 있지만 사정상 헌터 활동을 할 수 없는 이들. 그 때문에 생활고에 시달리던 이들이 주로 모집에 응했다.

유진호가 앞으로 나섰다.

"저는 이번 레이드의 대장을 맡게 된 유진호라고 합니다. 그리고 이분은 저와 함께 던전에 들어가실 성진우 헌터님이십니다. 여러분들은 저희가 돌아올 때까지 입구 근처에서 대기만 하시면 됩니다."

헌터 중 하나가 조심스럽게 손을 들었다.

"저기…… 정말 그렇게만 하면 3백만 원을 받을 수 있는 건가요?"

사냥할 필요 없음.

아니, 던전에 들어올 필요조차 없음.

레이드 1회당 3백만 원씩 지급.

레이드에 참여했다고 기록상으로 이름만 빌려주는 대가치고는 보수가 너무 좋았다.

대동강 물을 퍼 주는 봉이 김선달도 아니고 조건이 이렇게 좋다 보니 행여 사기당하는 것은 아닌지 다들 불안한 눈치였다.

"조건은 보장합니다."

유진호의 목에 잔뜩 힘이 들어갔다.

눈빛도 진지해졌다.

"대신 여기서 뭘 보고 들었는지 절대 발설하시면 안 됩니다. 비밀 유지 조항을 어길 경우 계약서에 적힌 대로 받으신 금액의 열 배를 변상하셔야 하니까요."

웅성웅성.

헌터들이 수군거렸다.

대체 저 두 사람은 던전 안에서 뭘 하려고 이런 조건들을 내걸었을까?

궁금했지만 아무도 물을 수 없었다.

그것도 비밀 유지 조항의 일부였다.

-던전 안에서의 일에 대해 일절 질문 금지.

진우는 자신의 특이 체질을 알리고 싶지 않아서, 유진호는 마스터가 되겠다는 계획을 위해 팀원들의 입단속을 철저히 해 둘 필요가 있었다.

'…….'

헌터들은 두 사람에게 질문하는 대신 자기네들끼리 조용히 귓속말을 나누었다.

"아니, 그런데 두 사람이서 C급 던전을 돌 수가 있나?"

"그렇게 강한 헌터들 같진 않은데?"

"둘이서 C급 게이트를 돌 실력이면 차라리 대형 길드에 들어가서 상위 던전을 클리어하는 게 훨씬 낫지 않아?"

"그러게 말이야."

다들 의심스럽다는 말투였지만 한 명도 빠지겠다는 사람은 없었다.

당연했다.

조건이 너무 좋으니까.

진우도 2백만 원에 혹했었다.

그때 황동석 일행이 제시했던 돈보다 백만 원 더 얹어 주는 것은 계약에 비밀 엄수 조건을 붙였기 때문이었다.

설명에 시간이 제법 지체됐다.

시계를 보던 진우가 유진호에게 한마디 뱉었다.

"슬슬 들어가자."

"알겠습니다, 형님."

깍듯하게 대답한 유진호가 박수를 짝짝 쳐서 시선을 모았다.

"뭐, 설명은 여기까지 하고요. 절대 강요하거나 그런 건 없습니다. 혹시 지금이라도 못하겠다거나 그만두고 싶으신 분?"

"……."

"……."

당연히 손을 드는 사람은 없었다.

이제 게이트 안으로 들어가기만 하면 되는 순간.

"아. 형님, 잠시만요."

깜박하고 있던 게 생각났는지 유진호가 급히 봉고차 뒤로 달려갔다.

그러고는 뭔가를 주섬주섬 꺼내 챙겨 입더니 곧 뒤뚱거리며 걸어왔다.

"그게…… 뭐냐?"

"이태리 장인 길드에서 만든 강화 갑옷 풀 세트입니다, 형님. 저희 둘이서 던전을 돌려면 이 정도 준비는 해야 하지 않겠습니까?"

진우가 손으로 자기 이마를 짚었다.

"……."

머리끝에서부터 발끝을 뒤덮고 있는 쇳덩이는 그냥 옆에서 보고만 있어도 숨이 콱콱 막혀 올 정도로 갑갑했다.

"왜 그러십니까, 형님?"

보다 못한 진우는 유진호가 허리춤에 차고 있던 장검을 빼어 바닥에 떨어뜨렸다.

"어, 어?"

장검을 주우려던 유진호가 균형을 잃고 그대로 엎어졌다.

철퍼덕.

진우는 올라오기 시작한 분노를 속으로 눌러 삼키며 힘겹게 말했다.

"좋은 말로 할 때 벗고 와라."

"……네."

그런데 유진호가 일어나려다 말고 다시 진우를 불렀다.

"형님……."

"또 왜?"

"저 좀 일으켜 주십시오."

유진호가 내민 손을 바라보던 진우가 깊은 한숨을 내쉬었다.

"이 정도면 괜찮습니까, 형님?"

"그래."

결국 투구만 쓰는 걸로 합의를 봤다.

유진호는 만족스러운 얼굴로 게이트 안에 뛰어들었다.

그리고 그 뒤를 진우가 소리 없이 따라 들어갔다.

두 사람이 차례차례 던전 안으로 들어가고 나자 헌터들이 게이트 주변으로 슬금슬금 모여들었다.

한 명이 걱정스레 말했다.

"하는 거 보니 영 시원찮던데……."

다른 한 사람이 게이트를 보며 맞장구를 쳤다.

"그러니까요."

두 사람의 대화를 시작으로 헌터들의 말문이 트였다.

다들 하고 싶은 말을 쏟아 냈다.

"저러다 던전 안에서 덜컥 둘 다 죽어 버리면 어떻게 되는 거여?"

"저희야 뭐 계약금 다 받았으니……."

"그거야 그렇긴 한데."

"잠깐, 저 두 사람 이름이 뭐라고 했었죠?"

"그러니까 그게."

다리에 깁스를 한 남자가 빠르게 폰을 꺼내 두 사람의 이름을 검색해 보았다.

"유진호, 성진우……."

목발을 짚고 있는 그가 아슬아슬해 보였는지, 아니면 검색 결과를 빨리 알고 싶었던 것인지, 다른 헌터 하나가 깁스 남자를 부축하며 폰 화면을 들여다보았다.

"뭐야? 공대장이 D급?"

그 말에 헌터들이 경악했다.

그런데 더 놀라운 건 다음 검색 결과였다.

"그 옆에 있던 사람은 아예 E급인데요?"

"E급이면 C급 게이트 들어가는 것 자체가 위험하잖아?"

"D급, E급 둘이서 C급 던전을 돈다고?"

"그게 가능해?"

"게다가 공대장이라는 분 레이드 기록이 아예 없어요."

"아니, 젊은 사람들이 왜……?"

그건 자살행위나 마찬가지였다.

괜히 협회에서 C급 게이트를 공략할 때 최소 인원 열 명에 C급 헌터 다섯 명이라는 최저 기준을 만들어 놓은 게 아니었다.

"쯧쯧."

흰머리가 희끗희끗한 남자 헌터가 품속에서 담배를 찾아 꺼내더니 입에 물었다.

"젊음의 객기가 여러 사람 잡는 법이지."

담배 연기가 허옇게 피어올랐다.

"……."

"……."

헌터들은 말이 없어졌다.

남 죽는 데 일조한 것 같은 기분이 들어 찝찝했다.

생판 남이라도 자기 눈앞에서, 아니 정확히 말하면 눈앞에 있는 게이트 안 어딘가이지만, 어찌 됐든 사람이 죽는 걸 바랄 사람은 없었다.

어디 그것뿐인가?

돈도 아까웠다.

계약금이야 미리 받았다지만 계약서에 적힌 대로 남은 18번의 레이드를 마저 따라다닐 수 있다면 훨씬 큰돈을 손에 쥘 수 있었다.

그러나 아쉽게도 두 사람이 살아 돌아올 확률은 희박했다.

"이거…… 지금이라도 신고해야 하는 거 아니에요?"

"그러게. 괜히 우리한테 불똥이 튀면 어떡해?"

그때였다.

우우웅.

게이트에서 진우와 유진호가 튀어나왔다.

"헉, 헉, 헉."

유진호가 거친 숨을 몰아쉬었다.

지친 표정의 두 사람에게서 김이 모락모락 피어올랐다.

"오오."

"그래도 무사히 도망쳤네!"

"다행이구먼."

헌터들이 기쁜 얼굴로 환영해 주었다.

두 사람이 들어갔다 나오는 데 걸린 시간 때문에 입구 근처를 헤

매다 간신히 빠져나온 줄 알았다.

그런데 웬걸.

이내 헌터들의 표정이 바뀌기 시작했다.

누가 외치는 소리를 들었기 때문이다.

"게, 게이트가 닫히고 있어!"

뭐라고?

다들 게이트를 돌아보았다.

"맙소사!"

"저기!"

"보, 보스를 잡았다고?"

던전의 보스를 잡았을 때처럼 게이트의 모습이 흐릿해지고 있었다.

헌터들이 경악을 금치 못하는 가운데, 진우는 그들의 시선에 아랑곳하지 않고 조용히 물었다.

"다음은 어디냐?"

"여기서 1시간 정도만 가면 됩니다, 형님."

"가자."

진우와 유진호가 척척 봉고로 향했다.

헌터들은 어안이 벙벙한 얼굴로 두 사람의 뒷모습을 바라보았다.

헌터들이 따라오지 않는다는 걸 깨달은 유진호가 뒤를 돌아보았다.

"빨리빨리 갑시다, 헌터님들. 오늘 게이트 두 개 더 돌려면 시간이 모자랍니다."

헌터들의 입이 쩍 벌어졌다.

툭.

머리가 희끗한 중년 헌터 윤귀원은 너무 놀란 나머지 물고 있던 담배가 바닥으로 떨어진 것도 몰랐다.

'둘이서 C급 던전을 박살 내고 또 레이드를 하러 간다고?'

윤귀원만이 아니다.

헌터들은 동시에 전부 같은 생각을 했다.

'저것들은 도대체 뭐하는 인간들이야?'

* * *

1일 차.

끄어어어어.

좀비들이 떼 지어 달려왔다.

"형님, 옵니다!"

"오냐."

진우가 몰려오는 좀비들 사이를 매끄럽게 스쳐 지나갔다. 그럴 때마다 좀비들의 머리통이 바닥으로 굴러떨어졌다.

좀비들의 수는 빠르게 줄어들었다.

마지막 남은 한 마리.

푹!

"끄어억!"

진우가 놈의 가슴에 검을 꽂아 넣자 익숙한 기계음이 울렸다.

띠링!

[레벨이 올랐습니다!]

뒤로 물러나 있던 유진호가 감탄과 함께 박수갈채를 보냈다.
"형님, 멋지십니다!"
"마정석."
"아, 넵."
유진호는 얼른 가방을 꺼내 마정석들을 수거하기 시작했다.
그런데 그때.
레벨 업 알림에서 그치지 않고 기계음이 연속으로 이어졌다.
띠링!

['스킬 : 상급 단검술 Lv.1'을 배웠습니다.]

띠링!

['스킬 : 급소 찌르기 Lv.1'을 배웠습니다.]

띠링!

['질주' 스킬의 레벨이 올랐습니다!]

진우의 표정이 환해졌다.
'새로운 스킬들이 생겼네?'
이게 얼마만의 일인지.
진우는 기쁜 마음에 곧바로 스킬 정보 창을 띄웠다.

[스킬]

패시브 스킬 : (알 수 없음) Lv.Max, 근성 Lv.1, 상급 단검술 Lv.1

액티브 스킬 : 질주 Lv.2, 살기 Lv.1, 급소 찌르기 Lv.1

질주 스킬을 자주 썼더니 레벨이 2로 올라갔다.

그리고 패시브와 액티브에 각각 상급 단검술과 급소 찌르기가 생겨나 있었다.

[스킬 : 질주 Lv.2]

액티브 스킬.

필요 마나 5.

스킬을 시전하면 이동 속도가 40% 증가합니다. 시전 중 1분당 마나가 1씩 감소합니다.

'이동 속도가 늘었군.'

속도 증가 폭이 30퍼센트에서 40퍼센트로 변했다.

10퍼센트 차이도 컸다. 질주 스킬은 워낙 자주 쓰는 스킬이니까.

[스킬 : 상급 단검술 Lv.1]

패시브 스킬.

필요 마나 없음.

단검 전용.

오랫동안 단검을 사용하여 이제 단검을 더 능숙하게 사용할 수 있게 되었습니다.
단검을 사용할 때 33%의 추가 데미지가 적용됩니다.

단검을 쓸 때 데미지 증가!

그동안 단검을 주 무기로 다루었더니 단검 전용 스킬이 생겼다.

'이제 다른 무기를 드는 건 비효율적이게 됐네.'

그만큼 단검을 쓸 때의 효율이 엄청나게 좋아졌다는 것이기도 했다.

어차피 단검이 손에 익기도 했고, 특히 '카사카의 독니'도 정이 들어서 당분간은 무기를 바꿀 생각이 없었기 때문에 굉장한 이득이었다.

'그리고 마지막.'

진우는 흥미로운 눈빛으로 새로이 생긴 스킬을 확인했다.

[스킬 : 급소 찌르기 Lv.1]
액티브 스킬.
필요 마나 70.
단검 전용.
효율적으로 공격하는 방법을 알게 됐습니다. 적의 급소를 찾아 치명적인 피해를 입힙니다.

이것도 단검 전용 스킬이었다.

'효율적으로 공격하는 방법이라…….'

그러고 보니 강태식에게 마지막 일격을 넣었을 때와 오늘 하나 남은 좀비를 마무리했을 때의 손맛이 비슷했다.

짜릿하다고 해야 할까?

단검을 찔러 넣는 순간, 싸움이 끝났음을 직감적으로 알 수 있었다.

'그게 급소 찌르기였구나.'

우연히 성공한 기술을 스킬로 배워서 원하는 타이밍에 마음대로 쓸 수 있게 되다니!

가슴이 뛰었다.

그냥 마구잡이로 단검을 휘두르는 것 외에 마땅한 공격 방법이 없었던 진우에게 공격형 스킬 '급소 찌르기'는 가뭄에 단비처럼 느껴졌다.

'좋았어!'

레벨 업에다 새로운 스킬까지.

시작부터 최고였다.

* * *

2일 차.

[레벨이 올랐습니다!]

[레벨이 올랐습니다!]

공격 스킬이 추가되어 사냥 속도가 비약적으로 빨라졌다.

[레벨이 올랐습니다!]

원샷 원킬!

'급소 찌르기'를 맞을 때마다 픽픽 쓰러지는 마수들을 보면서, 유진호는 눈을 휘둥그렇게 떴다.

'여태 저런 기술을 숨겨 두고 계셨었나?'

도대체 형님의 실력은 어디가 끝이란 말인가?

감탄이 절로 나왔다.

동시에 진우의 실제 랭크가 궁금해졌다.

'C급 헌터들을 힘들지 않게 잡은 거 보면 B급 이상은 확실한데…….'

직접 물어봤다가는 뒷일을 장담할 수 없으니 그저 입 벌리고 구경만 하는 수밖에.

하지만 빠른 사냥에도 단점이 있었다.

[마나가 부족해 스킬을 사용할 수가 없습니다.]

[마나가 부족해 스킬을 사용할 수가 없습니다.]

진우가 눈살을 찌푸렸다.

'또야?'

진우는 부족한 마나를 채우기 위해 상점에서 구매한 마나 포션을 꺼냈다.

"그게 뭡니까, 형님?"

유진호가 호기심을 보였다.

진우와 같이 있으면서 신기한 일을 한두 번 겪은 게 아니지만, 진우가 틈틈이 마시는 파란색 액체의 정체는 묻지 않을 수가 없었다.

"이거?"

진우는 대답을 보류하고 일단 마나 포션의 정보를 읽어 내려갔다.

[아이템 : 마나 포션]

입수 난이도 : E

종류 : 소모품

마나를 회복할 수 있는 물약입니다. 마시면 마나를 500 회복합니다. 창고에 보관할 수 있으나 타인에게 양도는 불가능합니다.

양도가 불가능하다는 설명.

'이걸 양도하면 어떻게 된다는 걸까?'

문득 호기심이 자극했다.

진우는 마나 포션을 유진호에게 건네주었다.

유진호의 손에 들어간 마나 포션은 나타날 때처럼 조용히 사라졌다.

"마, 마법입니까, 형님?"

'이래서 양도가 안 된다는 거였군.'

새로운 사실을 알았다.

양도되지 않는 아이템은 남의 손에 닿으면 자연스럽게 사라져 버린다.

그럼 손이 닿지 않는 경우에는 어떨까?

진우는 상점을 열어 포션 하나를 더 샀다.

그런데 이번엔 항상 사던 마나 포션이 아니라 붉은색 액체가 담긴 힐링 포션이었다.

구매를 확정하자 진우의 손에 스르륵 포션이 나타났다.

"혀, 형님! 진짜 신기합니다. 액체가 붉은색으로 바뀌었네요!"

유진호는 마나 포션이 사라지고 힐링 포션이 나타난 걸 무슨 마술쯤으로 생각하는 모양이었다.

포션의 종류를 바꾼 이유는 간단했다.

'타인에게도 효력이 있는지 알고 싶으니까.'

진우는 유진호의 자세를 낮추었다.

"입 벌려 봐. 위쪽을 보고."

"이, 이렇게요, 형님?"

"좋다. 그 자세로 가만히."

진우는 힐링 포션이 담긴 병을 기울였다. 곧 붉은 액체가 유진호 입으로 흘러 들어갔다.

조르륵.

순간 유진호의 눈이 커졌다.

"어? 이게 뭡니까, 형님? 갑자기 힘이 나는데요?"

장시간 짐꾼 노릇을 하느라 지쳐 있던 유진호의 얼굴색이 순식간에 좋아졌다.

진우가 만족한 표정을 지었다.

'이렇게 주면 효과가 있네.'

좋은 걸 알았다.

이제 힐러가 없어도 근처에 부상자가 있다면 이런 방법으로 치료할 수 있게 된 것이다.

후에 많은 도움이 될 터였다.

"피곤하면 말해. 얼마든지 더 있으니까."

쓸데없이 퍼 주는 게 아니다.

짐꾼이 지쳐서 발이 느려지면 사냥 속도 또한 떨어지니 결과적으로는 본인의 손해였다.

그런 계산이 들어가 있는 발언이었지만 받아들이는 유진호에게는 의미가 남달랐던 모양이다.

"혀, 형님……."

"가자."

유진호는 진우의 기상천외한 능력과 자신의 상태까지 챙겨 주는 세심함에 눈물을 글썽거리며 앞서가는 진우의 뒤를 따랐다.

* * *

3일 차.

"참. 이거 받으세요, 형님."

유진호가 장비 가방을 뒤적이더니 도장이 동봉된 통장 하나를 내밀었다.

"이게 뭐냐?"

"그제, 어제 이틀분 마정석 정리한 돈입니다, 형님."

그걸 왜 미리 말 안 하고 마수가 우글거리는 던전 안에서 건네주는 거냐는 불만도 잠시.

진우의 눈이 커졌다.

'6억?'

통장을 펼쳐 보니 엄청난 거금이 찍혀 있었다.

"여태까지 마정석으로 번 돈을 전부 다 나한테 넘기겠다고?"

유진호는 고개를 끄덕거렸다.

"예, 형님. 전 돈이 필요해서 레이드를 하는 것도 아니고, 사실

따지고 보면 마수들은 전부 다 형님이 잡으신 거잖아요. 그런데 어떻게 제가 염치없이 그 돈을 나눠 달라고 하겠습니까?"

유진호는 칭찬을 기대하는 어린아이처럼 눈을 반짝거렸다.

'어쭈…… 이 자식 봐라?'

요 며칠 같이 지내면서 유진호의 태도가 달라진 것이 느껴졌다.

전에는 무서워도 억지로 참고 따라오려는 느낌이 강했다면, 지금은 진짜 존경하는 선배를 대하는 동생처럼 굴었다.

'가만 보니 귀여운 구석도 있네.'

진우는 피식 웃음 지었다.

"진짜 가져도 되는 거지?"

"이 유진호가 한 입으로 두말할 동생으로 보이십니까, 형님?"

진우가 웃으며 통장을 흔들었다.

"알겠다. 이건 고맙게 쓸게."

"감사합니다, 형님!"

유진호는 90도로 깍듯하게 허리를 굽혔다.

이건 뭐, 도대체가 누가 주고 누가 받는 건지 헷갈리는 광경이었다.

한편 던전의 바깥쪽.

팀원들에게도 기다리는 요령이 생겼다.

유진호 대장과 성진우 보조(?)가 게이트 안으로 들어가자마자 헌터들은 삼삼오오 모여 자리를 펴고 각자 할 것을 즐겼다.

그중에서도 역시 가장 인기 있는 그룹은 고스톱팀이었다.

자리 하나에 다섯 명이 둘러앉았다.

"이번 레이드가 벌써 몇 번째죠?"

"어디 보자…… 그제 세 번 돌고, 어제 두 번, 오늘 또 두 번이니까 이제 일곱 번째네."

"그 사람들 이런 페이스로 던전을 돌아도 괜찮은 걸까요? 원래 레이드 한 번 뛴 공격대는 일주일 정도 쉬는 게 보통이잖아요."

"아이고, 그 사람들 걱정은 하지를 말어. 매번 나올 때 보니까 땀 한 방울도 안 흘리더만. 우리야 통장에 꼬박꼬박 3백씩 쌓이니 좋지 뭘. 자네 차례야, 얼른 내."

"아, 네."

확실히 진우와 유진호는 쉴 새 없는 스케줄 속에서도 지친 기색 한 번 없었다.

그들은 모르지만 모두 포션의 힘이었다.

덕분에 약속했던 19번의 레이드 중 벌써 1/3 지점을 넘어가고 있었다.

잠시 뒤 게이트의 검은 막이 울렁이더니 두 사람이 튀어나왔다.

"엇, 저기 대장님 나오시네요."

"다들 일어납시다."

헌터들은 알아서 주변을 정리하기 시작했다.

"거기 짐 챙겨요."

"주무시는 분들 깨우고요, 잃어버린 거 없는지 확인 한번 해 보시고요."

헌터들이 일사불란하게 움직였다.

자다 깬 헌터도 벌떡 일어나 이동할 준비를 했다.

"갑시다!"

다들 이 기이한 레이드 방식에 점점 익숙해지고 있었다.

* * *

인근에 위치한 백호 길드 사무실.

제2관리과 과장 안상민은 아침부터 목에 핏대를 세웠다.

“현 대리! 당장 신입들 훈련이 내일인데 아직도 게이트 예약이 안 돼 있으면 어쩌자는 거야!”

대리 현기철은 고개를 푹 숙였다.

“죄, 죄송합니다, 과장님. 인근에 C급 게이트가 생길 때마다 손쓸 틈도 없이 낙찰받아 버리는 팀이 있어서요.”

“뭐? 아니 그럼 돈 좀 더 얹어서 다시 찾아오면 되잖아. 우리 길드에 돈이 없어, 사람이 없어? 도대체 뭐가 문제야?”

“저도 그렇게 하려고 했습니다만…….”

“어허! 뭘 잘했다고 꼬박꼬박 말대답이야!”

안상민의 호통에 제2관리과 전체가 쥐 죽은 듯 고요해졌다.

안상민도 이렇게 화를 낸 적은 오랜만이었다.

백호 길드가 어떤 곳인가?

대한민국 5대 길드 중 하나로 불리는 곳이다.

그런 만큼 직원들의 실력 또한 남달랐다.

현기철 대리도 입사 직후부터 지금에 이르기까지 눈에 띄는 실수 하나 없이 맡은 일을 훌륭하게 해내 왔던, 우수한 직원이었다.

그런데 하필 신입들이 훈련해야 할 게이트를 예약하지 못하다니!

그건 큰 실수였다.

안상민 과장이 관리하는 제2관리과는 소속 헌터들의 스케줄을 관리하는 제1관리과와는 다르게, 신입을 뽑고 훈련하는 업무를 맡고 있었다.

"이, 이것 좀 봐 주세요, 과장님!"

현기철은 울먹이며 노트북을 내밀었다.

"이게 진짜."

한바탕 더 퍼부으려던 안상민이 노트북에 적힌 숫자들을 보고 입을 쩍 벌렸다.

"2, 2억5천? 고작 C급 게이트 공략 허가에 2억5천을 쓴 놈들이 있다고?"

안상민은 말문이 막혀 왔다.

C급 게이트에서 건질 수 있는 수입은 2억 정도가 최대다.

2억5천이면 배보다 배꼽이 더 큰 셈이었다.

"원래는 7천 정도였습니다. 그런데 제가 1억까지 올리니까 이놈들이 공략 허가권을 2억5천에 사 가더라고요."

백호 길드에서 C급 게이트 예약에 쓸 수 있는 돈은 1억까지가 한계였다.

이 정도면 현기철이 억울해 하는 것도 이해가 갔다.

'이 새끼들 정체가 뭐야?'

타닥타닥.

안상민의 손이 빠르게 움직였다.

검색 결과가 주르륵 떴다.

현기철의 말대로 특정 팀이 이 주변의 모든 C급 게이트 공략 허가권을 말도 안 되는 속도로, 말도 안 되는 가격에 사들이고 있었다.

"뭐야, 이 미친놈들은……?"

이 주변은 백호의 관할 구역.

처음엔 잠깐 다른 길드의 방해 공작인가 싶었다.

'아니야. 그럴 리가 없지.'

감히 백호 길드에게 이딴 식으로 대놓고 시비를 걸 간 큰 길드가 존재할 리 만무했다.

5대 길드 중 어느 곳이라도 백호 길드와 정면으로 맞서려면 반파될 위험을 감수해야 했다.

'길드는 아니야…….'

그럼 대체 누가 무슨 이유로?

안상민은 침을 꼴깍 삼키며 그 특정 공격대 대원들의 정보를 조회했다.

대장 이름은 '유진호'였다.

"처음 보는 이름인데?"

신입들을 스카우트하는 게 안상민의 일이었다. 그런 만큼 프리랜서 헌터들 중에서 조금이라도 이름이 알려진 이들은 죄다 꿰고 있었다.

그런데 이 '유진호'라는 이름은 생소했다.

'일단 얘는 넘어가고.'

혹시 아는 헌터가 없는지 천천히 스크롤을 내리며 팀원들의 이름을 차례대로 확인했다.

그중 딱 하나.

낯익은 이름이 있었다.

'성진우? 성진우? 어디서 들어 본 이름인데…….'

기억을 더듬어 올라가던 안상민이 2달쯤 전에 관계자들 사이에서 화제가 됐었던 이중 던전 사건을 떠올렸다.
그때 협회를 도운 곳이 바로 이곳 백호 길드였다.
“기철아, 두 달 전에 우리 애들이 출동했던 이중 던전 사건 기억하냐?”
“네, 기억하죠. 그때 가 보니까 마수는 없고 생존자만 하나 남아 있었다고 그랬잖습니까.”
“그 생존자 이름이 뭐였지?”
현기철은 머리가 좋다.
특별히 남들에 비해 영리하다고 말할 정도는 아니었지만 기억력 하나만큼은 정말 기똥차게 좋았다.
별도의 검색 과정을 거칠 필요도 없었다.
현기철이 바로 말했다.
“E급 헌터 성진우요.”
‘역시!’
설마 했었는데 맞았다.
안상민은 직감적으로 알아챘다.
분명 뭔가가 있다.
이런 경우에서 발동하는 자신의 감은 틀린 적이 한 번도 없었다.
안상민은 직원들에게 소리쳤다.
“다들 하던 일 멈추고 D급 헌터 유진호, E급 헌터 성진우 이 두 사람에 대한 모든 자료를 구할 수 있는 데까지 싹 다 긁어 와! 지금 당장!”
위기 상황에서 우수한 직원들의 대처는 상상을 초월하는 수준이다.
엘리트가 괜히 엘리트일까?

보고들이 속속 들어왔다.
사실 유진호는 그다지 주목할 만한 점이 없었다.
유진건설 회장 유명한의 차남이라는 배경만 빼면 평범한 수준이었다.
하지만 성진우는 달랐다.
"이중 던전 때부터 지금까지 세 번의 사고가 있었는데 전부 무사히 빠져나왔네?"
안상민의 말을 현기철이 받았다.
"그것도 E급 헌터가 말이죠."
성진우와 유진호가 만난 것은 유진호의 첫 번째 레이드 때.
거기서 둘만 살아 나왔다.
그리고 그 둘이 지금 팀을 이뤄서 하루에 두세 개라는 무시무시한 속도로 던전을 클리어해 대고 있다.
"이거 냄새가 나는데……."
"뭘 하고 있는 걸까요?"
"글쎄…… 가만, 그러고 보니 최근 유명한 회장이 S급 헌터들과 물밑에서 접촉을 벌이고 있다는 소문이 있지?"
"그런 소문이 있긴 하죠."
"유진호는 그 유명한 회장의 아들이고……."
유명한이 길드를 만들려는 움직임이 보인다.
업계에 도는 극비 정보였다.
그게 사실이라면 지금 유진호가 벌이는 기행도 그와 완전히 무관하지는 않을 터.
"설마……!"

안상민의 머릿속에서 하나의 퍼즐이 맞춰졌다.

그러면 말이 된다!

달라진 상사의 눈빛에 현기철은 침을 꿀꺽 삼켰다.

안상민이 확신에 찬 목소리로 말했다.

"이 자식…… 재각성 헌터야!"

"재각성 헌터요?"

현기철이 토끼 눈을 했다.

안상민은 장담했다.

"그래."

E급 헌터는 일반인과 별반 다를 바 없다. 사고가 터지면 일단 죽는다고 보면 된다.

하지만 성진우는 최근 전체 인원의 과반수가 죽는 대형 사고들 속에서도 매번 무사히 빠져나왔다.

'물론 운이 좋았을 수도 있지. 하지만.'

하지만 이 세 번째 사고.

감시과 헌터인 강태식이 문제를 일으켰던 때는 경우가 좀 다르다.

기록에는 C급 마법사와 B급 힐러가 힘을 합쳐 강태식을 막았다고 되어 있었다.

'말도 안 되는 소리. 감시과들은 같은 헌터들과 싸우는 게 직업인 사람들이야.'

강태식이 바보가 아니라면 가장 등급이 높고 전투 능력이 떨어지는 B급 힐러를 최우선으로 처리하려고 들었을 거다.

'그걸 C급 마법 계열 헌터가 혼자서 막았다고?'

마법 계열 헌터는 전투 계열, 그중에서도 '암살'이 특기인 헌터들에게 취약했다.

강태식이 방심해서 B급 힐러의 존재를 무시했다면 모르겠지만…… 3년 경력의 감시과 헌터가 그런 실수를 했으리라고는 생각되지 않았다.

'그날 강태식을 막은 건 C급 송치열이 아니라 같이 있던 누군가다.'

물증은 없지만 심증은 확실했다.

성진우는 재각성으로 상급 헌터 수준의 능력을 갖게 됐다. 유진호는 우연히 참가한 레이드에서 그런 성진우의 실력을 보고, 아버지가 만드는 길드에 그를 넣으려고 이것저것 테스트해 보고 있다.

그렇게 생각하면 모든 게 맞아떨어졌다.

'이건 빅뉴스야.'

성진우가 진짜 재각성 헌터라면 아직 그의 진가를 아는 사람은 유진호를 비롯한 몇 사람뿐.

유명한처럼 노련한 사람이 어중이떠중이를 받으려 하진 않을 거다. 그것도 길드 창립 멤버에.

그 유명한이 점찍어 둔 인재를 낚아챌 수 있는 좋은 찬스였다.

'B급 강태식과 싸워서 이겼다면 그의 실력은 최소한 B급 이상!'

다른 길드, 특히 유명한의 손에 들어가기 전에 데려오는 게 우선이었다.

등급 재심사 후에는 경쟁이 너무 치열해질 테니.

만약 성진우가 생각하는 것만큼 강자가 아니라고 해도 상관없었다.

전 세계에서 몇 되지 않는 재각성 헌터들은 언론의 주목을 한 몸에 받기 마련이었다.

그건 향후 돈으로도 살 수 없는 광고 효과가 된다.

이래저래 놓칠 수 없는 기회인 것이다.

'벌써 유명한과 계약을 맺었으면 어쩔 수 없지만…….'

그럴 가능성은 낮았다.

C급 던전에서 테스트를 하고 있다는 게 그 증거다.

'확정된 게 없을 가능성이 높아.'

그건 아직 백호 길드에도 기회가 있다는 소리기도 했다.

'이러고 있을 때가 아니지.'

안상민은 의자 위에 걸쳐 놓은 외투를 입었다.

"기철아, 가자."

자신의 오른팔을 대동하는 것도 잊지 않았다.

안상민이 현기철에게만 특히 엄하게 구는 것은 자기 뒤를 맡길 만한 인물이 그밖에 없다고 생각해서였다.

현기철은 눈을 동그랗게 떴다.

"예? 어디를 가신다는 말씀이십니까, 과장님?"

"어디긴. 신입 스카우트하러 가지."

"신입을 데려오는데 과장님께서 직접 가신다고요?"

"왜? 그럼 안 되냐?"

한마디 쏘아붙인 안상민이 빠른 걸음으로 나가 버리자 현기철은 고개를 갸웃거리며 쫓아 나갔다.

'신기한 일이네…….'

안상민이 직접 영입에 나선 건, 그가 2년 전 과장을 달고 나서 처음 있는 일이었다.

– 나 혼자만 레벨업 Ⅱ권에서 계속됩니다

나 혼자만 레벨업 1

1판 1쇄 발행 2019년 8월 19일
1판 26쇄 발행 2024년 10월 10일

지은이_ 추공
발행인_ 최원영
편집장_ 이호준
편집디자인_ 박민솔
영업_ 김민원 조은걸

펴낸곳_ (주) 디앤씨미디어
등록_ 2002년 4월 25일 제 20-260호
주소_ 서울시 구로구 디지털로32길 30 코오롱디지털타워빌란트 1301-1308호
전화_ 02-333-2513(대표)
팩시밀리_ 02-333-2514
E-mail_ papy_dnc@dncmedia.co.kr
블로그_ blog.naver.com/gnpdl7

값 12,000원

ISBN 979-11-364-0121-2 (04810)
ISBN 979-11-364-0120-5 (set)